RÉSINE

ANE RIEL

RÉSINE

roman

TRADUIT DU DANOIS
PAR TERJE SINDING

ÉDITIONS DU SEUIL
*57, rue Gaston-Tessier, Paris XIX*e

Titre original : *Harpiks*
Éditeur original : Tiderne Skifter
ISBN original : 978-87-02-27844-6

Published by agreement with Copenhagen Literary
Agency ApS, Copenhagen

ISBN 978-2-02-142924-4

www.seuil.com

Liv

La chambre blanche était plongée dans l'obscurité quand mon père a tué ma grand-mère. J'étais là. Carl aussi était là, mais ils ne l'ont pas vu. C'était la veille de Noël, au matin. La neige commençait à tomber, mais nous n'aurions pas un vrai Noël blanc.

Tout était différent à l'époque. Les objets de mon père occupaient moins de place et nous pouvions accéder au séjour. Et ma mère n'était pas encore devenue si grosse qu'elle n'arrivait plus à quitter sa chambre. Mais ils m'avaient déjà déclarée morte pour m'éviter d'aller à l'école.

Ou c'était peut-être avant ? J'ai du mal avec le temps, je mélange les dates. Les premières années de notre existence paraissent infinies. C'est parce qu'on découvre tout pour la première fois, m'a expliqué la dame. Ça nous impressionne et nous occupe l'esprit.

Plein de choses m'occupaient l'esprit, à l'époque. J'ai vécu plein de choses pour la première fois. Comme voir ma grand-mère se faire tuer.

L'arbre de Noël était suspendu au plafond. Ça n'avait rien de surprenant : mon père y accrochait toutes sortes d'objets pour mieux tirer parti de l'espace. Il empilait les cadeaux sous le tronc, et nous espérions tous les ans le voir revenir avec un sapin pas trop grand.

Cette année-là, le sapin devait être tout petit, car en dessous il y avait de la place pour plusieurs gros cadeaux, dont une magnifique voiture en caisses à savon. Mon père l'avait fabriquée dans son atelier et ma mère avait confectionné des coussins rouges pour mettre dedans. Nous avions toujours droit à des cadeaux faits maison. À l'époque je ne savais pas que les autres enfants recevaient des cadeaux achetés dans les magasins. Je ne savais même pas que les autres enfants recevaient des cadeaux. On ne se préoccupait pas de ces choses-là. Carl et moi, on aimait les cadeaux qu'on nous offrait, et on aimait surtout nos parents. Bien sûr, Carl était parfois un peu fâché contre eux, mais il n'a jamais su me dire pourquoi.

Cette année-là, Noël était un peu particulier, car grand-mère venait de mourir. Pour nous, c'était nouveau, et pour elle aussi, je suppose. En tout cas, elle avait un air étonné, assise dans son fauteuil vert. Elle contemplait le sapin sans cligner des yeux. Je crois qu'elle regardait le cœur que j'avais tressé avec du papier kraft. C'était elle qui m'avait appris à tresser des objets. Avant de dire à mon père des choses qu'elle aurait mieux fait de taire.

Il nous a semblé qu'elle devait passer la soirée avec nous avant son départ. Et il fallait aussi qu'on lui donne son cadeau. Enfin, c'était mon père et moi qui en avions eu l'idée. Moi surtout. J'avais dû harceler ma mère pour qu'elle nous donne raison.

Ma grand-mère avait les pieds posés sur un tabouret. Je m'en souviens, car j'étais assise par terre. Elle portait des collants mauves si transparents que je voyais son slip, et ses chaussures à lacets gardaient encore l'odeur légèrement sucrée du produit qu'elle utilisait pour les protéger de la pluie. Les chaussures étaient toutes neuves. Grand-mère m'avait raconté qu'elle les avait achetées dans un magasin sur le continent. À part ça, elle était vêtue d'une jupe grise, d'un chemisier rouge et d'un foulard orné de mouettes blanches. Ses affaires, je les avais trouvées dans son sac de voyage. J'avais insisté pour que grand-mère soit bien habillée. Elle ne pouvait quand même pas réveillonner en chemise de nuit.

Après cette soirée, personne n'a jamais plus occupé le fauteuil vert. Impossible de s'y asseoir.

Le fauteuil était encombré de trop d'objets.

Comme grand-mère ne pouvait pas déballer son cadeau elle-même, on m'a permis de le faire. En enlevant le papier journal, j'ai d'abord cru que mon père lui avait également fabriqué une voiture en caisses à savon, car j'ai découvert une grande boîte à roues. En fait, c'était un cercueil. Sans volant ni coussins rouges. Ni couvercle. Le couvercle n'aurait servi à rien, a dit mon père. Dedans, il n'y avait que l'oreiller avec lequel il l'avait étouffée.

Nous avons installé grand-mère dans le cercueil, la tête sur l'oreiller, puis mon père l'a sorti par la porte de derrière. Il a longé la façade de la maison, dépassé la pile de bois et continué jusqu'au pré derrière l'étable. Carl et moi, on le suivait dans la voiture en caisses à savon. C'est moi qui poussais la voiture, sinon elle n'aurait pas avancé. Ma mère fermait le cortège. Avec elle, les choses prenaient toujours un peu de temps.

Il faisait nuit noire, mais nous avions l'habitude de nous déplacer dans l'obscurité. Le ciel devait être lourd de nuages : pas une seule étoile n'était visible, et nous devinions à peine la forêt et les prés entourant la maison. Dans la matinée il y avait eu du vent, mais à présent tout était calme, et la neige avait fondu. On nous promettait manifestement un Noël tranquille et sombre.

Nous avons mis le feu à grand-mère avec des cubes allume-feu, du papier journal et les longues allumettes pour la cheminée avec lesquelles nous n'avions pas le droit de jouer (mais Carl le faisait quand même). Nous lui avions d'abord enlevé ses chaussures, puisqu'elles étaient toutes neuves et traitées contre la pluie.

Nous n'avons pas tardé à nous éloigner à cause de la chaleur. Grâce aux flammes, nous pouvions distinguer la silhouette de l'abreuvoir dans l'enclos et deviner les broussailles à l'orée de la forêt. En regardant autour de moi j'ai vu mon ombre ; elle dansait sur le mur de l'étable. Mon père et ma mère apparaissaient nettement à la lumière du feu. Ils se tenaient par la main.

J'ai de nouveau regardé grand-mère. Les flammes léchaient ses cheveux blancs et j'ai soudain eu un pincement au ventre.

– Vous êtes sûrs qu'elle ne souffre pas ? ai-je demandé.

– Ne t'inquiète pas, a dit mon père. Elle ne ressent rien. Elle n'est plus là.

Comme j'étais debout dans la voiture en caisses à savon, je voyais toujours grand-mère dans son cercueil, et la réponse de mon père m'a semblé bizarre. Mais je croyais dur comme fer à ce qu'il disait. Il savait tout. Il m'avait appris qu'on ne souffrait pas vraiment quand il faisait noir. Au fond de la mer, les poissons ne se rendaient pas compte qu'ils mordaient à nos hameçons ; dans la nuit, les lapins ne ressentaient rien quand ils étaient pris dans nos collets. « L'obscurité absorbe la douleur, disait mon père. Et nous ne capturons que les lapins dont nous avons besoin. » Voilà pourquoi des êtres bons, comme nous, ne chassaient que la nuit.

D'ailleurs, grand-mère ne disait rien : c'était bien la preuve que les flammes ne la faisaient pas souffrir. En temps normal, elle ne se gênait pas pour crier quand on la contrariait ou quand elle avait mal. Jamais je n'ai entendu quelqu'un hurler comme elle l'a fait quand elle a reçu un carton de boîtes de thon sur la tête. Elle pouvait se mettre dans des colères noires.

Le lendemain matin, quand nous sommes allés la voir, elle rougeoyait encore. Ou plutôt, ses restes. Qu'elle ne soit plus là m'ennuyait un peu, car nous avions quand même passé quelques bons moments ensemble. Elle faisait des crêpes délicieuses.

Quand j'y suis retournée dans la journée, on ne voyait plus que la terre noircie et un peu d'herbe brûlée. Mon père m'a expliqué qu'il avait tout nettoyé et enterré les cendres. Mais il ne m'a pas dit où.

Plus tard je me suis demandé s'il avait bien fait de l'étouffer avec cet oreiller. Il prétendait que oui. Autrement, tout serait allé de mal en pis.

Sur le moment elle n'a rien dit non plus. Elle s'est contentée de gigoter un peu avant de mourir tout à fait – comme les poissons qui suffoquaient au fond de notre barque quand on allait à la pêche. Pour les achever, on leur donnait un coup sur la tête. On n'allait quand même pas les laisser souffrir.

Heureusement, il faisait noir dans sa chambre ce matin-là. Puisqu'on l'a tuée dans l'obscurité, elle n'a rien dû sentir : c'est ce que j'ai pensé à l'époque. Et ça s'est passé très vite, car mon père a appuyé de toutes ses forces sur l'oreiller. Couper des arbres de Noël, transporter des planches et fabriquer des meubles, ça vous muscle. J'aurais peut-être pu appuyer sur l'oreiller moi aussi, car il disait toujours que j'étais forte pour mon âge. Surtout pour une fille.

En réalité, je ne réfléchissais jamais à ce que j'étais. J'étais celle qu'ils voyaient. Et parfois je voyais des choses qu'ils ne voyaient pas.

*

Nous vivions sur la Tête, une toute petite île au bout d'une île plus grande. Nous en étions les seuls habitants et nous n'avions besoin de personne.

La Tête était reliée à l'île principale par une étroite langue de terre appelée le Cou. Je n'ai aucune notion du temps, mais d'après mon père il fallait une petite demi-heure en marchant d'un bon pas pour aller de notre maison jusqu'au premier hameau de la grande île. Pour atteindre la ville principale il fallait compter un quart d'heure de plus. Korsted me paraissait immense, mais d'après grand-mère c'était tout petit par rapport à la ville du continent, juste en face. Imaginer tant de gens me faisait peur. Je ne me sentais pas en sécurité quand il y avait trop de monde. On ne savait jamais, disait mon père. Les gens souriaient, mais ça pouvait être trompeur.

Les habitants de la grande île avaient pourtant un bon côté : chez eux on trouvait tout ce dont on avait besoin. On n'aurait pas pu se débrouiller sans eux.

Quand mon père a refusé de quitter la Tête après la nuit tombée, c'est moi qui ai dû nous approvisionner. Mais il m'avait déjà appris à le faire.

Au début, on y allait avec le pick-up. On partait en pleine nuit, quand les gens dormaient profondément. On trouvait toujours un endroit où cacher la voiture, puis on se baladait à droite et à gauche en piquant des trucs dans les granges et les appentis. Et parfois dans les séjours et les cuisines. Une nuit on a pénétré dans la chambre d'une dame tellement ivre qu'elle ne s'est même pas rendu compte qu'on lui a piqué sa couette. Je me suis demandé ce qu'elle a pensé au réveil, en découvrant que la couette avait disparu. Mon père m'a raconté qu'il l'avait croisée dans la rue, le lendemain. D'après lui, elle avait un air complètement hagard, et je veux bien le croire. La dame avait fait un héritage, m'a-t-il dit, et la couette était en duvet d'oie. Peut-être a-t-elle cru qu'elle s'était envolée.

On a donné la couette en duvet d'oie à ma mère, et j'ai hérité de son ancienne couette en duvet de canard. Mon père l'avait reçue en échange d'une excellente presse à viande. Quelques mois plus tard on est allés récupérer la presse chez le coiffeur. On ne pouvait quand même pas la lui laisser ! Le coiffeur et sa femme dormaient à l'étage, et la presse était dans la cuisine, au rez-de-chaussée. La porte de service n'était pas fermée à clé et on a pu entrer sans difficulté. À l'époque, j'étais persuadée que le coiffeur ne voyait pas d'inconvénient à ce qu'on récupère nos affaires chez lui. Ou ses affaires, plutôt. Sa femme sentait très mauvais, son odeur flottait dans la cuisine. À la place du coiffeur, j'aurais préféré qu'on me vole ma femme, plutôt que ma presse. Mon père disait qu'elle sentait le parfum.

La couette en duvet de canard a longtemps gardé l'odeur de la femme du coiffeur. Heureusement, quand j'en ai hérité, il ne restait pratiquement plus que l'odeur de ma mère. On devinait à peine le parfum et pas du tout l'odeur de canard. En revanche, la couette en duvet d'oie sentait fortement l'alcool. Ça ne venait pas de ma mère : elle ne buvait rien de plus fort que du café au lait. À la fin, elle ne buvait même que l'eau de la pompe, mais ça, c'est une autre histoire.

Mon père savait ouvrir les portes et les fenêtres sans faire le moindre bruit. Il l'avait appris de son propre père, disait-il. Je n'ai pas connu mon grand-père, mais je sais qu'il s'appelait Silas. À son tour, mon père m'a appris comment faire, et je me suis exercée sur les portes et les fenêtres que nous avions rapportées de la grande île. Il y en avait plein à la décharge ; on en remplissait le plateau du pick-up chaque fois qu'on y allait. Je ne comprends pas que des gens jettent des choses pareilles. Ça peut se réparer. Et on peut les ouvrir et les fermer et jouer avec.

Nous évitions les maisons où on venait de changer les portes. C'était trop compliqué d'y pénétrer, surtout quand les gens fermaient à clé. Heureusement, la plupart des habitants de l'île ne le faisaient jamais. Mais quand c'était le cas il y avait souvent un appentis ; du coup, on ne revenait pas les mains vides. Une fois on a volé un cochon. Il nous en fallait un, et le paysan en avait beaucoup. Il n'arriverait jamais à tous les manger tout seul. Le cochon n'a même pas couiné quand mon père l'a pris dans ses bras. Mon père était gentil avec les animaux. Avec tous les animaux. Ça devait être pour ça. Et il savait les tuer sans leur faire du mal. D'après lui, c'était une autre façon de se montrer gentil avec eux.

La première fois que j'ai dû y aller seule, je n'étais pas très rassurée. D'autant que les choses avaient failli mal tourner la fois d'avant. Nous avions trouvé quelques poutrelles en fer que nous étions parvenus à hisser sur le plateau du pick-up, mais au coin d'une rue nous avions entendu un bruit d'enfer. Une des poutrelles avait heurté un mur. Des lumières se sont allumées dans les maisons alentour, mais mon père a pu s'engouffrer dans un chemin de terre et se garer derrière une haie où nous étions à l'abri des regards. Le lendemain, à la maison, nous avons monté les poutrelles à l'étage et nous les avons déposées dans le couloir. Évidemment, il fallait faire attention à ne pas s'y cogner quand on se promenait pieds nus.

Une autre fois, déjà, on avait failli se faire prendre. Par ma faute : j'avais marché sur un enjoliveur dans le garage du quincailler. Je me suis cachée dans un coin et j'ai retenu mon souffle. J'ai entendu le quincailler ouvrir la porte du garage. À ce moment-là, son chat s'est précipité pour sortir. Sinon, il aurait certainement allumé la lumière, et il m'aurait vue. Là, c'est le chat qui s'est fait engueuler : « C'est toi qui fais tout ce boucan ? Viens un peu ici ! »

Quand je suis sortie du garage, mon père faisait une drôle de tête. Il avait tout entendu, mais il ignorait que le chat m'avait tirée d'affaire.

Au bout d'un moment j'ai trouvé des avantages à partir sans mon père. J'étais plus petite et plus rapide que lui, et j'avais appris à bouger sans faire le moindre bruit. Je partais à pied, car je n'avais pas l'âge de conduire le pick-up et je n'aimais pas faire du vélo. Et, dans le noir, je voyais mieux que mon père. « Tu es comme le hibou », disait-il. C'était vrai. Pourtant, je ne savais ni voler ni faire pivoter ma tête. J'ai voulu m'y exercer, mais j'ai dû me rendre à l'évidence : jamais je n'en serais capable. Carl aussi a essayé, et il a mieux réussi que moi.

Ma mère ne disait pas grand-chose. En réalité, je crois qu'elle n'aimait pas nous voir partir de nuit. Mais elle était contente quand on lui rapportait des choses. Surtout quand ça venait de l'auberge.

*

Parmi mes souvenirs les plus anciens, il y a l'odeur de résine. L'étrange picotement dans les narines, les sucs poisseux sur mes mains et la voix douce de mon père me parlant du jus qui coulait à l'intérieur des troncs. Un jus extraordinaire, car il protégeait l'arbre contre les maladies et guérissait ses blessures. Et de petits animaux morts pouvaient y être conservés éternellement. Je revois encore la petite fourmi vivante qui grimpait le long de l'écorce, contournait les gouttes dorées et gluantes et se glissait à l'intérieur d'une fente de l'arbre pour réapparaître un peu plus haut.

Je parlais souvent aux arbres qui saignaient. Je leur disais qu'ils allaient se remettre de leurs blessures, car la résine était leur guérisseuse et leur protectrice. Les arbres étaient mes amis.

Et les fourmis faisaient partie de nos connaissances communes. Elles avaient le caractère bien trempé et trouvaient toujours leur chemin. Elles grimpaient le long des arbres, elles redescendaient, elles couraient dans l'herbe, elles traversaient la cour, elles parcouraient le séjour et la cuisine, elles se faufilaient dans les placards, se glissaient dans les pots de miel et retournaient à leur fourmilière. La plupart du temps, elles charriaient de la nourriture ou toutes sortes de petits objets plus ou moins inutiles. Et parfois elles transportaient une congénère morte.

En réalité, je ne sais pas si le bosquet d'arbres derrière la maison pouvait être considéré comme une véritable forêt. Combien d'arbres faudrait-il pour en faire une ? Aux yeux de Carl et aux miens, pourtant, il n'y avait pas de doute : c'était une forêt immense. Non ; c'était plus que ça. C'était un monde infini d'odeurs, de sons et de vies qui, au loin, se dissolvait dans un paysage de bruyères, d'oyats et de chants d'alouettes. Qui se fondait dans le sable, dans l'eau, dans une mer sans fin.

J'ai mis du temps à découvrir la bruyère et la mer. Au début il n'y avait que l'arbre. L'arbre qui saignait et la fourmi assez intelligente pour contourner l'or gluant qui lui aurait été fatal.

Plus tard j'ai découvert les autres arbres : les sapins dont les branches en éventail penchaient vers le sol comme si elles cherchaient à capter les murmures de la terre. Ils me paraissaient si tristes, les sapins. Certains d'entre eux avaient atteint une taille démesurée, mais ils semblaient garder la nostalgie de l'endroit où ils avaient surgi. Les pins, c'était autre chose. Avec leurs aiguilles hérissées et leurs pommes rebondies, ils étaient forts et robustes. J'étais persuadée que la terre leur était indifférente. Ils regardaient le ciel ; s'ils avaient pu décoller du sol, ils n'auraient pas hésité à s'envoler. Mais je pense qu'ils seraient revenus. Malgré tout, ils appartenaient à la Tête, comme moi.

Au fond, je préférais sans doute les sapins. Mais l'idée de l'envol me plaisait.

Puis il y avait les arbres qui bruissaient. Ils se cachaient parmi les conifères, et leurs troncs sveltes et gris se terminaient par des guirlandes de feuilles vertes – de petits cœurs dentelés qui résonnaient comme de la musique quand la brise soufflait. J'adorais leur bruissement, et il m'arrivait de m'asseoir sous les arbres pour attendre le vent. Je me souviens de mon effroi quand leurs feuilles sont tombées d'un seul coup aux premiers froids de l'automne. Elles se sont éparpillées autour de moi : j'étais assise au milieu d'un océan de cœurs perdus. J'ai voulu les raccrocher aux branches (aux premières branches, car je n'étais pas bien grande), mais ma tentative a eu pour seul effet de faire tomber les feuilles restantes. Je ne comprenais rien. J'ai fini par appeler mon père, qui m'a tout expliqué.

Par la suite, la forêt m'a paru l'endroit le plus sûr de la terre. J'ai compris que tout revenait. J'ai compris que les couleurs se succédaient : le vert tendre, le vert foncé, le rouge feu, le brun doré et le plus noir des noirs. L'humus. J'ai compris qu'il fallait nourrir la terre pour qu'elle donne naissance à de nouvelles vies. J'ai compris que l'obscurité succédait à la lumière, et que la lumière réapparaissait à son tour. J'ai compris que les cœurs finissaient par repousser.

Aujourd'hui je pense que mon père n'a jamais été aussi heureux que là-bas. Au milieu de la nature. Là, il pouvait respirer. Jamais nous n'avons respiré tant d'air frais, jamais nous n'avons connu une telle lumière qu'à cette époque-là. Et je suis certaine que mon père, lui aussi, sentait le soleil briller dans son ventre quand nous nous allongions sur le dos pour regarder les oiseaux dans les cimes des arbres. Je savais reconnaître le chant de tous les oiseaux ; je l'ai su avant même d'avoir appris l'alphabet avec ma mère.

Parfois je me demande si ce n'est pas cet air frais qui a maintenu mon père en vie. Et cette lumière. Si ça se trouve, on peut emmagasiner ces choses-là pour s'en servir plus tard. Comme on peut conserver les souvenirs dans sa tête – ou entasser les paquets de biscuits dans la buanderie, les parapluies, les enjoliveurs et les vieux disques dans la cuisine, les colliers de serrage, les filets de pêche et les boîtes de conserves dans la salle de bains, les rouleaux de tissu, les poutrelles en fer, les bidons d'engrais et les jerrycans d'essence dans le couloir, les pièces de machines, les matelas à ressorts, les vélos, les marionnettes, les violons et les pattes de poulets dans le séjour, et les serviettes de toilette, les aquariums, les machines à coudre, les bougies, les livres et les paquets de gâteaux dans la chambre. Sans compter la tête d'élan empaillée, les cassettes vidéo, les couettes, les humidificateurs, les barquettes en aluminium, les sacs de sel, les pots de peinture, les bassines, les ours en peluche et les enfants cachés dans les vieilles bennes.

Oui, je sais que cette énumération peut paraître bizarre, mais c'était comme ça. Nous n'étions pas comme les autres, j'ai fini par m'en rendre compte. Ma mère le savait très bien. Je suis en train de lire les lettres qu'elle m'a écrites. Elles sont dans une chemise verte où elle a marqué « Pour Liv ».

C'est mon nom. Liv.

Je ne veux pas les lire toutes d'un seul coup. Je ne supporte pas l'idée qu'il n'y en ait plus. Je n'en lis qu'une seule à la fois. J'ai tout mon temps.

Mon père n'était pas du tout comme les autres.

Il s'appelait Jens.

Jens Haarder.

Ma chère Liv,

Je mets ce feuillet sur le haut de la pile. Ce sera une sorte d'introduction. Les autres lettres, tu peux les lire dans l'ordre que tu voudras. En fait, il n'y a pas vraiment d'ordre.

Je n'ai jamais eu le courage de te raconter tout ce que j'avais à te dire, et maintenant que j'ai perdu ma voix je ne peux plus le faire. Mais je peux écrire, et j'ai tenu à t'apprendre à lire. Et un jour tu liras peut-être mes pensées. Je ne sais pas si je dois le souhaiter. Si tu le fais, j'espère que tu seras assez grande pour me comprendre.

Je t'ai déjà écrit plusieurs longues lettres, mais il y en a aussi de plus courtes. En réalité, ce ne sont que des notes, des idées qui me sont passées par la tête. Je ne sais pas combien de lettres je t'écrirai. Je ne sais pas comment tout ça finira.

Je cache cette chemise, car je ne veux pas que ton père la découvre. Quand je la glisse entre le matelas et le bois du lit et que je mets la couverture par-dessus, personne ne la voit. Comme ça je l'ai toujours sous la main si j'ai quelque chose à te dire.

J'ai pourtant beaucoup de mal à l'attraper. Je suis devenue si lourde que je peux à peine me retourner. Et j'ai mal partout.

Pardonne-moi si ce que j'écris te paraît sans queue ni tête. Tu sais évoluer au milieu du désordre et tu comprendras peut-être tout. Peut-être même arriveras-tu à comprendre ton père.

Il faut que tu saches que je l'aime. Et il faut aussi que tu saches qu'il me tuera sans doute un jour. Je suis prête à l'accepter. Mais toi, le pourras-tu ?

Affectueusement,
Ta mère

P.-S. Je ne sais pas si je dois considérer notre vie comme un conte de fées ou comme un roman d'horreur. C'est peut-être les deux. J'espère que tu sauras entrevoir le conte de fées.

Jens Haarder

Il fut un temps où Jens Haarder était considéré comme le plus bel homme de l'île. Avec les années il était devenu malaisé de comprendre pourquoi : ses cheveux et sa barbe avaient fini par former une broussaille inextricable, et il semblait de plus en plus difficile d'apercevoir sa personne. Non seulement sa pilosité cachait ses traits, mais il disparaissait presque derrière tous les objets qui s'entassaient autour de lui. Jamais on n'aurait imaginé qu'il finirait ainsi.

Sur l'île, on l'avait toujours connu. Ou plutôt, on savait qui il était. On le remarquait quand il passait dans les rues de Korsted avec son pick-up antédiluvien. Les gens d'un certain âge – la majorité des habitants de l'île – savaient qu'il s'agissait du pick-up dans lequel son propre père avait transporté des meubles en bois restaurés ou des sapins de Noël prêts à être décorés. À l'époque, Jens était toujours avec lui. L'air enchanté, le joli petit garçon était assis au milieu du bric-à-brac, et rien n'annonçait encore sa barbe broussailleuse ni sa triste fin.

*

Tout avait si bien commencé. C'était un enfant aimé ; aussi tendrement aimé que son frère Mogens. Avec leur père et leur mère, les deux garçons menaient sur la Tête une vie privilégiée. Ils étaient les meilleurs amis du monde et l'île était leur terrain de jeu. Elle devint aussi leur lieu de travail quand leur père décida de les prendre dans son atelier.

Leur père, Silas, avait plusieurs cordes à son arc, mais c'était avant tout un excellent menuisier. Il mettait un point d'honneur à fabriquer ce qu'il y avait de plus beau, et il tenait les arbres en haute estime. Pour lui, c'étaient des merveilles de la nature, et il les traitait avec respect dès l'instant où ils surgissaient de terre, dussent-ils finir leur existence comme bois de chauffage, planches de construction, meubles ou sapins de Noël. Ou éventuellement lui survivre. Certains arbres choisis avec soin étaient transformés en cercueils richement décorés et pouvaient ainsi retourner à cette terre qui les avait vus naître.

Ses fils avaient hérité du don de leur père. Mais les deux garçons ne se ressemblaient pas.

Jens était le plus jeune. Le plus jeune, le plus brun, le plus beau, se disait souvent leur mère en les voyant jouer dans la cour. En revanche, Mogens avait l'esprit plus vif. Avec lui, elle était tranquille : elle pouvait envisager l'avenir avec optimisme. Quand ses fils prendraient la succession de leur père, Mogens saurait faire fructifier l'entreprise. Else Haarder ne doutait pas de son fils aîné : il avait le sens des affaires. En son for intérieur elle pensait même qu'il réussirait mieux que son père.

Silas avait beau être un artisan reconnu, ses dons pour le commerce étaient assez limités. Certes, l'argent rentrait, mais il semblait repartir en achats inutiles au lieu d'être investi en outils et matériel. Silas fréquentait assidûment les deux brocanteurs de l'île, et il paraissait irrésistiblement attiré par les magasins où traînaient des marchandises dont on voulait se débarrasser. Ainsi, il revenait toujours à la maison avec un objet quelconque, fier de sa trouvaille.

Sa femme était moins ravie. Mais c'était plus fort que lui : il était persuadé qu'il finirait par découvrir une utilité à ses acquisitions. C'était une question de regard, disait-il. L'objet le plus banal pouvait receler des qualités insoupçonnées. N'avait-il pas fabriqué un magnifique lustre avec douze fers à cheval ? Else avait bien été obligée de lui donner raison. Le lustre était très beau et particulièrement original. Du coup, il en avait fait d'autres. Il les avait vendus à des estivants, ce qui lui avait permis d'acheter quelques fers à cheval de plus.

Le talent de Silas ne se limitait pas à la transformation du bois. Il savait aussi en prendre soin avant de le raboter. Il veillait sur les arbres de la Tête comme s'il avait été leur père biologique. Quant à ses propres fils, il avait su leur communiquer son amour et ses connaissances : Jens aimait la forêt de tout son cœur, Mogens l'aimait avec la raison. Si Jens ne pouvait pas voir un arbre tomber sans verser une larme, Mogens s'empressait de calculer combien d'argent il pourrait en tirer.

Silas Haarder aimait ses deux fils d'un amour égal. Mais il avait quand même une préférence pour Jens.

En décidant de créer une petite plantation de sapins à côté de la forêt mixte, Silas avait eu une idée visionnaire. Ou une idée lucrative, en tout cas. Il pouvait ainsi fournir des arbres de Noël aux habitants de l'île et aux quelques visiteurs qui passaient la fin de l'année dans leur maison de vacances. L'argent gagné permettait aux Haarder de s'offrir quelques extras pour les repas des fêtes. Du moins si Else se chargeait de l'encaisser avant que son mari ne le dépense en toutes sortes d'achats inutiles.

La place ne manquait pas pour planter des sapins, puisque la famille avait l'île pour elle toute seule. Personne ne semblait avoir envie de vivre dans un endroit aussi isolé, pas même à une époque où les arbres et les broussailles n'avaient pas encore échappé à tout contrôle et n'envahissaient pas les prairies où paissaient les animaux. En revanche, les gens se rendaient volontiers à la Tête pour faire réparer des objets, ou simplement pour bavarder un peu, même s'il fallait pour cela affronter le long trajet à pied ou en voiture sur l'étroite langue de terre. On aimait bien Silas. On appréciait son travail et on s'amusait de ses excentricités. On savait par exemple qu'il parlait aux arbres. Ses sapins étaient très demandés, car on adorait entendre Silas leur murmurer un dernier adieu avant de les remettre aux acheteurs. Ensuite, il prenait un air mélancolique et se frottait les mains pour les réchauffer, pendant que sa femme encaissait l'argent.

Silas n'était pas un homme ordinaire, mais on ne doutait pas de sa bonté. Et ses cercueils étaient si beaux que c'était un privilège de s'y faire enterrer.

Personne ne savait que Silas Haarder et son fils Jens essayaient les cercueils avant de les livrer aux clients. Une fois les cercueils terminés, ils descendaient de nuit à l'atelier et se couchaient dedans, pendant qu'Else et Mogens dormaient profondément. Silas se mettait sur le dos, son fils dans ses bras, et ils restaient là, dans l'obscurité et l'odeur de bois frais.

Jens ne pouvait rien imaginer de plus rassurant et de plus agréable. Bien des années plus tard, quand les souvenirs de ces moments passés dans les cercueils commençaient à s'estomper, il conservait toujours en lui cette sensation. L'obscurité était une amie intime. Une douce caresse.

Ils échangeaient quelques mots sur la personne qui occuperait bientôt le cercueil : le marchand de vélos ou le boulanger ou n'importe qui d'autre. Silas connaissait tous les habitants de la grande île. Ou il connaissait quelqu'un qui les connaissait. Mais jamais il ne colportait de ragots. Il disait du bien de tout le monde. Ainsi, il racontait que le boulanger avait été aux petits soins pour ses rats. Ou que le receveur des postes avait eu tant d'amour pour son épouse qu'il avait dû prodiguer son surplus de tendresse à trois autres femmes.

Une nuit, Silas confia à son fils cadet que l'ancien maire de Korsted avait longtemps caché dans sa ferme toutes sortes d'objets. Des objets qu'on pouvait prendre, à condition de ne pas être vu et de ne faire aucun bruit. Et de n'en parler à personne, pas même au maire. C'était un petit jeu auquel celui-ci s'était livré avec quelques initiés. Après sa mort, d'autres habitants de l'île avaient continué d'y jouer, mais tout cela restait un secret. Jens ne devait en souffler mot ni à Mogens ni à personne d'autre. Et surtout pas à sa mère, qui n'aimait pas ce genre de jeu.

Ce qu'on disait dans le cercueil ne devait pas sortir du cercueil. C'était l'accord qu'ils avaient conclu.

En revanche, ce qu'on déposait dans le cercueil n'y restait pas toujours. Alors qu'ils préparaient celui du boulanger, Jens eut soudain une idée. Avant de rejoindre son père, il tourna les talons et se mit à fouiller dans une caisse près de l'établi.

– Qu'est-ce que tu fabriques ? demanda une voix s'échappant du cercueil.

– Je prends son rouleau à pâtisserie, annonça Jens avec fierté. Tu ne crois pas qu'il sera content de l'avoir avec lui ? Même si l'une des poignées est abîmée ?

Le rouleau atterrit dans le cercueil avec un bruit sec. Silas mit un certain temps à répondre.

– Je n'en sais rien. Ça fait un moment que je l'ai, et j'y tiens beaucoup. Pourquoi l'aurais-je gardé, sinon ? Et pourquoi enterrer un objet qui peut encore servir ? Non, laissons-le où il était. Ça nous fera un souvenir du boulanger. Et puis, de toute façon, que veux-tu qu'il en fasse, là où il va ?

– Tu veux dire : dans le cercueil ?
– Je pensais surtout à l'endroit où il ira après.
– Après ? Où est-ce qu'il ira après ?
– Tout dépend s'il a été bon ou pas.
– S'il faisait de bons gâteaux ?
– Ce n'est pas le plus important. Il s'agit avant tout de savoir s'il a été bon avec les gens quand il était encore en vie.
– Un jour il m'a balancé une douille à pâtisserie à la figure.
– C'est vrai ?
– Oui. Parce que j'avais touché le chambranle de sa porte. Le chambranle que tu lui as fait au printemps dernier.
– Tu as pris la douille ?
– Oui.
– Tu as bien fait.
– Alors, il ira où ? Puisqu'il m'a balancé un truc en pleine poire.
– Je ne saurais te le dire. C'est la nature qui décidera. Quand son corps aura fini de se dissoudre, son âme s'envolera et prendra une autre forme. Il deviendra ce qu'il a mérité de devenir.
– Et ce sera quoi ? Un papillon ? Un brin d'herbe ? Une voiture à cheval ? Ou un porc d'engrais ?
Jens n'avait aucun mal à imaginer le boulanger en porc d'engrais.
– Eh bien… Va savoir.
– Il pourrait redevenir boulanger ?
– J'espère bien que non.

– Mais il restera sur l'île ?
– Je n'en sais rien.

Jens allait beaucoup réfléchir à ce que lui avait dit son père cette nuit-là. Que tout ne soit pas fini avec la mort lui avait paru rassurant, mais ça le tracassait de ne pas savoir ce qu'il deviendrait après. Dans ce cas, il préférerait rester celui qu'il était. En tout cas, il n'avait aucune envie de se changer en moustique. À tout prendre, il aimerait mieux devenir une fourmi, car les fourmis ne volaient pas et ne passaient pas leur temps à piquer les gens. Et il ne lui aurait pas déplu d'être un arbre, car on pourrait en faire un beau cercueil où des gens s'installeraient pour bavarder.

Il pensait souvent à la mort. Mais il eut du chagrin le jour où il comprit qu'il ne serait pas le seul à mourir. Tôt ou tard, sa mère et Mogens mourraient aussi. Et son père également. Peu importe ce qu'ils deviendraient : ils ne seraient plus sa mère, son frère et son père. Il eut mal au ventre pendant plusieurs jours et finit par se dire qu'il vaudrait sans doute mieux mourir avant eux. Comme ça, ils ne lui manqueraient pas. Mais peut-être seraient-ils tristes quand il ne serait plus là. Et si on renaissait sous forme d'arbre, de cheval ou d'épouvantail, comment les autres le sauraient-ils ? Quoi de plus cruel que de se changer en un épouvantail que personne ne reconnaîtrait et d'être réduit à faire peur aux oiseaux ? Et supposons qu'on se transforme en rouleau à pâtisserie ? Et qu'on soit abîmé ?

Les pensées se bousculaient dans sa tête. Il faisait d'horribles cauchemars où il se voyait déjà à la décharge. Un jour il y avait accompagné son grand-père avec toutes sortes d'objets cassés dont sa mère ne voulait plus. À leur retour, Silas revenait de la forêt. Pour la première fois, les garçons virent leur père en colère : comment avait-on osé jeter des choses sans sa permission ? Il fallut tout l'après-midi à leur mère pour calmer son mari. Mais ils s'assirent ensuite sur le banc, main dans la main, pour regarder les garçons jouer à la balle.

Leur grand-père mourut peu de temps après. Mogens et Jens eurent d'abord du chagrin, mais on leur expliqua qu'il ne fallait pas être triste, car leur grand-père était très vieux et il était normal qu'il meure. Et puis, ils le connaissaient à peine, car il vivait à Sønderby, venait rarement leur rendre visite et ne disait pas grand-chose quand il était là. En somme, il ne leur manquait pas véritablement. Mais Jens ne put s'empêcher de se demander en quoi son grand-père aurait voulu être transformé. Et si ses vœux avaient été exaucés.

Quand son cercueil fut terminé, Jens put enfin donner libre cours à ses pensées. Il était confortablement installé sur le ventre doux de son père, qui le tenait fermement dans ses grosses mains. Par moments, la barbe de Silas lui chatouillait le front. Ça le piquait un peu, mais ce n'était pas désagréable. Tous deux respiraient au même rythme.

– À ton avis, grand-père va devenir quoi ?

– C'était un homme gentil. Je suis persuadé qu'il se transformera en quelque chose de bien.

– Pas en moustique, alors ?
– Ça m'étonnerait beaucoup.
– En arbre ?
– Oui, plutôt en arbre. En un grand pin.
– Dans ce cas, il ne faudrait pas qu'on le coupe.
Jens sentit à la barbe de son père que celui-ci souriait.
– On peut couper un arbre si on a du respect pour la vie qu'il a vécue. Ton grand-père a parfois pu se tromper dans ses décisions, mais c'était un homme bon qui n'aurait pas fait de mal à un chat. Souvenons-nous de ses qualités.
Jens était allé chez son grand-père à Sønderby, mais il n'y avait jamais vu de chat. Seulement un petit chien qui le suivait partout et savait faire le mort sur commande. Il faisait ça à la perfection, jusqu'au jour où il ne s'était plus relevé. Du coup, on avait décrété que c'était le chien le plus obéissant de l'île, et le grand-père de Jens avait cessé de parler. Puis il était mort, lui aussi.
– Il n'aurait pas fait de mal à son chien non plus, n'est-ce pas ? Pas exprès, en tout cas ? demanda Jens d'un ton soucieux.
– Toi aussi, tu es un être bon. Ton grand-père n'aurait fait de mal à personne. Et maintenant tu as hérité de sa casquette. Elle est peut-être un peu grande pour toi, mais elle te va bien. Et ça te fait un beau souvenir de lui, hein ?
Jens hocha la tête dans l'obscurité.
– Moi aussi je serai père, un jour ? demanda-t-il soudain.
– Je le pense bien.
– Si j'ai un fils, il s'appellera Carl.
– Carl ? Pourquoi ?

– Le poète que j'ai rencontré à la décharge m'a dit qu'il s'appelait Carl et qu'il avait plus de cent ans. Il a d'ailleurs l'intention de vivre jusqu'à deux cents.

– C'est ce qu'il a dit ?

– Oui. Et si on compte les cernes de croissance de son visage, je pense que c'est vrai. Il en a énormément.

– J'essaierai de les compter la prochaine fois que je le verrai. Si j'ai le temps.

– Et si j'ai une fille, elle s'appellera Liv. Comme le bébé qu'on a vu hier.

– C'est un beau prénom, répondit Silas en souriant.

– Oui.

Pendant quelques instants ils écoutèrent le murmure de la forêt, qui leur parvenait à travers la fenêtre entrouverte. Au bruissement se mêlaient des arômes de sapin et de mousses humides, qui s'ajoutaient à l'odeur de bois frais du cercueil. Bientôt on pourrait respirer le parfum du chèvrefeuille.

Puis Silas bougea légèrement.

– Maintenant, on peut considérer que le cercueil est prêt à recevoir grand-père, non ? Allons nous coucher. Fais attention à ne pas réveiller ton frère en rentrant.

– Je ne l'ai jamais réveillé.

– C'est vrai. Mogens dort comme une souche.

Cette nuit-là, Jens ne put s'endormir. Il se posait trop de questions. En fin de compte, les souches étaient peut-être des êtres humains plongés dans le sommeil. Des êtres trop fatigués pour se transformer en autre chose.

L'enterrement s'était très bien passé, leur apprit Else en rentrant de l'église de Korsted. Mogens et Jens étaient restés à la maison avec leur père. Silas aimait beaucoup les cercueils, mais il détestait les enterrements. Et il répugnait à laisser partir ses fils. Qu'ils aillent à l'école de temps à autre au lieu de l'aider lui paraissait bien suffisant. Les garçons avaient largement de quoi s'occuper à l'atelier, et Silas se méfiait de ce qu'on leur apprenait en classe. Souvent il ne comprenait rien à ce que Mogens lui racontait. Des racines carrées ? C'était quoi ?

En revanche, il était plein de fierté en voyant qu'ils montraient des dons pour la menuiserie. Mogens surtout.

Jens avait pourtant quelque chose que Silas ne parvenait pas à définir, mais qui lui plaisait beaucoup. Le premier essayage de cercueil avait été le fruit du hasard. Il avait simplement voulu faire connaître au garçon le bonheur de se sentir enveloppé par le bois. Lui faire admirer un ouvrage qu'il saurait un jour exécuter à merveille. L'amener à apprécier ses lignes et proportions et à respirer son parfum. Et lui expliquer comment le bois continuerait à vivre et à travailler autour du mort. Jamais le maître d'école ne lui apprendrait ça.

Il n'avait pas eu l'intention de recommencer. Mais à rester secrètement allongé dans le cercueil avec son fils cadet dans ses bras, à écouter ses réflexions, ses confidences et ses questions, il avait découvert un sens nouveau à la vie.

Silas se moquait de ce qu'on pourrait en penser. Il ne lui était même pas venu à l'esprit que les gens pourraient trouver ça légèrement bizarre. Seul lui importait ce refuge où ils pouvaient sans crainte se confier l'un à l'autre.

Jens se garda bien de dire à son frère ce qu'il avait appris dans le cercueil. Mais il ne put s'empêcher de lui poser une question :

– Qu'est-ce que tu veux devenir, Mogens ?

– Quand je serai grand ? Inventeur. Je veux devenir inventeur.

– Mais quand tu seras mort ? Qu'est-ce que tu veux devenir quand tu seras mort ?

Mogens le dévisagea :

– Justement, je ne mourrai pas. J'inventerai quelque chose qui m'empêchera de mourir, et je gagnerai assez d'argent pour en vivre. Et je t'empêcherai de mourir aussi. Mais il ne faut le dire à personne.

À Jens, cela faisait un nouveau sujet de réflexion. Et un secret de plus à garder.

*

C'était une nuit d'automne. Le vent du nord soufflait fort depuis un moment, la tempête rugissait et les rafales faisaient voler les tuiles du toit. Incapables de dormir, Jens et Mogens écoutaient le vacarme. La porte hollandaise de l'étable criait sur ses gonds ; une bourrasque l'ouvrit avec fracas, et ce fut une cacophonie de mugissements, de hennissements et de bêlements. Peu après, une autre porte claqua, et ils entendirent leur père tenter de calmer les bêtes. Quelque chose tomba du toit. Était-ce la girouette ? Un objet fit crisser le gravier et il y eut un choc. Mogens pensa qu'un des tonneaux avait percuté la pompe. Il essaya de rassurer Jens : si le vent avait soufflé du sud ou de l'ouest, la situation aurait été bien pire. Quand il venait du nord, la forêt atténuait un peu sa force. Et les arbres étaient loin : ils ne risquaient pas de tomber sur la maison. En somme, il n'y avait aucune raison d'avoir peur.

Mais Jens n'était pas tranquille. Bien au contraire : en pensant aux pauvres arbres qui luttaient pour protéger leur maison, il fut pris de terreur. Il entendit un sifflement aigu suivi d'un bruit sourd. La gorge serrée, il se blottit contre Mogens, qui l'étreignit doucement en rêvant d'agrandir l'atelier et d'inventer un dispositif efficace contre les vents du sud.

Le lendemain matin, ils inspectèrent les bâtiments avec leur père. Les constructions n'avaient pas subi de dégâts importants, mais des objets s'étaient éparpillés partout et il leur fallut un certain temps pour les ramasser et les empiler le long des murs. Les bêtes s'étaient calmées et ruminaient tranquillement dans leur modeste logis.

Ensuite ils allèrent voir les arbres. La plantation de sapins de Noël avait étonnamment bien résisté. Dans la forêt, des pins gisaient au sol, tels des soldats morts dans le brouillard matinal. Quelques-uns avaient arraché de grosses mottes de terre, qui formaient des sortes de boucliers au bord des cratères. Jens s'approcha avec précaution d'un des trous. Un monde souterrain se révéla à lui : les parois étaient hérissées de racines, qui s'étendaient comme autant de tentacules. Certaines étaient cassées net, d'autres s'étaient abîmées et présentaient des pointes affilées. Les plus grosses plongeaient encore tout au fond de la terre. Sur le bord du trou, un rideau de mousses pendait, telle une chute d'eau figée. Il ne restait plus rien de l'harmonie silencieuse du sous-bois. À contempler ce chaos étrange, Jens ressentit un plaisir mêlé de frayeur.

Une main familière se posa sur son épaule.

– N'y touchons pas, lui dit Silas à voix basse. Un renard finira probablement par creuser sa tanière là-bas. Et cet arbre était très vieux. Pour lui, l'heure était venue de mourir.

Jens hocha la tête. Mogens était déjà en train de mesurer l'arbre.

Les garçons suivirent leur père sur l'étroit sentier courant entre les sapins, les pins, les chênes et les bouleaux. Quand Silas se baissa pour éviter une branche, Jens l'imita. Il lui faudrait pourtant attendre quelques années avant de risquer de s'y heurter. Quand ils passèrent devant les grands sapins et continuèrent vers le nord, il sentit un picotement dans le ventre. On avait toujours répété aux garçons qu'il ne fallait pas s'aventurer seul au-delà de cet endroit. Jens n'avait jamais osé braver l'interdiction. Il regarda avec fascination les pins rabougris qui succédaient aux sapins. Les arbres semblaient lui tendre leurs bras. Était-ce pour l'étreindre ou pour l'étrangler ? Silas avait dû percevoir l'inquiétude de son fils cadet, car il s'arrêta et posa sa main sur un bras tordu qui leur barrait à moitié le chemin.

– Regarde, Jens. Voici un arbre magique. Il est gentil, il veut nous dire bonjour.

Jens hocha la tête d'un air joyeux. À son tour il posa sa main sur la branche et dit poliment bonjour à l'arbre.

Après le dernier tournant du chemin, les pins s'espacèrent. La brume qui enveloppait la forêt depuis le matin s'était lentement déplacée vers le sud. Les dernières nappes de brouillard s'évanouissaient maintenant au-dessus des arbres magiques et le soleil de l'après-midi apparut. En éclairant le sous-bois, il leur fit découvrir une vie grouillante : des scarabées se frayaient un chemin à travers les touffes d'herbe mouillée, des insectes dansaient entre les troncs des arbres, une musaraigne s'affairait entre les graminées. Un lapin détala soudain devant eux comme s'il voulait rattraper le brouillard ; dans une toile de fils argentés, une araignée fondit sur sa proie sans paraître accablée par la croix qu'elle portait sur son dos.

Quand ils passèrent devant les derniers arbres et foulèrent l'étendue qui séparait la forêt de la mer, Jens retint son souffle. La lande. La vaste et mystérieuse lande qu'il ne connaissait qu'à travers les descriptions de son père et de son grand frère. La lande dont il avait tant rêvé.

– Regardez, la bruyère est en fleur ! dit Silas. Vous sentez son parfum ?

Ils l'entendirent inspirer à fond. Jens l'imita en contemplant le tapis mauve qui s'étendait devant eux. Les odeurs étaient nouvelles et enivrantes : l'air frais et iodé de la mer était pimenté par les parfums de la bruyère et de l'herbe rêche. Jens se dit que ce devait être l'endroit le plus paisible de la terre. Il s'y allongerait volontiers pour bavarder avec son père.

– Vous voyez ces fleurs ? Ce sont des mors du Diable.

Silas montra du doigt une plante dont les fleurs bleues rassemblées en boules se balançaient sur de hautes tiges.

– Des mors du Diable ?

Jens avait entendu parler d'un boucan du Diable. D'après la femme du pasteur, il y en avait chez le receveur des postes. Le ton qu'elle employait laissait deviner que c'était un objet assez vilain. Jens espérait qu'on l'apporterait bientôt à l'atelier pour que son père l'arrange.

– Cet été, je vous montrerai d'autres fleurs qui poussent ici. Il y en a une qui s'appelle le trèfle cornu.

Voilà autre chose. Cornu comme le Diable ? Décidément, le Malin était partout. Jens était perplexe.

– Et il y a aussi l'herbe à la Vierge.

Jens regarda son père avec étonnement.

– La vierge Marie ? Elle vit par ici ?

À l'école on lui avait parlé de cette Marie. Il savait qu'elle possédait un âne et qu'elle était mariée à un charpentier. C'était à peu près tout ce qu'il avait retenu, mais cela suffisait pour la lui rendre sympathique.

Silas sourit :

– Pas que je sache. Mais si jamais elle venait à passer, elle pourrait se coucher dans l'herbe et respirer son parfum.

Puis il fit un clin d'œil à son fils, qui crut qu'il avait une poussière sous la paupière.

Mogens n'écoutait pas leur conversation. Il trépignait d'envie de descendre jusqu'à la mer, et son trépignement se transforma en un piétinement lorsqu'on lui dit de taper du pied pour faire fuir les vipères qui pourraient se cacher dans la bruyère. Jens marchait sagement entre son père et son frère. Avec le moustique, la vipère était le seul animal qu'il n'aimait pas.

– Viens, Jens, viens ! cria Mogens.

Il courut jusqu'à l'endroit où l'eau avait laissé une marque dans le sable. Puis il se mit à genoux et attendit. Une nouvelle vague ne tarda pas à déferler ; l'eau s'infiltra doucement sous ses paumes, ses genoux et ses chaussures. Il avait beau être trempé, il riait de bonheur.

Debout au milieu des oyats, Jens n'avait pas bougé. Les oyats lui piquaient les jambes juste au-dessus de ses mi-bas, mais il s'en apercevait à peine. Il regardait fixement son grand frère et la mer.

Quand la mer se déversait sur la plage, elle ressemblait à une fine langue brillante. Mais elle n'avait rien de vorace. Tel un chat gentil, elle léchait délicatement les genoux de Mogens. Jens se dit que cette mer était une amie. Dans son imagination, elle lui avait pourtant semblé effrayante. À présent, l'étendue d'eau qui se déployait vers le nord n'avait plus rien d'inquiétant à ses yeux.

Quand ils roulaient sur le chemin de terre du Cou, il avait vu la mer bleue s'étaler des deux côtés de la voiture. Et il l'avait aperçue entre les collines quand ils s'approchaient de Korsted ou faisaient le tour de l'île pour livrer aux habitants les meubles qu'ils venaient de réparer. La mer avait toujours été là, comme une couleur enveloppante ou un bruit lointain. Mais il n'y avait jamais plongé les mains. Il n'avait jamais enlevé ses chaussures et ses chaussettes pour y patauger, il n'avait jamais senti son écume bouillonner autour de ses chevilles, il ne l'avait jamais entendue se retirer avec un petit soupir en creusant le sable sous ses pieds. Et il ne s'était jamais penché en avant pour la laisser ruisseler entre ses doigts – froide, douce et insaisissable.

Jusqu'à ce jour-là.

Pendant que les garçons jouaient au bord de l'eau, à l'endroit où l'eau et le sable échangeaient leurs caresses, leur père scrutait attentivement le liseré d'algues et de cailloux qui formait une sorte de dentelle irrégulière le long de la plage. Silas marchait légèrement penché en avant, les mains dans le dos. Il avançait lentement, s'arrêtait parfois pour remuer les pierres, puis il reprenait sa marche.

– Il cherche peut-être de l'or, chuchota Mogens.

Il cherche peut-être grand-père, pensa Jens.

Silas cherchait de l'ambre. Et il en trouvait. En grande quantité. Il en montra un morceau aux garçons. L'air intrigué, ils regardèrent la petite boule jaune. Leur père expliqua que ce n'était pas une pierre. Il leur demanda d'y mordre doucement.

– Ça vaut quelque chose ? demanda Mogens. Autant que l'or ?

– Les gros morceaux peuvent valoir cher. On s'en sert pour faire des bijoux. Mais ça ne vaut pas autant que l'or.

– C'est quoi ? Ça vient d'où ? demanda Jens.

Silas sourit.

– Je vous le montrerai tout à l'heure. Mais regardez d'abord ceci.

Il glissa la main dans sa poche et en sortit une seconde boule jaune.

– En un sens, ça vaut plus que de l'or. Vous voyez ce qui se cache à l'intérieur ?

– On dirait une… une fourmi, répondit Jens.

– C'est une fourmi. Une fourmi très ancienne. On a découvert des morceaux d'ambre contenant des animaux qui datent de plusieurs millions d'années.

– De gros animaux, aussi ?

– Non, surtout des petits. Mais vous vous rendez compte ? Que l'ambre puisse les conserver aussi longtemps, c'est extraordinaire, non ?

Les garçons hochèrent la tête sans quitter la fourmi des yeux. Puis Jens leva soudain le regard vers son père.

– Et des êtres humains ? Des êtres humains tout petits, des enfants ? On a aussi découvert des enfants très anciens dans ce genre de boules ?

Silas ignora les gloussements de Mogens. Il secoua la tête.

– Ça, je n'en ai jamais entendu parler.

Puis il se gratta la barbe, comme il le faisait souvent quand une idée intéressante lui traversait la tête.

– Mais, après tout…

Mogens cessa immédiatement de rire.

– Il y a très, très longtemps… commença Silas. Non, venez voir. Il vaut mieux que je vous le montre.

Sans dire un mot, Silas retraversa la lande avec ses deux fils. De nouveau ils s'engouffrèrent dans la forêt. Le temps s'était rafraîchi, mais le soleil restait suspendu au-dessus de l'horizon et ses rayons obliques pénétraient entre les arbres.

– Il faut qu'on trouve un arbre blessé, dit-il en quittant le sentier pour s'approcher d'un bosquet de pins. Essayez d'en trouver un dont l'écorce est fendue.

Mogens ne tarda pas à en repérer un.

– Ici ! cria-t-il comme s'il avait trouvé de l'or.

Il avait trouvé l'arbre le plus approprié. Silas savait pertinemment qu'il y avait là un pin avec une blessure à hauteur d'enfant. Il connaissait la forêt comme sa poche.

– Félicitations ! Examinez-le bien. Vous voyez les gouttes dorées ? C'est une sorte de jus qui coule à l'intérieur de l'arbre. Quand celui-ci est blessé, le jus suinte par la blessure et s'épaissit. Il permet à l'arbre de guérir et empêche les animaux nuisibles d'y pénétrer. Touchez-le. Ça colle, n'est-ce pas ? Et reniflez vos doigts.

– Ça sent mauvais, dit Mogens.

– Moi, je trouve que ça sent bon, dit Jens.

Silas sortit de sa poche la boule d'ambre contenant la fourmi.

– Ce que vous voyez sur l'arbre s'appelle de la résine. Et cette petite boule d'ambre, c'est de la résine très ancienne venant d'un arbre très ancien.

– Et dedans il y a une fourmi très ancienne ?

– Exactement.

Jens n'avait pas oublié la phrase que son père avait laissée en suspens :

– Et les enfants ?

– Eh bien, je me suis rappelé que les anciens Égyptiens – c'étaient des gens qui vivaient il y a très longtemps – utilisaient de la résine pour embaumer leurs morts.

Les garçons le regardèrent d'un air intrigué.

– Vous comprenez, les Égyptiens pensaient que l'âme continuerait à vivre à l'intérieur du corps si on parvenait à le conserver intact. Et pour cela ils utilisaient de la résine.

– Ça veut dire que le corps ne pourrissait pas ?

Jens avait observé avec intérêt la dégradation d'un renardeau mort qu'ils avaient découvert au bord de la route du Cou. Avec le temps, l'animal était devenu tout noir et tout plat. Et les mouches y pullulaient.

– Comment ils faisaient pour l'empêcher de pourrir ? demanda Mogens.

Silas éclata de rire.

– Je vais être obligé de parler technique. Mais tant pis… Ils commençaient par éviscérer le corps. C'est-à-dire qu'ils enlevaient tous les organes intérieurs : les poumons, le foie, les intestins et tout le reste. Comme vous m'avez vu faire avec des animaux.

Les garçons hochèrent vigoureusement la tête.

– Mais ils laissaient le cœur. Pour son dernier voyage, le mort devait le garder. Puis ils asséchaient le corps en le plongeant dans un bain de sel. Le sel aspire l'humidité, et le corps devait être complètement desséché. C'est l'humidité qui le fait pourrir. Ensuite, ils l'enduisaient de résine et de toutes sortes d'huiles, et ils l'entouraient de bandelettes. Ils en couvraient même le visage et les doigts de pied.

Silas était ravi : tout cela, ses fils ne l'apprendraient certainement pas à l'école.

– Des bandelettes ?

Jens semblait faire tourner le mot dans sa bouche.

– Oui ; de fines bandes de tissu. Comme celles que j'ai utilisées pour panser ton bras quand tu t'es blessé. Et ils peignaient un portrait du mort qu'ils posaient à l'endroit de son visage.

– Et ensuite, qu'est-ce qu'ils en faisaient ? demanda Mogens qui plissait le front, s'efforçant de comprendre.

– Ils mettaient le corps dans une sorte de cercueil qu'ils conservaient dans un endroit sec. Et ça marchait ! On a retrouvé des corps embaumés vieux de plusieurs milliers d'années.

– Des enfants aussi ?

– Oui, on a sûrement découvert des enfants embaumés.

Mogens examina la résine qui avait coulé de l'arbre.

– Comment on fait pour en obtenir des quantités suffisantes ? demanda-t-il en se grattant le menton.

– On peut faire saigner l'arbre. En s'y prenant d'une certaine façon, on peut en obtenir pas mal. Un jour je vous montrerai comment on fait. Mais maintenant on va rentrer. Votre mère nous attend pour le dîner.

– Qu'est-ce qu'il vous a raconté ?

Quand Jens lui rapporta les paroles de son père, Else Haarder le regarda avec des yeux de folle. Jamais il n'avait vu sa mère dans un état pareil. Silas et Mogens étaient en train de s'occuper des bêtes et il aidait Else à mettre la table. Cette histoire d'enfants conservés dans la résine ne semblait pas lui plaire du tout.

Dorénavant, Jens y veilla scrupuleusement : ce qu'on disait dans la forêt ne devait pas sortir de la forêt.

Touché

Tout allait bien jusqu'au jour où le malheur arriva. Silas Haarder fut découvert par son fils cadet, qui traîna son corps à travers la bruyère et la forêt et le déposa dans la cour sous le soleil éclatant de midi.

Puis Jens s'écroula à côté de son père, épuisé.

Personne ne comprit comment le garçon avait réussi à transporter le menuisier jusque-là. Certes, il venait d'avoir treize ans, mais il était tout frêle et n'avait pas la force de son grand frère.

Jens avait beau être exténué, il refusait d'abandonner le corps de son père. Il s'agrippait à la chemise du menuisier et se mettait à crier dès qu'on s'approchait. Mogens dut attendre plusieurs heures avant de pouvoir rentrer le corps à l'intérieur. À ce moment-là, Jens dormait profondément.

Le menuisier avait sans doute été frappé par la foudre, car il portait des marques de brûlures aux jambes et au dos : des ramifications bien dessinées qui faisaient penser à une œuvre d'art. Un bref orage avait d'ailleurs éclaté dans la matinée, mais il avait si peu duré qu'on y avait à peine fait attention.

Quelques jours plus tard, Silas fut enterré au cimetière de Korsted dans un cercueil fabriqué à l'usine. Les obsèques eurent lieu en présence de quelques habitants, de sa veuve éplorée et de son fils aîné.

Son fils cadet n'avait pas voulu y assister.

Après la mort de son père, Jens devint de plus en plus taciturne. Il séchait souvent les cours et se promenait sur la grande île, explorant en cachette les maisons et les granges. Mais il aimait surtout rester seul à l'atelier ou dans la forêt avant le lever du jour. Il finit par cesser totalement d'aller à l'école. Else Haarder se dit que ce n'était pas grave : il travaillait bien à l'atelier, s'occupait des bêtes et prenait soin des arbres avec beaucoup de sérieux. En fin de compte, c'était le plus important.

Son grand frère était désormais le principal responsable de la menuiserie. Les commandes continuaient d'affluer, car on savait que les garçons avaient hérité des talents de leur père.

La plupart des gens n'avaient pas besoin des services d'un menuisier, car on trouvait facilement de la marchandise neuve. Mais on tenait à aider une famille durement éprouvée. On ne voulait pas savoir que Mogens conduisait le pick-up sans permis : tant qu'il n'avait pas d'accident, ce n'était pas grave. Et le jour où l'on vit Jens arriver au volant, on considéra que c'était parfaitement normal.

Les années se suivaient et se ressemblaient.

Else avait toujours retrouvé les traits de son mari dans le visage de son fils cadet. À mesure qu'il grandissait, la ressemblance s'accentuait. Sa bouche avait le même dessin que celle de son père : une ligne mélancolique qui se relevait aux commissures des lèvres pour former une sorte de sourire (comme celui d'un ours en peluche bien-aimé, comblé par les caresses et affligé de ne pas pouvoir les rendre). Et il avait aussi le regard de Silas. Ses yeux noirs comme du charbon gardaient toujours un air rêveur.

Mais Silas n'avait jamais été aussi renfermé que Jens. La réserve et l'éternel silence de son fils s'apparentaient à une sorte de fuite. Else commençait à s'inquiéter ; elle aurait voulu que Jens l'accepte dans son monde, qu'il lui confie ses pensées, comme il l'avait fait avec son père. En même temps, elle avait peur de ce qu'elle pourrait découvrir dans ses ténèbres. Elle avait l'impression que quelque chose était cassé en lui. Et elle n'était pas certaine qu'on puisse le réparer.

Mogens paraissait moins affecté par la mort de son père. Il semblait avoir décidé de laisser le deuil derrière lui. Il avait un caractère différent, plus rationnel. Il ne se contentait pas de rêver. Quand il avait une idée, il tenait à la réaliser. Et il avait le sens de l'ordre, alors que Jens en était totalement dépourvu. Autant les outils de Mogens étaient impeccablement rangés, autant Jens laissait traîner les siens.

Else Haarder ne cessait de s'étonner de leurs différences. Depuis tout petit, Mogens avait eu le goût de l'effort. Il voulait grandir, dépasser ses limites. Il courait, il sautait, il cherchait la lumière. Il était toujours en mouvement, toujours à la recherche de nouvelles aventures.

Jens ne courait pas, ne sautait pas, ne cherchait pas à dépasser ses limites. Il voulait rester où il était, et il aimait la solitude. Quand il façonnait une pièce de bois, il ne faisait qu'un avec l'objet ; parfois il était tellement absorbé par sa tâche qu'il continuait à travailler après la tombée de la nuit, malgré l'obscurité.

Un soir, Else le trouva endormi par terre, sur un lit de copeaux. Il respirait calmement dans le noir, et une profonde innocence émanait de lui. Elle se dit que son fils cadet devait être le garçon le plus doux de la terre.

Après la mort de Silas, Else avait été rassurée par les aptitudes et le sens de l'organisation de Mogens. Grâce à lui, l'avenir ne s'annonçait pas trop mal, elle en était persuadée. Mais au bout de quelques années, il commença à s'absenter de plus en plus souvent. Presque tous les jours elle le voyait partir à la grande île, sous des prétextes auxquels elle croyait plus ou moins. À son départ comme à son retour, le plateau du pick-up était généralement vide. Elle se mit à le réprimander, mais ne réussit qu'à le braquer. Et ses escapades devinrent encore plus fréquentes.

Un jour, elle le surprit alors qu'il se dirigeait vers le pick-up. Jens était dans l'atelier. Penché sur une commode dont les pieds étaient à refaire, il entendit tout.

D'abord un fracas, quand sa mère ouvrit la fenêtre de la cuisine. Puis sa voix :

– Mogens ! Tu t'en vas encore ? Et tu n'as pas de marchandises à transporter ? Tu ferais peut-être mieux d'aider ton frère à l'atelier. Qu'est-ce que tu fabriques ? Tu cours les filles, c'est ça ? Tu pourrais te rendre utile, il paraît qu'il y a des sapins à couper. Tu ne vas quand même pas laisser ton frère s'en occuper tout seul ?

Jens avait déjà assisté à des scènes semblables. Il avait déjà entendu les mots de sa mère. Mais ce jour-là les bruits étaient différents. Les pas de Mogens s'arrêtèrent net. Puis il sembla faire demi-tour.

Jens leva la tête et tendit l'oreille.

– Mogens ! Tu restes ici ! Qu'est-ce que tu imagines ? Qu'est-ce que tu fais avec ce vélo ?

– J'étouffe ici !

On entendit un grincement de roues de vélo sur le gravier. Le bruit finit par s'estomper, couvert par le chant des alouettes. Quand Jens jeta un coup d'œil dehors, il vit le pick-up garé sous le soleil de l'après-midi. Le plateau était vide.

Quelques mois plus tard, ils reçurent une lettre. Elle contenait de l'argent. Au dos de l'enveloppe il y avait un grand *M*. Le mois suivant il y eut une deuxième lettre. Et puis d'autres encore, mois après mois. Else Haarder pouvait payer ses factures. Jens ne disait rien. Personne ne posait de questions. Pas même le facteur, qui n'en pensait pas moins.

*

Else Haarder eut des problèmes de santé. Des douleurs. Au rectum, comme disait le médecin. Parfois elle saignait. Ça l'obligeait à porter des couches, et elle en avait honte. Elle avait toujours mis un point d'honneur à bien tenir sa maison, mais elle n'y arrivait plus. Elle en souffrait et son agacement ne faisait qu'aggraver ses douleurs.

Certains jours, elle était incapable de quitter son lit.

Elle dut se rendre à l'évidence : il lui fallait de l'aide. Else se mit à la recherche d'une bonne. Jens gagnait assez d'argent en réparant des meubles et ils pouvaient se permettre de prendre quelqu'un à leur service. La fille habiterait la chambre que Mogens s'était aménagée à côté de l'atelier. On y accédait par la cour et on l'appelait la chambre blanche. Mogens avait insisté pour la peindre dans des couleurs claires.

Les enveloppes marron de *M* continueraient à arriver chaque mois, Else en était persuadée. Elles se succédaient avec une régularité qu'elle appréciait. Lui faudrait-il être reconnaissante envers son fils aîné, malgré tout ? Elle n'avait plus assez d'énergie pour trancher la question.

Une jolie jeune fille du continent se présenta pour le poste. Ce fut la seule candidate, car les jeunes filles de l'île préféraient se rendre sur le continent pour trouver du travail. Et elles s'habillaient d'une façon qui laissait Else perplexe. Certaines ne portaient pas de soutien-gorge, ce qui lui semblait particulièrement choquant. Else ne pensait pas être vieux jeu, et les pantalons moulants ne la gênaient pas outre mesure. Mais l'absence de soutien-gorge, c'était trop. Il y avait des limites, tout de même !

Maria Svendsen apparut comme un don du ciel. Avec ses soutiens-gorge et ses pantalons bon genre.

*

Elle nouait ses cheveux en chignon dans la nuque pour ne pas être gênée, mais ils étaient longs et blonds, et ils tombaient en petites vagues douces autour de son visage lorsqu'elle les défaisait. Jens la vit avec les cheveux dénoués un jour où il passa devant la fenêtre de la chambre blanche. Il détourna vivement le regard, mais le sourire que Maria lui adressa à travers la vitre continua de le hanter.

Elle venait parfois à l'atelier, et ils échangeaient quelques mots sur les meubles et sur le temps qu'il faisait. Elle rechignait à évoquer Else, mais Jens devinait que sa mère n'était pas toujours facile à contenter.

Au début ils parlaient peu, car Maria était presque aussi taciturne que lui. Mais leur silence partagé la rassurait et elle trouvait peu à peu le courage de se livrer davantage. Elle racontait ses tâches journalières, et Jens l'écoutait avec intérêt et gratitude.

Au bout de quelque temps, ses récits prirent plus d'ampleur. Elle lui parla de son enfance sur le continent, de ses parents qui travaillaient dur. De l'école, où elle ne s'était pas plu, car on avait été méchant avec elle. Pourtant, elle n'aimait rien tant que lire et écrire.

Elle parlait aussi des livres qu'elle avait lus, et de ceux qu'elle avait envie de lire. Elle racontait qu'il lui arrivait d'en recopier des pages, pour le seul plaisir d'écrire. Qu'elle inventait parfois une suite aux pages qu'elle avait recopiées, pour le seul plaisir de fabuler. Qu'elle notait souvent ses pensées, pour s'en libérer. Et que de temps à autre elle respirait l'odeur du papier.

En évoquant l'odeur du papier, elle toucha une corde sensible chez Jens :

– Tu sais que le papier est fait avec du bois ?

Jens était de plus en plus fasciné par Maria. Elle avait une légèreté qu'il n'avait rencontrée chez personne. Sans doute parce qu'il connaissait peu de monde venant du continent. Ces gens-là étaient sûrement plus insouciants que ceux de l'île.

Il écoutait sa voix claire, qui disait si peu mais laissait entendre beaucoup. Quand elle se décidait à parler, elle était parfaitement à l'aise. Et quand elle respirait, elle le faisait à pleins poumons et avec tant d'assurance qu'elle semblait entièrement consciente de son souffle.

Elle ne l'était pas, bien sûr, mais lorsqu'elle inspirait l'air par ses narines et le faisait pénétrer dans son corps, aucun de ses mouvements n'échappait à Jens. Il n'osait la regarder qu'à la dérobée, mais il voyait sa poitrine se soulever sous son chemisier. En écoutant sa respiration, il pensait à la mer. Quand il était allé dans le nord de l'île avec son père et son grand frère, il avait vu les vagues frapper doucement le rivage. Il se souvenait de leur bruissement délicat et de leur léger soupir lorsqu'elles se retiraient. De leur perpétuel et rassurant va-et-vient.

Oui, c'était exactement ce qu'il entendait quand Maria respirait. Parfois lui-même en oubliait de reprendre haleine.

Et il était émerveillé par sa bouche.

Un sourire semblait s'attarder sur ses lèvres, que la mélancolie ne parviendrait jamais à défigurer. Il était persuadé que, même en pleurant, elle souriait légèrement. Comme les chevaux, dont la bouche paraissait toujours esquisser un sourire insondable.

Jens percevait une force dans sa douceur, une fermeté inébranlable derrière sa prudence, une forme de délicatesse dans l'énergie incroyable qu'elle déployait en travaillant. Il la voyait transporter des bassines, des draps, du bois de chauffage, des marmites et des sacs de provisions sans même s'arrêter pour s'essuyer le front. Et elle s'occupait des bêtes comme si elle avait fait ça toute sa vie. Sans crainte, sans hésitation, avec des gestes doux et fermes et une voix qu'elles comprenaient. Les bêtes l'adoraient.

Et Jens comprenait les bêtes.

En septembre il lui montra la forêt, et elle rit quand il eut les cheveux pleins de résine. En mars il lui montra la mer, et elle rit quand il eut les chaussettes mouillées. En juin il lui montra la lande, et elle l'embrassa dans l'herbe à la Vierge.

Ma chère Liv,

Il y a des choix que je n'aurais pas dû faire. Peut-être aurait-il mieux valu que je ne rencontre pas ton père. Peut-être ma vie aurait-elle été plus simple si j'étais restée sur le continent, si je m'étais résignée à épouser mon cousin issu de germains. Mon père me l'avait demandé de manière pressante. Grâce à mon cousin, l'avenir du magasin serait assuré, disait-il. Mon père tenait une librairie.

Mais j'étais si jeune. Bien trop jeune. Et mon cousin avait le regard dur et de grosses mains rugueuses. Pourtant, il ne s'en servait que pour écrire des discours et établir des factures. Je le trouvais répugnant. Il me faisait peur avec ses grosses mains, mais mon père me disait que c'était un bon parti. Ou plutôt que son parti était bon pour nous. Mon cousin faisait de la politique, et ses camarades défendaient les petits commerçants. Ceux avec qui ils avaient des liens familiaux, surtout.

Oui, mon cousin était un bon parti. Et il était très intéressé par la fille du libraire. Il était en mal d'amour, il brûlait de se lancer dans les affaires et il n'allait pas tarder à hériter de l'usine de boîtes à œufs que possédait son père malade. Il me semblait que ses mains auraient écrasé n'importe quel œuf, rien qu'en l'effleurant. Et je me sentais aussi fragile qu'un œuf fraîchement pondu. Tu ne me croiras peut-être pas, mais à l'époque j'étais aussi mince que tu l'es aujourd'hui.

Bien sûr, mon père disait qu'il ne m'obligerait pas à l'épouser contre mon gré. Mais je voyais à son regard qu'il n'aurait pas accepté un refus. Et je voyais à celui de ma mère qu'il lui était insupportable de m'imaginer entre les mains du fabricant de boîtes à œufs. Elle ressentait la même chose que moi.

Quel que fût mon choix, un de mes parents ne s'en remettrait pas.

J'ai choisi d'épargner ma mère. J'ai essayé, en tout cas. Un an après mon départ, j'ai appris qu'elle était morte d'une pneumonie. Au moins, je ne lui avais pas brisé le cœur.

J'ai également appris que l'usine de boîtes à œufs avait fait faillite. Mais la librairie existe toujours. Quand j'ai pu avoir accès à un téléphone, je l'ai appelée pour m'en assurer. Mon père a décroché, mais je n'ai rien dit. « Librairie Svendsen, j'écoute », a-t-il annoncé. Sa voix avait vieilli.

Que les livres aient fini par vaincre les boîtes à œufs me réjouit beaucoup.

J'ai travaillé comme vendeuse à droite et à gauche, mais ça ne m'a pas plu. Un jour on m'a conseillé de tenter ma chance sur l'île. À l'embarcadère j'ai appris qu'Else Haarder et son fils avaient besoin d'aide.

C'est comme ça que j'ai atterri ici. Chez ta grand-mère.

Je peux te dire, Liv, que ton père était le jeune homme le plus beau que j'aie jamais vu. Et il était si gentil. Il avait des mains douces et un regard sombre et doux. Chez lui il n'y avait rien de méchant, rien de dur. Rien ! Avec lui je me sentais en sécurité et j'ai tout de suite su que je voulais rester sur l'île.

Je ne sais pas si je dois te parler de ça – tu es encore une enfant. Mais je voudrais tant le dire à quelqu'un. À toi.

La première fois que nous avons fait l'amour, ton père et moi, c'était sur la lande, dans une mer de fleurs jaunes. Nous avions tous les deux peur des vipères, mais nous nous sommes allongés dans les fleurs sans la moindre crainte. Tu imagines ? Je me rappelle qu'il m'a parlé des papillons. Et des alouettes. Et des abeilles. Et des fleurs... Les fleurs jaunes, c'était le lit que la nature m'avait préparé, disait-il. C'est la seule fois où je l'ai entendu bégayer, où j'ai vu ses mains trembler. Ce n'était pas à cause des vipères. Il appréhendait ce qui allait se passer. Je tremblais aussi.

Je me rappelle encore la délicatesse de ses lèvres. Il frémissait comme un papillon et je me sentais belle et fragile, telle une fleur que l'on déploie lentement. Intérieurement, il m'arrive encore de me sentir comme ça. Belle et fragile.

Nous ne connaissions rien à l'amour, mais nous nous sommes débrouillés. Quand tu seras en âge d'aimer un homme, j'espère que tu rencontreras un papillon, toi aussi.

Non, je ne regrette pas d'avoir connu ton père. J'étais profondément amoureuse de lui et je l'aime toujours. Cela rachète tout le reste. Même l'état dans lequel je suis maintenant, grosse et difforme. Même ce qui est arrivé à ta grand-mère Else. Et à Carl. Et le désordre. La saleté, que je fais semblant de ne pas voir. Tout ce qui a mal tourné.

J'ignore comment nous finirons. Je sais seulement ce que tu me racontes. Que tout va de mal en pis. J'ai l'impression qu'à l'extérieur de ma chambre il se passe des choses que je ne dois pas savoir. Jamais tout cela n'aurait dû arriver. Mais je ne peux pas regretter mon amour pour lui. C'est peut-être moi qui suis malade, pas lui. Parce que je suis incapable de regrets.

J'imagine parfois que ton père est un papillon qui vole à contre-courant du temps, et qui redevient chrysalide.

Mais c'est aussi mon cas.

Affectueusement,
Ta mère

Le bonheur

Au début, Else Haarder et la jeune fille s'entendaient à merveille. Maria fut chaleureusement accueillie avec du thé et des gâteaux maison, et Mme Haarder laissa entendre que tout se passerait bien entre elles. Maria était persuadée que la veuve le pensait sincèrement. En s'installant dans la chambre blanche, elle se félicita de la chance qu'elle avait.

La chambre était simple mais agréable, avec des murs blancs et des rideaux de couleur claire. Maria constata avec plaisir qu'il n'y avait ni toile de jute aux murs ni posters de rock-stars collés au plafond, comme dans la soupente qu'elle avait occupée dernièrement en travaillant dans une boulangerie. Au bout de quelques jours, elle en avait eu assez de contempler les jeunes gens chevelus surplombant son lit. Sans compter l'odeur étrange qui régnait dans la pièce… Une odeur qui n'avait rien à voir avec celle du pain frais, et encore moins avec celle de la librairie de son enfance. Elle n'aimait ni la toile de jute ni le rock. C'était sans doute pour ça que la vie dans l'île lui avait paru si attirante.

Il y avait un bouquet de fleurs d'automne sur sa table de nuit, et les draps sentaient si bon l'air frais et les aiguilles de pin qu'elle s'endormit comme un bébé après sa première journée de travail.

Même les meubles lui plaisaient. Else Haarder lui avait appris que le vieux menuisier les avait fabriqués de ses propres mains. Maria en avait été très impressionnée. Tout était calculé avec précision, raboté et poncé avec art. Quand elle ouvrit le tiroir du petit bureau, il glissa sans la moindre résistance. Il était vide, et elle y mit ses blocs de papier à lettres et ses cahiers. Puis elle défit le reste de ses bagages. Dans la chambre il y avait tout ce qu'il lui fallait, à part un rayonnage pour ses nombreux livres. Elle les empila donc au pied du mur, et rangea sa boîte à couture et ses rouleaux de tissu sous le lit.

Maria dut cependant reconnaître que l'ordre n'était pas vraiment ce qui caractérisait la petite ferme. La maison principale – qui comprenait une entrée, une cuisine, une buanderie, une salle de bains et un grand séjour au rez-de-chaussée, ainsi qu'une chambre à coucher et deux pièces plus petites à l'étage – n'était pas désordonnée à proprement parler, mais elle était encombrée de toutes sortes d'objets. Assurer les tâches ménagères n'était pas simple, et il paraissait évident qu'Else Haarder n'était plus en mesure d'y faire face.

Dans l'étable, à l'atelier et dans la cour, c'était bien pire. Des vieilleries traînaient partout : des poutres, des meubles, des pièces de machines, des bassines, des pneus de tracteur, et même les reliques d'une voiture à cheval.

La plupart des objets semblaient être là depuis longtemps et ne plus servir à grand-chose.

Elle avait déjà vu des endroits comme ça. Des maisons entourées de toutes sortes de déchets. Chaque fois elle avait été effarée : qui pouvait supporter de vivre ainsi ?

Maria n'osa pas demander à Mme Haarder pourquoi ils conservaient tout ce bric-à-brac. Il aurait suffi de le charger sur le pick-up et de faire quelques allers-retours à la décharge. Ou plutôt, de nombreux allers-retours. Le désordre la gênait ; depuis qu'elle faisait partie de la maisonnée, elle se sentait responsable des lieux. Surtout envers les quelques clients qui continuaient de venir à l'atelier.

Mais l'atelier était le domaine de Jens, et le désordre y était pire que partout ailleurs. Maria finit par comprendre que c'était Jens qui ne parvenait pas à se séparer de tout ce fatras. Sa mère avait depuis longtemps renoncé à intervenir.

Sur ce point, Else Haarder et Maria Svendsen se ressemblaient un peu : Maria avait beau aimer l'ordre, elle n'allait pas tarder à aimer Jens plus encore.

Dès qu'elle le vit, elle fut étrangement attirée par lui. Ils se saluèrent brièvement, et elle comprit qu'il était aussi timide qu'elle. Entre eux il y avait une affinité. Une sympathie spontanée. Ses yeux étaient sombres, presque noirs. Ses pupilles semblaient les remplir entièrement. Il avait la barbe et les cheveux brun foncé, une belle peau lisse et un corps vigoureux. Elle eut envie de lui coudre une chemise ; elle imagina le tissu tombant sur ses épaules et sa poitrine. Peut-être lui en demanderait-elle un jour la permission. Dans ce cas, elle serait obligée de prendre ses mesures.

Au cinquième jour, pendant qu'Else Haarder se reposait, elle osa pénétrer dans l'atelier. La veuve lui avait expliqué qu'elle souffrait atrocement, mais elle n'avait pas précisé où elle avait mal. À en juger par son ronflement, elle ne devait pas avoir de problèmes de sommeil, en tout cas. Maria compatissait évidemment aux douleurs de la mère de Jens, mais elle commençait à trouver la maladie de Mme Haarder légèrement mystérieuse.

Elle apporta du café et un morceau de gâteau, en espérant que Jens apprécierait ses attentions. Elle ne voulait pas s'imposer. La porte était entrebâillée. Comme ses mains étaient occupées, elle la poussa doucement avec son épaule. Jens était devant l'établi, complètement absorbé par sa tâche. Il ne la vit pas. Elle resta un instant immobile à le regarder. À contempler ses mains. En le voyant caresser le pied de chaise qu'il était en train de façonner, elle se dit qu'il avait des mains d'artiste.

Autour de lui, le sol était jonché d'éclats de bois et de copeaux ressemblant aux feuilles d'un saule tortueux.

Maria se racla la gorge. Deux fois. Il leva enfin la tête. Devant son expression d'effroi, elle regretta son initiative. Mais il lui sourit, lui fit signe d'approcher et courut à la cuisine chercher une deuxième tasse. En entendant ses pas sur le gravier, elle sentit son cœur battre plus fort. Elle le vit repousser quelques outils qui traînaient par terre et avancer une caisse qui leur servirait de table. Puis il dénicha deux tabourets et les essuya avec sa manche. Une fois installés – un peu bas, mais confortablement – ils se regardèrent timidement. D'agréables odeurs de café et de bois de pin flottaient autour d'eux.

Les mois qui suivirent furent les plus heureux de la vie de Maria. La mère de Jens ne se doutait de rien, jusqu'au jour où elle les surprit en train de s'embrasser dans l'étable, cachés derrière la génisse.

*

Else Haarder fut tout sauf enchantée. Elle affirma aux jeunes gens que leur idylle finirait par nuire à leur travail. Et elle essaya de se persuader qu'il était trop tôt pour que son fils cadet ait une fiancée. D'autres auraient certainement pensé qu'il était grand temps.

Maria et Jens lui assurèrent qu'elle se trompait, et Mme Haarder constata – avec une certaine satisfaction – que Maria redoublait d'énergie dans ses tâches domestiques. Elle ne pouvait rien lui reprocher. Il en allait de même avec Jens. Il travaillait comme un forçat pour être libre le soir et tenir la main de Maria. Après avoir pris le café avec Else, ils s'éclipsaient dans la chambre blanche. Et à mesure que le temps passait, ils faisaient en sorte que les tasses de café soient de moins en moins remplies.

À force de les voir s'enticher l'un de l'autre, Else souffrait de plus en plus.

Elle croyait sincèrement agir dans l'intérêt de tout le monde quand elle se débrouillait pour salir le sol que

Maria venait de laver, quand elle faisait une tache sur la nappe que Maria venait de repasser, quand elle fronçait le nez devant les plats que Maria leur préparait.

Un jour, alors que Maria était partie faire des courses sur la grande île, elle se décida à parler à son fils :

– Je crois qu'il va falloir chercher quelqu'un d'autre. Maria se laisse aller. J'ai déjà pris contact avec la veuve Angel. Elle est très intéressée. Et elle a de l'expérience.

La veuve Angel était très grosse et ne ressemblait en rien à un ange. Else n'imaginait pas un seul instant qu'elle s'envolerait avec son fils.

Le poing de Jens s'abattit sur la table avec une telle violence que l'état de sa mère empira.

– Il n'en est pas question ! Si Maria s'en va, je m'en vais aussi !

Ce n'était plus un enfant ; Maria avait fait de lui un jeune homme. Jamais sa voix n'avait été aussi grave.

Else resta interloquée. Elle tenta de se remettre du choc. Les mots de Jens lui avaient déchiré le cœur. Certes, il s'était déjà montré rebelle, surtout après la mort de son père, mais jamais il ne s'était insurgé contre sa mère comme il le faisait maintenant. Elle ne comprenait pas qu'il puisse parler ainsi à la personne qui l'aimait le plus au monde. Un instant elle crut revoir son fils aîné. Et la réaction de Jens confirmait ses craintes : Maria était devenue une menace.

Elle entendit soudain le bruit d'un vélo sur le gravier de la cour. Maria rentrait des courses.

– Bon, si vraiment tu es contre… dit-elle en s'efforçant de parler d'une voix douce. Tu sais que je ne veux que ton bien, Jens. Et nous nous aimons tant. Tu ne vas quand même pas abandonner ta mère souffrante ?

Jens tourna les talons, plantant là sa mère souffrante. Le regard dans le vide, elle se dit que c'était la pire journée de sa vie.

Mais son fils ne tarda pas à revenir. Else Haarder eut chaud au cœur en voyant son visage. Seul Jens pouvait sourire avec tant de douceur. Ses yeux sombres brillaient.

– Maria est enceinte, annonça-t-il, l'air radieux.

Les amoureux furent mariés à la hâte par le maire de Korsted. Quelques connaissances assistèrent à la cérémonie et leur souhaitèrent bonheur et prospérité, en se demandant si un nouveau petit Haarder ne serait pas déjà en route. Le ventre de la mariée leur avait semblé légèrement rebondi. Par politesse, on se contentait de jaser plutôt que de poser la question aux intéressés. Et on se réjouissait, car on se doutait que Jens avait souffert de la mort de son père et de la soudaine disparition de son frère. Même s'il n'en avait jamais parlé. Jens était un homme peu bavard. Comme son père, il était travailleur et serviable, mais il ne disait que le strict nécessaire. Avoir une conversation avec lui n'était pas facile. La plupart des gens avaient d'ailleurs pensé qu'il ne trouverait jamais de fiancée. Mais c'était peut-être elle qui était venue le chercher. On pesa le pour et le contre. La jeune fille était jolie et charmante, quoiqu'un peu timide. En fin de compte, c'était sans doute la mère de Jens qui avait tout manigancé.

Après la cérémonie, on se réunit à l'auberge. On porta des toasts, on chanta « La mariée s'en va devant » et Jens et Maria retournèrent à la maison au bout d'une heure, quand la mère du marié décida de partir. Ses douleurs étaient revenues.

Maria continua de vivre dans la chambre blanche. Jens partagea le petit lit avec sa femme enceinte, tandis que sa mère partagea son grand lit avec ses douleurs.

*

Du fond du cœur, Jens désirait un garçon. Du fond du cœur, Maria désirait une fille. Du fond du cœur, Else Haarder désirait une catastrophe.

Maria eut des jumeaux.

On les appela Carl et Liv. Leur mère n'y vit pas d'objection. Leur grand-mère proposa d'autres prénoms, mais sans succès.

Après la naissance des enfants, Jens réussit enfin à persuader sa mère de quitter la grande chambre à l'étage. Il s'y installa avec Maria, et Else déménagea de mauvaise grâce dans l'ancienne chambre de Jens, au bout du couloir. C'était une toute petite chambre, et elle n'aimait pas l'odeur qui y régnait. Mais seule la chambre matrimoniale était assez grande pour héberger deux adultes et deux berceaux, et Else se trouva à court d'arguments.

Si Jens avait tant insisté pour reprendre l'ancienne chambre de ses parents, ce n'était pas uniquement à cause des nouveau-nés et de leurs berceaux. Maria ne voulait pas en parler, mais elle avait pris beaucoup de poids pendant sa grossesse et elle semblait avoir du mal à perdre les kilos superflus. Jens s'était dit qu'elle devait être à l'étroit dans le lit qu'ils avaient partagé jusque-là. De toute manière, il n'y avait plus assez de place pour lui.

Jens avait commencé à fabriquer les berceaux dès qu'ils avaient su qu'ils attendaient des jumeaux. C'étaient les premiers qu'il faisait, mais de mémoire d'homme on n'en avait jamais vu d'aussi beaux. Il avait soigné chaque détail, comme son père l'avait fait pour les cercueils. Quand le second fut prêt, Jens y plongea son visage, ferma les yeux et pensa à la jeune vie qui allait y grandir.

Sa mère n'avait pas été facile à vivre pendant la grossesse de Maria. À l'entendre réclamer à cor et à cri un morceau de pain ou des torchons propres, on aurait pu croire que c'était en elle que les hormones se déchaînaient. Les choses ne firent qu'empirer avec la naissance des enfants. Else avait beau se trouver à l'étroit dans sa chambre, elle y passait le plus clair de son temps. Elle demanda même qu'on y serve ses repas, en se plaignant haut et fort des plats qu'on lui apportait.

Maria continuait de remplir ses tâches de son mieux. Elle s'efforçait de répondre avec le sourire aux exigences de sa belle-mère, même si elle était parfois sérieusement tentée de l'envoyer promener. Elle se disait que Jens devait ressentir les choses de la même façon, mais elle évitait d'en parler. Maria savait qu'il était très attaché à sa mère, et elle avait trop peur de découvrir que son amour filial passait avant celui qu'il éprouvait pour sa femme.

Jens était tout aussi exaspéré par le comportement de sa mère. Mais rien ne pouvait le décourager, tant il était comblé par l'amour de sa femme et par les deux enfants qu'elle lui avait donnés. Malgré les manœuvres d'Else, il ne pensait qu'aux jumeaux et à Maria. Il exultait de bonheur.

Pendant un certain temps.

Un jour, alors que Maria s'occupait des bêtes et que sa mère dormait d'un sommeil de plomb, il alla voir les enfants, comme il le faisait souvent vers midi. La fille dormait aussi profondément que sa grand-mère. Le garçon gisait par terre, au pied de son berceau. Dans une mare de sang.

Ma grand-mère

Ils n'ont jamais voulu me dire ce qui s'est passé avec mon frère Carl. Ils m'ont seulement raconté qu'il avait été victime d'un accident quand nous étions tout petits. Ensuite, ma grand-mère Else est partie vivre chez sa cousine, sur le continent. Nous, on est restés, et on a tous grandi. Surtout ma mère.

Le départ de ma grand-mère, je ne l'ai appris que plus tard. Par elle-même. Jusque-là, je ne savais même pas que j'avais une grand-mère. Mais un jour elle a débarqué. Elle s'est installée dans la chambre à côté de l'atelier. Tous les matins, elle faisait des crêpes. C'était en décembre.

Mon père refusait de parler d'elle. Il refusait même de lui adresser la parole. Ça me paraissait étrange. J'adorais ses crêpes et j'aimais bien l'écouter quand elle racontait sa vie sur le continent, mais je voyais bien que mon père n'était plus le même depuis qu'elle était là. Ça m'inquiétait. Ma mère non plus ne pouvait pas la supporter.

Pas seulement parce qu'elle ronflait. Car elle ronflait vraiment très fort. Quand elle faisait sa sieste, on l'entendait jusque dans la maison principale.

C'est seulement après le retour de ma grand-mère que les choses ont commencé à se gâter. Je crois que les nerfs de mon père ont lâché. Surtout quand elle a dit qu'elle m'emmènerait sur le continent et m'enverrait à l'école. Pour mon bien.

J'étais devant la porte et j'ai tout entendu. Mais ça, ils ne le savaient pas.

Ma chère Liv,

Ta grand-mère Else prenait beaucoup de place. Mais pas comme moi. D'une autre manière. J'ai été soulagée quand elle est partie. Après tant d'années, je ne m'attendais pas à ce qu'elle revienne. À son retour, tu devais avoir près de sept ans.

J'avais presque réussi à l'oublier.

Quand je l'ai revue, j'ai eu l'impression qu'on m'étranglait. Je n'arrivais plus à respirer. Elle nous avait quittés comme un fauve blessé qui se retire pour mourir. Au fond, j'espérais sans doute qu'elle allait mourir, justement. Et puis elle est revenue. Elle souriait en montrant les dents, elle paraissait en pleine forme, plus forte que jamais. Et elle prenait beaucoup de place.

Je n'ai jamais su ce qu'elle voulait. J'ignore si elle savait ce qu'elle avait fait. Elle avait écrit à ton père, mais il avait brûlé ses lettres sans les lire. Et sans rien me dire.

Nous n'avions jamais parlé d'elle depuis son départ. Nous n'avions jamais parlé de ça. Nous nous étions protégés.

Et j'étais de nouveau enceinte.

Affectueusement,
Ta mère

Retour

Else Haarder avait tout compris. Mais elle s'était sentie cruellement trahie quand son fils lui avait demandé de quitter la Tête.

Quand il lui avait ordonné de partir.

Dans un premier temps elle avait été furieuse. Elle s'était dit que c'était plutôt à elle de les mettre à la porte. Que c'était son fils qui devait quitter la maison. Mais elle n'avait pu se résoudre à le lui demander. Et elle n'avait pas supporté l'idée de vivre là toute seule, sans Silas, sans Mogens, sans Jens… avec ses souvenirs et son chagrin, dans un isolement total. Sa cousine avait perdu son mari et lui avait proposé de l'héberger. La perspective de s'échapper de l'île lui avait soudain paru séduisante. Partir serait finalement une délivrance.

Il lui avait semblé étrange qu'on puisse vivre au milieu de la nature sauvage – entouré de forêts et de prés, d'océans et d'air pur – en ayant le sentiment d'être en prison. Et se sentir libre comme l'oiseau entre les façades oppressantes de la grande ville, dans ses rues à angle droit et ses nuages de gaz d'échappement. En ville, elle pouvait de nouveau respirer. Et sa santé allait mieux. Les douleurs s'étaient atténuées, les saignements avaient cessé : elle se considérait presque comme guérie.

Sa cousine était une ancienne infirmière. C'était une femme intelligente, et Else se plaisait en sa compagnie. Parler à quelqu'un de l'extérieur était un bonheur. Puis il y avait son logement. Else était ravie d'habiter enfin une maison bien rangée. Elle avait de plus en plus de mal à comprendre comment son défunt mari et son fils cadet avaient pu vivre au milieu de tant de désordre.

Else devait l'admettre : elle avait traversé une très mauvaise période avant et après l'accident. Quand Jens et Maria étaient devenus parents, ses douleurs, sa mélancolie et ses soudains accès de rage avaient fini par la rendre insupportable. Au lieu d'aider la jeune mère, elle l'avait accablée d'exigences déraisonnables. À force de la brimer et de la rudoyer, elle avait failli se noyer dans sa propre méchanceté.

C'était pour ça qu'elle s'était réfugiée dans son lit. Pour échapper aux sentiments mauvais qui la submergeaient quand elle voyait le bonheur du jeune couple. Jamais elle ne s'était sentie aussi seule, aussi inutile qu'après la naissance des jumeaux. Et jamais elle n'avait autant haï sa propre jalousie. C'était une camisole de force dans laquelle elle s'était volontairement enfermée. Son désir de pardon et d'amour se mêlait à un besoin obsédant de se faire détester. Elle savait qu'elle le méritait.

Quand elle fut reléguée dans la petite chambre, elle s'était abrutie de médicaments pour essayer d'éloigner ses cauchemars. Les murs l'écrasaient, et les pleurs du petit garçon s'infiltraient partout, tel un acide. Elle ressentait de plus en plus souvent le désir de retrouver son cher Silas dans l'au-delà et de connaître enfin le repos.

Le jour de l'accident, elle avait prié Dieu de la laisser s'endormir paisiblement. Elle en parla à sa cousine, qui lui fit remarquer qu'elle n'avait pas précisément le sommeil paisible.

Mais il y avait une chose qu'elle ne pouvait dire à personne. Quand elle pensait à l'accident, elle était prise d'une angoisse terrible.

Maria avait tellement désiré une fille. Else ne l'ignorait pas ; elle l'avait appris dans le petit cahier qu'elle avait trouvé dans le tiroir de sa table de nuit. *Pensées*, était-il inscrit sur la couverture. Else savait parfaitement qu'elle n'avait pas le droit de lire quelque chose d'aussi intime, mais la soif de pénétrer le monde fermé des jeunes gens avait fini par vaincre ses scrupules.

Que Maria ait désiré une fille n'était pas une surprise pour Else. Ce qui l'angoissait, c'était autre chose :

« *Je suis si reconnaissante d'avoir mis au monde deux enfants en bonne santé. C'est un don du ciel. Pourtant, la frustration me ronge. Il me paraît totalement irréaliste d'assumer la responsabilité de deux vies, bien que je ne sois pas seule à y faire face. Jens est un homme merveilleux et je l'aime plus que tout. Mais il est comme il est... Parfois il se renferme sur lui-même. Et sa mère n'est d'aucune aide.*

Est-ce que nous y arriverons ? Est-ce que j'y arriverai ? Le garçon a le sommeil agité. Il pleure beaucoup. Ça m'empêche de dormir. Parfois je crois devenir folle.

Quand je suis en proie à des idées sombres, je me dis parfois que j'aurais préféré n'avoir qu'une fille. »

Else n'osait pas formuler ses soupçons. Ni dans sa tête, ni devant sa cousine. Mais ils ne cessaient de la tourmenter.

Six ans allaient s'écouler avant qu'elle ne retourne sur l'île. Pendant tout ce temps, elle n'avait eu aucune nouvelle d'eux. Ses lettres étaient restées sans réponse, et ils n'avaient pas le téléphone. Pour passer un coup de fil, il fallait aller à l'auberge de Korsted. Quand Else se décida enfin à appeler l'auberge, on lui apprit que Jens Haarder ne s'y montrait plus guère. Elle fut sérieusement préoccupée. Et le spectacle qu'elle découvrit à la Tête n'avait rien pour la rassurer.

Ils semblaient s'être totalement laissés aller. Des objets traînaient partout. Il y en avait plus que jamais. Et ce n'était pas la seule chose qui prenait de la place.

Quand Maria sortit pour voir qui leur rendait visite, Else reconnut à peine sa bru.

Sa silhouette autrefois si gracieuse était devenue difforme, et elle paraissait avoir le plus grand mal à se déplacer. Pour descendre les deux marches du perron, elle dut s'appuyer contre le mur. Son pas léger s'était changé en un dandinement grotesque.

Else tenta de cacher sa stupeur.

– Bonjour, Maria, dit-elle d'un ton aimable. Ça fait longtemps qu'on ne s'est pas vues.

Maria hocha la tête en lui adressant un sourire forcé. Else se demanda si elle était contrariée par l'apparition de sa belle-mère ou simplement embarrassée par son corps trop lourd.

– Bonjour, Else. Quelle... surprise. Je ne savais pas... Je vais aller chercher Jens.

Le taxi qui avait emmené Else du débarcadère fit demi-tour et s'éloigna sur le chemin de terre. Maria le suivit du regard.

– Les gens ne viennent pas souvent jusqu'ici, dit-elle.

– Mais vous recevez le courrier, tout de même ? demanda Else.

Elle n'était pas certaine de savoir quelle réponse elle préférerait obtenir.

– Oui, du courrier, on en reçoit parfois, répondit Maria sans la regarder. On reçoit bien les lettres de... oui, vous savez de qui. Je vais aller chercher Jens.

Else pensa à Mogens. Elle n'avait aucune nouvelle de son fils aîné, mais elle fut rassurée d'apprendre qu'il continuait d'envoyer de l'argent. Sur l'enveloppe il s'était toujours contenté d'écrire « Haarder, La Tête ». Cela pouvait aussi bien désigner sa mère que son frère cadet.

Elle-même avait toujours adressé ses lettres à Jens Haarder.

La porte de l'atelier se referma derrière Maria. À l'intérieur, les incessants coups de marteau cessèrent immédiatement.

Else vit un flocon de neige tomber doucement et s'écraser sur le sol. On n'avait pas dû remettre du gravier dans la cour depuis des années, et la terre recouvrait à moitié le peu qui en restait. Par endroits apparaissaient des touffes d'herbe fanée et des brins de paille. En été les broussailles devaient tout envahir. Else regarda autour d'elle : l'espace entre les bâtiments était encombré de monticules de vieilleries. Elle eut un frisson. Un chat surgit derrière un tas de pièces de machines. Il détala en apercevant Else.

Puis Jens apparut.

Else n'avait pas vu son fils depuis ce jour funeste où il l'avait chassée de chez elle. À l'époque elle s'était demandé s'il la conduisait à l'embarcadère ou s'il la déposerait finalement à la décharge. Dans ce cas, il y aurait enfin abandonné quelque chose au lieu de rapporter un objet plus ou moins inutile à la maison.

Contrairement à sa femme, il n'avait pas grossi. Il avait même plutôt maigri, mais sa barbe avait beaucoup poussé. Autrefois il arborait une moustache ; aujourd'hui il portait une grande barbe fournie, et ses cheveux lui recouvraient les oreilles. Else eut un sentiment mitigé en revoyant Jens : il lui rappelait son père, mais il n'avait plus rien à voir avec l'enfant qu'il avait été.

– Bonjour, maman, dit-il en l'embrassant maladroitement sur la joue.

Elle aurait voulu le serrer dans ses bras, mais il s'esquiva.

– Nous ne savions pas que tu allais venir, continua-t-il en lorgnant ses deux sacs de voyage.

Est-ce qu'il mentait ? Ou n'avait-il pas lu ses deux dernières lettres ? Else n'eut pas le courage de démêler le vrai du faux.

– Je retournerai en ville, répondit-elle. Mais j'espère que tu me permettras de rester un peu…

Elle hésita quelques instants avant de poursuivre :

– J'avais besoin de savoir comment vous alliez.

– Tout va bien. J'espère que c'est aussi le cas chez…

– Chez ma cousine Karen ? Oui. Je suis très contente de vivre chez elle. Finalement, j'aime beaucoup la grande ville.

– La ville, c'est très agréable… surtout en décembre, dit Maria.

Else crut entendre une invitation à y retourner au plus vite pour profiter des rues commerçantes.

– Tu va rester combien de temps ?

Le regard de Jens effleura la porte de la chambre blanche, à l'extrémité de l'atelier. Devant la porte gisaient les reliques d'un épandeur d'engrais.

Sa mère haussa les épaules.

– Eh bien, ça dépend de…

À l'instant surgit au coin de l'étable la personne dont elle n'eut pas le temps de prononcer le nom.

– Papa, est-ce que le bélier peut…

La gamine s'arrêta net à la vue d'Else.

– Qui est-ce ? demanda-t-elle avec un mélange de méfiance et de curiosité. Surtout de méfiance.

Else s'apprêta à répondre, mais son fils l'interrompit.

– C'est une dame qui va rester ici quelques jours. Qu'est-ce qui se passe avec le bélier ?

La gamine écarquilla les yeux. Elle ne devait pas être habituée à voir des invités.

– Qu'est-ce qui se passe avec le bélier, Liv ?

– Il a renversé un des... Elle va dormir où, papa ?

Liv ne parvenait pas à détacher ses yeux de cette dame qui devait rester là quelques jours. Else regarda sa petite-fille, la gorge serrée.

Dieu merci, elle avait l'air en bonne santé. Elle ressemblait davantage à son père qu'à sa mère. Elle n'avait pas un gramme de graisse superflue, ses cheveux étaient coupés court, ses yeux étaient sombres et intenses. On aurait facilement pu la prendre pour un garçon, car ses mouvements et ses habits n'étaient pas ceux d'une petite fille. Elle paraissait à l'aise dans son jean usé, qui n'avait manifestement pas été lavé depuis longtemps. Ses chaussures en toile avaient dû être blanches, mais elles n'avaient pas été enduites de blanc d'Espagne depuis des lustres, et son chemisier pendait en lambeaux sur son torse. Le plus naturellement du monde, elle portait à sa ceinture un poignard dans un fourreau. À en juger par l'usure de son manche en bois, il avait abondamment servi.

– La dame va dormir dans la chambre blanche. Je vais y transporter ses affaires. Après, je m'occuperai du bélier. Si tu veux, tu peux conduire le cheval au pré.

Liv tourna les talons et disparut en courant. Jens empoigna les bagages de sa mère et s'éloigna d'un pas ferme vers l'extrémité de l'atelier. Else le suivit du regard.

– Je vais préparer du café, entendit-elle derrière son dos.

D'un pas lourd, Maria se dirigea vers la maison.

Else vit ses craintes confirmées : le désordre avait gagné l'intérieur de la maison.

Elle eut du mal à trouver un endroit où poser ses sacs de voyage. La chambre était tellement encombrée qu'on voyait à peine les murs blancs. Le beau mobilier fabriqué par Silas disparaissait derrière des montagnes d'objets à moitié terminés et de déchets provenant de la décharge. Cela allait des boîtes de conserves aux vieux cadres, en passant par les lustres, les skis et les coussins. Le tout était dans un état lamentable. À quoi pouvait bien servir ce bric-à-brac ?

Else avait songé à réclamer son ancienne petite chambre, mais en la revoyant elle abandonna immédiatement cette idée. Elle préféra de loin l'amoncellement d'objets de la chambre blanche à la tête d'élan qui la contemplait d'un air effrayé au pied du lit où elle avait dormi autrefois.

Apparemment, il n'y avait plus une seule pièce bien rangée dans la maison.

La lumière et l'air

J'ai mis le cheval dans son enclos. En temps normal, j'aurais passé un long moment agréable à l'étriller et à le caresser, aidée de Carl, mais ce jour-là je me suis contentée de le regarder gratter la terre avec ses sabots. Je pensais à la dame. Jamais je n'avais vu quelqu'un débarquer comme ça et s'installer chez nous. Des gens venaient parfois de la grande île pour faire réparer des objets, mais c'était de plus en plus rare. Et ils repartaient tout de suite. De toute façon, mon père préférait aller lui-même chercher les objets et les rapporter. Il se méfiait des gens.

Moi aussi je m'en méfiais. Je n'avais confiance qu'en mon père.

Au lieu d'accueillir les clients chez nous, il s'installait maintenant sur un petit terrain près de Korsted pour vendre ses arbres de Noël. Mais après cette année-là il a cessé d'en vendre. Il les a laissés pousser.

La dame était très vieille. Elle avait les cheveux blancs, un petit sac à main et un manteau avec des boutons dorés. Des dames comme ça, il y en avait sur la grande île. Carl avait peur d'elles quand leurs cheveux étaient trop blancs, mais il ne le disait à personne, sauf à moi. Je le rassurais en lui répétant les paroles de mon père : « Les cheveux blancs, c'est parfaitement normal. Nous finirons tous par en avoir, si nous ne mourons pas avant. »

Carl et moi, on surveillait attentivement nos cheveux. Et encore plus ceux de nos parents. Avant l'arrivée de la dame, qui était en réalité ma grand-mère, nous n'avions jamais vu un poil blanc sur la Tête. Sauf chez les animaux, bien sûr, et chez l'homme qui a débarqué un jour sur un cyclomoteur à trois roues pour commander une urne pour sa femme et une pipe pour lui-même.

Je crois que les cheveux blancs, c'est comme l'herbe. À peine apparu, ça se met à proliférer. Mon père a eu des cheveux blancs peu de temps après l'arrivée de ma grand-mère. Du jour au lendemain. La nuit, je les ai entendus parler, tous les deux, et le matin, quand je l'ai retrouvé dans la cuisine, il y avait plein de poils blancs dans ses cheveux noirs. Et même dans sa barbe. Carl a failli avoir peur.

C'était juste avant Noël.

Cet automne-là, tout s'était pourtant bien passé. Un jour, mon père m'avait emmenée pêcher des flets. C'était la première fois que je l'accompagnais, et j'étais terriblement excitée à l'idée de pêcher et de me retrouver seule avec lui dans la petite barque. Nous avons parlé de toutes sortes de choses. Il m'a appris que les poissons ne se noyaient pas dans l'eau. En revanche, ils étouffaient à l'air libre.

Pour moi, c'était le monde à l'envers.

Il m'a aussi raconté qu'on pouvait abréger les souffrances des poissons en les tuant avant que l'air ne les étouffe. Nous avons attrapé un gros flet complètement plat avec les deux yeux placés du même côté, et mon père m'a montré comment faire. Il lui a donné un coup de massue sur la tête. J'ai trouvé ça horrible.

– Tu vois, Liv ? Maintenant il est mort.

Ce n'était pas vrai, car il frétillait toujours. Je l'ai montré du doigt en ouvrant la bouche, mais je n'ai pas pu dire un mot.

– Il bouge encore à cause de ses nerfs, a dit mon père. C'est parfaitement normal. Je t'assure qu'il est complètement mort. Il ne sent plus rien. On a fait ce qu'il fallait faire avec ce flet. Ce soir, on pourra le manger sans regrets.

– Mais, papa…

– Oui ?

– Il va revenir ?

– Revenir ?

– Oui, comme les feuilles… et l'herbe. Tu dis que tout revient.

Mon père a promené son regard sur l'eau. Il avait sa pipe à la bouche, et la barque sentait bon le tabac et la mer.

– Oui, le flet reviendra aussi.

Je me suis installée entre ses jambes, au fond de la barque. Comme ça, je pouvais respirer les odeurs de goudron et entendre le bois grincer autour de moi. Au-dessus du plat-bord j'apercevais le ciel bleu, où flottaient des nuages touffus et immobiles. Je ne voyais pas la mer, mais je sentais les vagues frapper la coque en bois.

– Il deviendra un autre flet ?
– Peut-être. Ou il reviendra sous un autre aspect.
– Il pourrait devenir une plie ?
– Pourquoi pas ?
– Ou un lapin ? Ou… un être humain ?

Je me suis penchée en arrière pour tenter de capter le regard de mon père, mais je ne voyais que sa grosse barbe et la tête de sa pipe. Il a peut-être haussé les épaules, je ne sais pas, mais il m'a dit quelque chose d'étrange.

– Un jour, quelqu'un te parlera peut-être de Dieu, Liv.
– De Dieu ? C'est ce poisson qui ressemble à une vive ?
– Non, ce n'est pas un poisson. C'est… comment te dire ? Beaucoup de gens croient en cet homme, qui serait assis dans le ciel et déciderait de tout.
– Dans le ciel ?

J'ai regardé les nuages.

– Il ressemble à quoi ?
– Je n'en sais rien. Il paraît qu'il a une grande barbe blanche.

Il risquerait de faire peur à Carl.

– Une grande barbe blanche… dans le ciel ?
– Oui, c'est bizarre. Mais ce que je voulais te dire, c'est que ces gens se trompent peut-être. Moi, je ne crois pas en Dieu.
– Parce qu'il ment ?

Je savais que ce n'était pas bien de mentir. Sauf quand on ne pouvait pas faire autrement.

– Non, ce n'est pas ça. Je ne crois pas qu'il existe, tout simplement.

– Je n'ai jamais vu personne dans le ciel, et je ne crois pas qu'il y ait quelqu'un là-haut, ai-je dit d'un ton ferme. Mais j'y vois bien une mouette.

La barbe de mon père s'est soulevée, puis elle est retombée si bas que j'ai pu voir ses yeux.

– En effet. Nous, on croit aux mouettes.

J'ai souri. Puis j'ai sorti mon poignard de son fourreau. Il brillait au soleil. Sur la lame il y avait une rayure qui me plaisait bien. Ce poignard, on l'avait trouvé dans l'appentis du marchand de vélos. Là-bas, on avait découvert plein de choses utiles. Des pneus, entre autres. Et une lampe de poche, une ombrelle cassée et un paquet de bonbons à la réglisse.

Pendant un moment, nous sommes restés silencieux.

– Maman n'y croit pas non plus, à cet homme là-haut ?

Mon père n'a pas eu le temps de me répondre, car ça mordait de nouveau. On a fait passer un deuxième flet par-dessus le plat-bord. Celui-là, j'ai pu l'aider à mourir. Mon père a trouvé que je me débrouillais très bien. Nous avons encore attrapé deux autres poissons puis, à ma grande déception, mon père a rangé sa canne à pêche.

– Il faut se limiter au strict nécessaire quand on prélève des choses dans la nature, m'a-t-il expliqué. Si on attrape tous les poissons, il n'en restera plus pour la fois d'après.

J'ai compris. J'ai regardé ceux que nous avions pêchés :

– Un, deux, trois… quatre flets. Ça en fait un par personne.

Mon père a souri. Il m'a montré l'hameçon au bout de la ligne. Un poids oblong et des perles de couleurs brillantes y étaient attachés.

– Regarde, Liv. Demain je te montrerai comment fondre ce genre de poids. Je suis sûr que tu sauras le faire.

En effet, j'ai su le faire. Et un peu plus tard j'ai également su fabriquer ma propre massue pour frapper les flets à la tête et les tuer d'un seul coup.

Jamais je n'ai vécu un jour aussi lumineux que celui passé dans la barque. Plus tard, dans la benne, quand il ne fallait ni bouger ni faire de bruit, j'y pensais parfois. C'était agréable de penser à la lumière quand j'étais dans le noir.

Peu de temps après, mon père m'a emmenée piéger des lapins. Trouver leurs pistes à la lisière de la forêt était facile. Mon père m'a appris comment les attraper : on coupait les branches d'un petit sapin et on le posait en travers de la piste. Ça formait comme un portail. Ensuite, on faisait un nœud coulant avec du fil métallique, et on le suspendait au tronc de l'arbre. Le lendemain matin, en allant inspecter le piège, nous y avons trouvé un lapin mort. Il était allé se faire pendre tout seul. Le fil s'enfonçait si profondément dans son poil qu'on le voyait à peine.

Le soir, ma mère a préparé un ragoût de lapin. Elle y a mis des légumes du potager et du thym cueilli sur la lande, et elle a pu y ajouter de la crème grâce à la vache. Pourquoi dépenser de l'argent chez l'épicier quand nous avions tout ce qu'il nous fallait ? disait toujours mon père. Il préférait utiliser son argent pour acheter des choses indispensables : de la nourriture pour les bêtes, par exemple. On allait en chercher à Vesterby, et la plupart du temps on se débrouillait pour revenir avec un ou deux sacs qu'on n'avait pas payés. C'était normal, disait mon père. À Vesterby, ils avaient tout ce qu'il leur fallait, et on était gentils avec nos bêtes. Chez l'épicier, c'était pareil. Dans sa réserve, on trouvait plein de choses ; si je m'y glissais pour piquer quelques boîtes de conserves pendant que mon père et l'épicier bavardaient de la pluie et du beau temps, ce n'était pas bien grave.

Plus tard, j'ai appris à dépouiller et à découper les lapins. Quand on leur arrachait la fourrure, il n'en restait pas grand-chose. Mais le plus extraordinaire, c'était tout ce qu'on découvrait à l'intérieur. Les poumons rose pâle, les rognons mauve foncé et tout le reste. Et les longs intestins tortueux ! Je me suis dit qu'à l'intérieur de ma mère il devait y avoir beaucoup, beaucoup de choses.

Mon père m'a aussi emmenée à la chasse au cerf. Il connaissait un endroit près d'une grande ferme où des cerfs se promenaient dans la forêt ou dans les prés. On y allait de nuit. Mon père n'aimait pas cribler de plomb les animaux. Comme j'ignorais ce qu'était le plomb, j'ai décidé que je ne l'aimais pas non plus. Mon père disait que ça faisait trop de bruit et que c'était trop cher. Il avait raison. On n'aimait ni faire du bruit, ni dépenser de l'argent.

On préférait les tirer à l'arc. Celui de mon père était énorme et très lourd. Le mien était exactement semblable, mais à ma taille. Il l'avait fabriqué dans son atelier, et il m'avait aidée à confectionner des flèches avec du bois de pin et des plumes d'oie. Le bois devait avoir la bonne épaisseur et la bonne élasticité, m'a-t-il expliqué. Il me l'a fait toucher et plier pour me faire comprendre ce qu'il voulait dire. Les pointes, on les a découpées dans un vieux broc en cuivre que j'avais trouvé sur le tas d'ordures. Le tas des trésors, comme on l'appelait. « Tu vois, disait-il chaque fois que j'y découvrais quelque chose. Tout a une valeur. »

Je me suis exercée à tirer sur des boîtes de conserves et des morceaux de bois. Puis j'ai eu le droit de tirer sur des souris dans la semi-obscurité. La première fois que j'en ai touché une, je l'ai vue se tordre de douleur et j'ai fondu en larmes. Ma flèche avait pénétré dans son derrière, juste au-dessus de la queue. Quand la souris bougeait, la flèche et la plume d'oie raclaient le sol. Mon père a fini par la tuer avec un bâton. Au lieu de pleurer je ferais mieux de me dire que le renard serait content de la manger, m'a-t-il fait remarquer.

Nous partions à la chasse au cerf quand il y avait clair de lune. Comme ça, nous profitions à la fois de l'obscurité et de la lumière. Nous, on voyait, et le cerf ne souffrait pas. L'obscurité absorbait la douleur.

La première fois que mon père m'a emmenée, il y avait un cerf dans le pré, sous la lune pleine. Le cerf se tenait de profil, et la flèche de mon père l'a touché au cœur. Mais il ne s'est pas écroulé tout de suite. Il a tourné la tête pour nous regarder, puis il a fait quelques pas vers nous avant de s'affaisser à nos pieds. Il bougeait lentement et il semblait d'un calme absolu. En vérité, j'ai rarement vu quelque chose d'aussi paisible que sa mort.

Je suis certaine qu'il m'a regardée dans les yeux et qu'il ne m'en voulait pas.

– C'était un vieux cerf, a dit mon père. Maintenant un animal plus jeune va prendre sa place, et nous, on a de quoi manger pour plusieurs jours. Tout est pour le mieux.

– Mais il devait avoir des enfants à élever, non ?

– Ils sont assez grands pour se débrouiller seuls.

– Et moi, quand est-ce que je serai assez grande pour me débrouiller seule ?

Mon père a souri :

– Vu la façon dont tu te sers de ton arc, ça ne saurait tarder.

Un bref instant je me suis sentie fière et heureuse. Mais seulement un bref instant.

– Et toi, qu'est-ce que tu vas devenir, alors ?

– Moi ?

Il a fait une légère pause, ce qui m'a paru bizarre.

– Je resterai avec toi. Même quand tu seras grande et que tu pourras te débrouiller seule. Je ne vais pas mourir tout de suite.

– Pas avant d'avoir les cheveux blancs, n'est-ce pas ?

– Non. Certainement pas avant d'avoir les cheveux blancs.

À l'époque, je n'étais pas au courant pour mon grand-père et la foudre.

Mon père et moi, on adorait chercher des livres pour ma mère. Chaque fois qu'on lui en rapportait, elle rayonnait de joie. C'était incroyable, le nombre de livres que les gens laissaient dans leurs débarras. J'étais à peu près certaine qu'ils ne les avaient pas lus ; peut-être n'en avaient-ils même pas eu l'intention. Ma mère a fini par se retrouver avec une quantité invraisemblable de livres, et elle était manifestement décidée à les lire tous. Elle les gardait dans sa chambre et elle en rangeait aussi dans la chambre blanche, où mon père avait installé un beau rayonnage. Le rayonnage a fini par disparaître derrière les piles de livres et toutes sortes d'objets, mais on savait qu'il était là. C'était le plus important.

Moi aussi j'aimais les livres. Quand ma grand-mère est venue s'installer sur la Tête, ma mère avait déjà commencé à m'apprendre à lire et à écrire. D'après elle, tout se passait comme si je l'avais déjà su avant de naître : il fallait simplement rafraîchir mes connaissances. J'apprenais facilement, car ma mère était si heureuse quand je lui faisais la lecture.

Je tenais le crayon comme une flèche. Ma mère m'avait montrée comment courber les doigts, mais j'en étais incapable. Finalement, nous avons décidé que ça n'avait pas d'importance : il valait mieux que j'écrive correctement en tenant mal le crayon, plutôt que le contraire. Et puis, heureusement que je ne tenais pas la flèche comme j'aurais dû tenir le crayon. Dans ce cas, je n'aurais jamais fait mouche à tous les coups.

Un matin, alors que je m'exerçais au tir à l'arc derrière la maison, j'ai vu que ma mère m'observait en étendant le linge.

– Je sais ce que nous allons lire, a-t-elle dit.

Ma mère ne parlait pas beaucoup. Sauf quand elle lisait à voix haute ou quand elle essayait de m'expliquer quelque chose. Je crois qu'elle n'aimait pas trop parler. Mais elle adorait lire à voix haute, et j'adorais l'écouter, installée sur son lit, quand elle se plongeait dans le livre qu'elle avait choisi. En fait, je ne sais pas ce que j'aimais le plus, les histoires ou la voix de ma mère.

Parfois je ne faisais pas la distinction entre les deux. J'oubliais sa voix pour me fondre dans l'histoire, ou j'oubliais l'histoire pour me fondre dans sa voix. Elle ne parlait pas fort, mais on pouvait quand même se fondre dans sa voix. Il y avait de l'air dedans. À l'époque.

Sa voix est devenue de plus en plus sourde ; au bout d'un moment, ce n'était plus qu'une sorte de magma qui se brisait sur les consonnes. Sur les *l*, par exemple. Ou les *v*.

Heureusement qu'elle m'a appris les lettres tant qu'elle était encore capable de prononcer les consonnes. À la fin, elle ne m'appelait plus que *i*. J'allais dans sa chambre, car elle n'arrivait plus à la quitter. Et je lui faisais la lecture d'un livre que j'avais choisi.

Puis, un jour, les voyelles ont disparu aussi.

J'ai beaucoup réfléchi à ce qui s'est passé avec sa voix. Elle m'avait appris qu'il ne fallait pas avaler les mots en parlant. Pourtant, c'est peut-être ce qu'elle a fini par faire. Elle a mangé sa propre voix. D'abord elle a mangé l'air. Puis les sons. Elle mangeait tellement de choses.

C'était à *Robin des bois* qu'elle pensait en étendant le linge.

Ma chère Liv,

La perte de ma voix a dû t'étonner. Je ne peux pas t'expliquer ce qui s'est passé ; tout ce que je peux te dire, c'est que les mots sont restés coincés dans ma gorge. En remontant ils ont éclaté comme des bulles, et je n'ai pas eu la force de les expulser. J'ai fini par y renoncer. C'était plus simple.

Imagine une inflammation de la gorge qu'on essaie de calmer en buvant des liquides tièdes et en mangeant de la nourriture molle. Voilà ce que j'ai ressenti. Je n'arrivais plus à parler, et je mangeais de plus en plus.

J'ai fini par avoir une grosse boule de phrases naufragées dans la gorge. Des mots brisés et sans rapports entre eux, des amorces interrompues, des conclusions restées en suspens, des lignes trop serrées, des constructions fautives, des gutturales agglutinées.

Mon chagrin était resté bloqué, car je ne devais pas te le communiquer. Et à ton père non plus, car il avait son chagrin à lui. Alors je l'ai gardé en moi. C'était ma façon de te protéger. Ton père a fait autrement.

Affectueusement,
Ta mère

L'obscurité et le désordre

Jens Haarder ne prélevait dans la nature que le strict nécessaire. Sauf quand il s'agissait de résine.

Au début, il avait agi par curiosité. Son père lui avait fait découvrir les propriétés du baume doré des arbres. Peu avant sa mort soudaine, Silas Haarder avait montré à son fils comment saigner un pin en ôtant l'écorce sur une petite partie du tronc. Pour recueillir le liquide, il y avait placé un drain en forme de V avec un récipient au bout.

Jens avait rapidement appris à reconnaître les arbres qui s'y prêtaient le mieux. Avec le temps, il avait commencé à les saigner régulièrement. Il agissait avec délicatesse pour éviter de les faire souffrir. Il fallait les traiter avec douceur, comme la vache.

Il savait qu'il blessait l'arbre, mais il ne pouvait pas s'en empêcher. Il ne parvenait pas à s'expliquer pourquoi. L'odeur de la résine agissait sans doute comme une sorte d'euphorisant. Et puis, il trouverait peut-être un jour à utiliser les morceaux de résine figée qu'il conservait dans son atelier, où ils avaient fini par s'agglutiner pour former un grand corps sombre composé de boules irrégulières.

Ce spectacle lui faisait penser aux bonbons à la réglisse fondus qu'il avait partagés avec son père dans un cercueil. Jamais des bonbons ne lui avaient paru aussi exquis.

Après de nombreux essais, Jens avait trouvé un moyen de débarrasser les morceaux de résine de leurs impuretés. Il les posait sur une feuille de papier d'aluminium percée de trous qu'il tendait au-dessus d'une boîte en fer-blanc. Puis il faisait fondre la résine au-dessus d'une flamme. Pour cela, il avait inventé un dispositif ingénieux de barres de métal et de fers à cheval sur lequel il installait la boîte. Ainsi, les impuretés restaient sur la feuille de papier alu, tandis que la résine pure coulait au fond de la boîte. Quand elle se figeait de nouveau, il ne lui restait plus qu'à la ranger : un fût était destiné à la résine propre, un autre aux impuretés. Comme ça, il pourrait toujours faire fondre un morceau quand il en aurait besoin. Et les usages de la résine étaient innombrables. Elle avait des propriétés antibiotiques. Correctement préparée, on pouvait s'en servir pour fabriquer du savon ou de la colle, et on pouvait même l'utiliser comme combustible : en enduisant de résine impure l'extrémité d'un bâton, on obtenait une torche qui brûlait parfaitement.

Dans sa poche il gardait la petite fourmi conservée dans une boule d'ambre jaune. Elle avait exactement le même aspect qu'à l'époque où Silas l'avait montrée à ses fils, et elle n'avait pas changé depuis des millions d'années. La fourmi avait eu pour tâche de transporter de petits bouts de résine figée jusqu'à la fourmilière pour protéger la colonie contre les maladies. Mais la matière gluante avait causé sa perte, car l'insecte s'y était retrouvé piégé. La fourmi avait perdu la vie, mais son corps avait survécu.

Qu'une substance puisse ainsi guérir, tuer et préserver les corps était pour Jens Haarder un sujet de fascination.

Dans son atelier, seuls les fûts de résine échappaient au chaos. C'était l'œil du cyclone. Rangés côte à côte, on aurait dit trois poubelles, mais leur contenu lui était indispensable. Dans le fatras de sacs en toile de jute, de cartons, d'outils, de pièces de machines, de rouleaux de tissu, de câbles, de restes de nourriture, de journaux et de sacs en plastique, les fûts étaient là comme un rappel : à l'origine, il y avait l'arbre. L'arbre, et la vie qui coulait à l'intérieur de son tronc.

Mais avec le temps les fûts finirent également par être noyés sous le désordre. Jens savait quand même les retrouver, car il naviguait aisément entre les objets. Il avait une notion de l'ordre qui n'était pas celle des visiteurs qui poussaient la porte de l'atelier. Des visiteurs qui devenaient de plus en plus rares : à la fin, seule sa fille avait le droit d'y pénétrer.

Sa femme aussi en aurait sans doute eu la permission si elle avait été en état de le faire.

Le monde de Jens Haarder n'était pas gouverné par les règles auxquelles obéissaient la plupart des gens. Il ignorait ce qu'étaient le classement et l'organisation. Il ne connaissait que les sentiments et les souvenirs. Une lime ne devait pas forcément être rangée à côté d'une autre lime. Si on l'avait trouvée sur une décharge, elle avait sa place à côté de la lampe à pétrole et de la vareuse provenant de la même décharge. Il y avait à cela une certaine logique.

Si la faux était accrochée près de la grande carte de l'île suspendue au-dessus de l'établi, c'était parce que Jens lui trouvait une ressemblance avec le bras de terre qui s'étendait au nord-est de Korsted. La carte était cachée derrière un tas de cartons, mais Jens savait qu'elle était là. C'était le plus important. Seule la plage au nord de l'île se laissait encore deviner dans l'obscurité.

Autrefois, Jens avait passé beaucoup de temps à étudier cette carte avec son père. À l'époque, l'île lui paraissait gigantesque. Tous deux s'étaient dit qu'elle ressemblait à un homme. Korsted en était le cœur et la décharge le derrière ; si on laissait les arbres de la Tête pousser librement, l'homme aurait les cheveux et la barbe en broussaille. Mais il resterait chauve au sommet du crâne, à l'endroit où se trouvait la plage. C'était un corps en pleine évolution, et ils avaient le pouvoir de le transformer. D'en faire un sauvage.

Si le monde semble généralement devenir plus petit à mesure qu'on grandit, tout ce qui était extérieur à la Tête ne cessait de grossir aux yeux de Jens. Le monde lui paraissait immense et de plus en plus étrange : on voyait apparaître des gens inconnus, des magasins d'un nouveaux type, des machines et des métiers inédits. Tout cela constituait une menace diffuse qui mettait son existence en danger.

Quand on venait jusqu'à la Tête, c'était pour lui dire qu'il ne pouvait pas laisser les saletés s'accumuler, qu'il avait amassé trop d'objets. Et qu'il ferait peut-être bien de se débarrasser de toutes ses vieilleries.

Le pire, c'était qu'on disait ça avec le sourire.

Un jour, deux femmes avaient surgi dans l'étable. Elles lui avaient dit qu'il vivait au milieu d'un désordre impardonnable. Mais il y avait de l'espoir, car Dieu allait l'aider. Dieu allait mettre de l'ordre dans sa maison, si Jens acceptait de L'aimer comme un père.

Jens était resté sans voix. Il les avait regardées méchamment en les menaçant d'une fourche à fumier.

En partant, elles n'avaient pas souri. C'était déjà ça.

Jens voyait autre chose que ces gens-là. Quand il contemplait son univers peuplé d'objets, il ne percevait ni désordre ni saleté. Pour lui, c'était un tout organique. En ôtant quelque chose, il aurait détruit le tableau.

Les gens ne voulaient pas comprendre que chaque objet était parfaitement à sa place et qu'ils avaient tous une valeur. Un journal jauni ayant enveloppé un vase en céramique pouvait contenir des informations qui lui seraient utiles. Pourtant, il ne lisait jamais les journaux. Un vieux harnais lui rappelait le jour où il était allé à Korsted en voiture à cheval. La lampe de poche pourrait sans doute servir s'il se décidait à la réparer. Il avait des monceaux de piles, et certaines devaient encore fonctionner. Et les cassettes audio étaient sûrement en bon état. Il les avait récupérées sur une palette derrière le magasin du marchand de radios, elles étaient toujours sous plastique, et l'emballage pourrait certainement être réutilisé. Les boîtes de conserves leur seraient bien précieuses s'ils étaient un jour dans le besoin. Il ne croyait pas à cette histoire de date de péremption. Le rabot avait appartenu à son père et lui convenait parfaitement. Quant aux chapeaux, il les mettrait lorsque la casquette de son grand-père serait trop usée. Le chandelier était beau ; il suffirait de l'astiquer. Des parapluies, on n'en avait jamais assez ; ceux qui étaient cassés pourraient être réparés. Qu'on ait pu se débarrasser de tout un sac de couverts jetables lui paraissait incompréhensible. N'importe quel objet pouvait trouver une seconde vie. Un jour, il laverait tout ça. Et il trouverait à employer les sacs de sel qu'il avait piqués dans la grange du fermier. Mieux que le fermier, en tout cas, qui était chargé de saler les routes. Pour Jens, répandre du sel sur la chaussée, c'était du gaspillage.

Jens estimait qu'il était de sa responsabilité de conserver tous ces objets que les gens méprisaient. Il était émotionnellement lié à chacun d'entre eux. L'idée qu'on puisse rompre ce lien le remplissait de frayeur.

Quand il avait voulu se débarrasser de quelque chose pour faire plaisir à sa mère ou à sa femme, cela s'était toujours mal passé. Il ne pouvait pas s'y résoudre ; ça lui déchirait le cœur. Maria ne comprenait pas son mari, mais elle l'acceptait comme il était. Elle savait qu'il ne changerait pas. Silas, lui, aurait approuvé son fils.

Petit à petit, Jens fut pris d'une angoisse : par mégarde, il pourrait jeter quelque chose d'irremplaçable. Un objet qu'il n'aurait pas vu, un objet enfoui parmi tous les autres. Plus personne ne lui demandait de mettre de l'ordre dans ses affaires, mais cette angoisse ne voulait pas le lâcher. Les objets et les images se fondaient dans ses rêves ; dans ses cauchemars il se voyait avec horreur jeter une peau d'orange sur laquelle était posé un oisillon. Une petite vie sans défense qu'il n'aurait pas vue. Ou un bébé.

Non, rien n'était de trop. Ce qui s'en allait ne reviendrait jamais. C'est pourquoi il ne se séparait jamais de rien.

Ainsi, il continuait d'accumuler les objets. Longtemps, il s'était contenté de ceux qu'il récupérait lui-même ; plus tard, sa fille avait également commencé à en rapporter de ses raids nocturnes. Il aurait préféré l'accompagner pour mieux la surveiller, mais les circonstances l'obligèrent à lui faire confiance.

Et elle revenait toujours à la maison. Ils étaient unis par un lien indissoluble. Elle tenait de lui, elle le comprenait.

Un sablier était fixé horizontalement sur un des établis. Silas Haarder et son fils cadet l'avaient trouvé dans une grange et l'avaient rapporté à l'atelier. Ils l'avaient tourné et retourné, compté les secondes et vu le temps couler lentement à travers son goulot. Pendant des années il était resté là, bloqué dans son petit trou. Son sable fin, son bois sombre et son verre fragile avaient fini par disparaître sous les couches de poussière et les souvenirs d'un avenir empêché.

Jens avait observé Liv quand elle regardait le sablier. Elle savait qu'elle n'avait pas le droit d'y toucher. Un jour, elle lui avait demandé de le remettre d'aplomb. Elle aurait voulu voir le sable couler.

Pas même pour Liv il n'avait accepté de laisser le temps reprendre son cours.

Décembre

Je ne sais pas exactement combien de temps ma grand-mère a passé chez nous, mais il me semble qu'elle est restée un mois entier. En tout cas, c'était juste avant Noël, car elle m'a appris à tresser des cœurs en papier et à chanter des cantiques où il était question de Marie et de Jésus, que je m'obstinais à appeler Jens. Je n'étais pas sûre de comprendre ce qu'elle me racontait à propos du père de Jens, mais l'idée de naître une nuit dans une étable me plaisait bien.

J'ai demandé à ma mère à quel moment nous étions nés, Carl et moi. Elle m'a répondu que nous étions venus au monde dans l'après-midi. Une dame l'avait aidée à accoucher et elle avait eu très mal. Je me suis dit que ma mère aurait mieux fait d'attendre qu'il fasse nuit. Mais j'étais contente que nous soyons nés en même temps. Je n'ai jamais aimé être seule.

C'est peut-être pour ça que les dessins de Carl et moi me plaisaient tant. Ils étaient accrochés au-dessus du lit de ma chambre. C'était mon père qui les avait faits. Il nous dessinait chaque année, quand le chèvrefeuille était en fleur, et on voyait à nos visages que nous changions tout en continuant à nous ressembler. Les nouveaux dessins étaient accrochés par-dessus les anciens ; comme ça, on pouvait revenir en arrière et nous revoir bébés. J'aimais bien poser pour mon père ; ça me permettait de surveiller sa barbe et ses cheveux, qui ne cessaient de pousser.

Mon père avait aussi fait un dessin de ma mère. Joliment encadré, il était accroché dans l'atelier. Je ne crois pas qu'il y en ait eu d'autres de ma mère. Mais jamais je n'en ai vu d'aussi beau, représentant une femme aussi belle.

Quand ma grand-mère s'est installée dans la chambre blanche, j'ai eu le sentiment qu'elle prenait possession de la maison tout entière. Carl a eu la même impression que moi, mais au début on était très excités par son arrivée et on n'a pas imaginé que les choses pourraient mal tourner.

Quand elle est venue s'asseoir sur le bord de mon lit, ce matin-là, c'était la première fois que je parlais avec quelqu'un de l'extérieur. Seule à seule. Je n'ai pas eu peur. Enfin, un peu quand même, car ma mère était dans la buanderie et mon père s'occupait des arbres de Noël. Si j'avais crié au secours, ils ne m'auraient pas entendue.

Mais elle ne m'a pas semblé dangereuse. La dame. Elle m'a souri, puis elle s'est assise sur le bord du lit.

– Bonjour, Liv. Qu'est-ce que tu fais ?

Drôle de question. Elle ne voyait pas que j'étais en train de regarder les dessins ? Au lieu de lui répondre, je les lui ai montrés du doigt.

Elle nous a longuement regardés, Carl et moi. Puis elle s'est redressée et elle a soulevé les dessins, les uns après les autres. Jusqu'à retrouver nos visages de bébés. Elle me tournait le dos.

– Nous nous ressemblons, lui ai-je dit.

Elle a hoché la tête.

– C'est mon père qui nous a dessinés.

Elle a de nouveau hoché la tête.

Je ne regardais plus les dessins. Je regardais la dame. Je ne savais pas encore que c'était ma grand-mère qui nous contemplait, Carl et moi. Je me suis demandé si je devais lui parler de l'accident.

– Il s'est passé quelque chose avec mon frère jumeau, ai-je fini par dire.

Pour la troisième fois, elle a hoché la tête. Elle ne savait rien faire d'autre ? Elle était peut-être au courant, pour Carl.

Au bout d'un long moment, elle s'est retournée. Elle souriait.

– Tu aimes les crêpes ?

Je n'ai pas su quoi répondre. Les crêpes, je n'avais aucune idée de ce que ça pouvait être. Alors j'ai fait comme elle. J'ai hoché la tête.

J'ai découvert que j'adorais les crêpes. Elle en a préparé une, elle l'a saupoudrée de sucre, puis elle l'a roulée pour en faire une sorte de saucisse et elle me l'a tendue. Et elle en a préparé une autre. J'ai mordu dans la crêpe. Je serrais la saucisse dans ma main et j'ai fait tomber du sucre ; il y en avait plein par terre. La dame a dit quelque chose, mais je n'y ai pas fait attention, car je n'avais jamais mangé quelque chose d'aussi bon.

Elle a essuyé les saletés. Puis elle m'a caressé les cheveux et elle m'a donné une autre crêpe avec plein de sucre. Quand j'en étais à ma quatrième, j'ai dû m'asseoir par terre. J'avais encore fait tomber du sucre, mais elle a dit que ce n'était pas grave, et on a bien ri toutes les deux.

Puis ma mère est arrivée.

Le plus étrange, c'est qu'elles n'ont rien dit. Elles se sont dévisagées, puis ma mère a tourné les talons. Elle est partie à l'étable, je crois. Je me suis demandé si je devais la suivre ou rester assise dans le sucre. Finalement, la dame m'a parlé et je n'ai pas bougé.

– Tu as des camarades de jeu, Liv ?

J'ai hoché la tête. J'avais Carl et tous les animaux.

Elle m'a regardée, mais je n'ai rien dit, puisque j'avais fait oui de la tête.

– Tu vois d'autres enfants ?

Elle s'apprêtait à me donner une crêpe.

– Fais attention au sucre, ma chérie.

J'ai de nouveau hoché la tête. Puis j'ai tendu le bras pour prendre le rouleau sucré.

– Oui, je vois Carl.

La crêpe est restée suspendue en l'air. Cette fois-ci, c'est la dame qui a fait tomber du sucre.

À ce moment-là, Carl est arrivé. Je crois qu'il a eu peur. Elle avait un drôle d'air. Et puis, elle avait aussi les cheveux très blancs.

Pendant un certain temps elle s'est levée de bonne heure pour nous préparer des crêpes. Au début, elle utilisait des ingrédients qu'elle avait apportés dans des boîtes. Mais elle a fini par en manquer, et je suis allée chercher des œufs chez les poules, du lait chez la vache et de la farine dans les sacs qui, à l'époque, se trouvaient dans l'entrée. Et les crêpes étaient encore meilleures, puisque j'avais aidé la dame.

Mon père n'en mangeait pas beaucoup et ne disait pas grand-chose. Ma mère en mangeait beaucoup et ne disait rien. Moi, j'en mangeais autant que je pouvais.

Nous avons passé pas mal de temps ensemble, la dame et moi, car ma mère et mon père étaient très occupés. En fait, je crois qu'ils l'évitaient. Mon père devait couper les arbres de Noël et les transporter à la grande île. Et il avait aussi un cadeau à préparer. C'était pour ça que je n'avais pas le droit de venir dans l'atelier juste avant Noël. Dans sa chambre, ma mère était occupée à faire quelque chose en secret, elle aussi.

J'ignorais ce qu'ils préparaient. L'année précédente, ils m'avaient offert un théâtre de marionnettes et des gants en peau de lapin.

Dans le séjour, mon père avait déjà commencé à suspendre des choses au plafond pour faire de la place. J'aimais bien m'asseoir dans le fauteuil vert et regarder autour de moi. Mon père avait fini par transformer la pièce en une grotte de conte de fées. À mesure que les objets s'empilaient devant les fenêtres, il y faisait de plus en plus sombre.

Parmi les objets que j'aimais contempler, il y avait un violon. Il était suspendu par un fil au-dessus du poêle. Quand on faisait du feu, le violon tournait comme une girouette. Dans un coin, le hibou empaillé du pharmacien me fixait des yeux. Il était perché sur un canapé posé sur son chant, près du mannequin de couturière et de la pile de magazines. J'adorais ce hibou. Quand je sortais la nuit, je m'exerçais à être aussi silencieuse que lui. À vrai dire, j'ai mis du temps à comprendre qu'il était mort. Il se comportait exactement comme ceux que je voyais dans la forêt.

Par moments je me disais qu'on avait dû amasser tous les objets de l'île. Mais il en restait encore. La veille de l'arrivée de la dame, mon père avait reçu un piano en échange d'un sapin de Noël. Il lui manquait quelques touches et une pédale, mais à part ça il était en bon état. En déplaçant plusieurs valises, mon père a pu lui trouver une place dans le séjour. Sans être obligé de le suspendre. Plus tard, il a posé trois grosses radios dessus. Et un buste en plâtre d'un monsieur qui en avait joué autrefois. Je me suis demandé comment cet homme avait pu faire du piano, puisqu'il n'avait ni bras ni jambes.

J'avais la très nette impression que la dame n'appréciait pas cette accumulation d'objets. Quand elle pénétrait dans le séjour, elle toussait presque aussi fort qu'elle ronflait. Et elle rouspétait tout le temps : elle était effarée de voir à quel point les choses avaient changé en quelques années. Je ne comprenais pas ce qu'elle voulait dire.

Elle devait être très maladroite, car elle n'arrêtait pas de se cogner aux objets. Un jour elle a crié de douleur parce que son gros orteil avait heurté le tourne-disque posé devant la porte de la cuisine. Ce tourne-disque n'avait rien à faire là, a-t-elle dit. Il y était pourtant depuis toujours. Mais ce n'était rien à côté du hurlement qu'elle a poussé quand elle a reçu un carton de boîtes de thon sur la tête en voulant déplacer l'étagère de la salle de bains. Mon père a accouru de l'atelier pour voir ce qui se passait. Se tenant sur le pas de la porte, il l'a regardée sans dire un mot. Elle le fixait des yeux en secouant la tête, appuyée contre le lavabo. Voyant qu'elle pouvait bouger, mon père est reparti.

Au bout de quelques jours elle a cessé de chercher le carton avec les décorations de Noël. Elle était pourtant persuadée qu'il était quelque part. Du coup, on a fabriqué des décorations avec ce qu'on avait sous la main. Les cœurs, on les a tressés avec du papier kraft ; il y en avait tout un rouleau à la buanderie. Ils étaient très beaux. Elle les aurait préférés de couleurs plus vives, je n'ai pas compris pourquoi. Le marron, c'est très joli. Et les vrais cœurs sont bel et bien de cette couleur-là.

Elle m'a dit qu'elle avait apporté des cadeaux de Noël. Je me suis demandé s'il s'agissait de la petite radio et du jeu de société que j'avais découverts dans un de ses sacs de voyage. J'avais été très intriguée par les piles de la radio ; elles étaient grosses et rondes, il y avait un animal à rayures dessus, elles me titillaient la langue et elles avaient un goût de brûlé. Les objets étaient soigneusement enveloppés de papier brillant. Après les avoir examinés, je les ai réemballés, mais je n'ai pas su remettre le scotch comme avant.

Quand mon père a suspendu le sapin au plafond, je me suis dit que je n'avais jamais vu un arbre aussi beau. Carl était d'accord. L'étoile que j'avais fabriquée avec des rayons de roues de vélo brillait d'un éclat gris sous les poutres. Comme il y avait un bon mètre entre le pied et le sol, on pouvait mettre plein de cadeaux en dessous.

Noël était dans quelques jours et je ne savais toujours pas que la dame était ma grand-mère. C'est dommage qu'elle n'ait pas eu le temps de découvrir notre voiture en caisses à savon. Ou la sienne. Le matin de bonne heure, je la rejoignais parfois dans la cuisine. J'essayais de trouver un endroit où m'asseoir. Je n'avais pas peur d'elle, mais Carl, si. Un peu. J'aimais bien bavarder avec elle et me faire caresser les cheveux. Et elle sentait si bon.

Elle avait plein de choses extraordinaires dans ses bagages. Je les ai fouillés quand elle n'était pas là. À part les paquets-cadeaux, j'ai trouvé des produits à se mettre sur la tête et sur les chaussures. Et des vêtements. Jamais je n'avais vu des vêtements comme ça. Des bas nylon mauves et des chaussures en cuir jaune. J'ignorais qu'il pouvait exister des chaussures aussi belles.

La dame a voulu savoir à quoi j'occupais mon temps. Je lui ai raconté ce qui m'est passé par la tête. Que je fabriquais des flèches pour l'arc ou que je furetais parmi les objets ou que j'aidais à soigner les animaux. Un matin elle m'a demandé pourquoi j'avais sommeil, et je lui ai répondu que j'avais passé la nuit à chasser le cerf. Je n'avais pas du tout l'intention de lui raconter ça, j'avais promis à mon père de n'en parler à personne. Et on avait fait très attention avec la voiture. On l'avait garée sur le chemin de terre avant de partir, car il ne fallait pas qu'elle nous entende démarrer.

– Vous vous promenez souvent la nuit au lieu de dormir ? a-t-elle demandé.

Elle m'a regardée bizarrement, et Carl m'a donné un coup de coude. Il voulait qu'on s'en aille. Mais je n'ai pas bougé.

J'ai longuement réfléchi. Est-ce qu'il fallait lui mentir ?

– Carl fait ça souvent, ai-je fini par répondre.

J'aimais bien l'entendre parler du continent. La ville où elle habitait devait être immense, et il y avait sûrement une quantité invraisemblable d'objets – bien plus que chez nous, à la Tête. Elle m'a aussi raconté qu'il y avait beaucoup d'enfants qui jouaient ensemble. Et qu'ils allaient tous à l'école, où on leur apprenait à lire, à écrire et à compter.

Alors je lui ai récité l'alphabet.

– C'est bien, Liv. Mais dis-moi : tes parents n'ont pas pensé à t'inscrire à l'école de Korsted ?

Je savais qu'il y avait une école à Korsted. Parfois, quand nous passions devant, je voyais les enfants jouer dans la cour. Quand ils criaient, les adultes les grondaient. Et personne n'avait de poignard. Dans la cour, il n'y avait rien. Seulement de l'asphalte et des lignes blanches tracées au sol.

Mon père n'aimait pas cet endroit.

J'ignorais totalement que j'aurais dû y aller.

– Ma mère m'apprend à lire et à écrire, ai-je répondu. Et mon père m'apprend à fabriquer des objets à partir d'autres objets, à faire des massues, à fondre des poids, à construire des presses à viande, à poser des pièges et à dépouiller des lapins. Et les lapins ne souffrent pas, car il fait nuit. Et je m'amuse souvent à aller chercher des objets chez les gens sans les réveiller. Et puis j'ai un poignard avec lequel je joue aussi.

Elle m'a de nouveau regardée d'un drôle d'air. Est-ce que j'en avais encore trop dit ? Sans doute. Je n'étais pas habituée à me surveiller comme ça. C'était fatigant.

– Je pense que ce serait bien pour toi d'aller à l'école, a-t-elle dit. En laissant ton poignard à la maison.

À mon tour, je l'ai regardée avec de grands yeux. Carl a couru chercher notre père. Je ne savais pas quoi dire. Mais la dame n'a pas cessé de parler.

– Je ne crois pas que ce soit bon pour toi de rester ici, Liv. Il y a trop de détritus, trop de poussière, trop de saleté. Tu pourrais tomber malade… À mon avis, tu serais mieux ailleurs. Il va falloir que j'en discute avec ton père.

– Tu connais mon père ? Comment ça se fait ?

Je me méfiais d'elle, à présent. Carl avait raison : c'était une hypocrite.

Elle a hésité quelques instants.

– Ton père est mon fils. Je suis ta grand-mère.

Je n'ai rien compris. Et Carl n'était plus là.

– C'est ton grand-père Silas, mon mari, qui a appris à ton père à faire tous ces beaux objets en bois. Et la casquette que porte ton père… elle a appartenu à mon père à moi.

La crêpe a commencé à sentir le roussi.

– Et il va aussi falloir qu'on parle de Carl.

Elle a enlevé la poêle et baissé le feu.

– Il n'est pas là, ai-je répondu

J'espérais qu'il reviendrait bientôt avec mon père.

– En effet. Mais tu sais où il est ?

Ce soir-là, je les ai entendus parler dans le séjour. J'écoutais à la porte. Ils parlaient tous les trois, ma mère aussi, et à un moment mon père s'est mis à crier. Jamais je ne l'avais entendu crier comme ça. Le lendemain matin il avait des cheveux blancs.

Il ne restait plus que deux jours avant Noël, et il y avait une drôle d'ambiance.

Personne ne disait rien. Je crois que tout le monde réfléchissait. Moi, en tout cas, je le faisais. Je réfléchissais à ce que j'avais entendu : ma grand-mère voulait m'emmener sur le continent, où j'irais à l'école et rencontrerais d'autres enfants. Et il avait aussi été question des autorités qui auraient dû agir, d'un médecin qu'il faudrait faire venir et d'une benne qu'elle avait commandée.

Elle a dit qu'il fallait nettoyer cette porcherie. Je m'en souviens parfaitement, et je comprends que mon père ait piqué une colère : il débarrassait toujours le lisier pour le répandre dans les prés.

J'ai pourtant trouvé un cadeau pour ma grand-mère. C'était une petite boîte qui sentait bon le tabac. Je me disais qu'elle pourrait y ranger des choses. Finalement, je l'ai gardée pour moi. À ma mère j'allais offrir un livre sur les papillons, et à mon père un pot de résine que j'avais recueillie exprès pour lui. J'avais mis de côté une boule rousse particulièrement jolie que je lui donnerais à part, car elle contenait un scarabée mort. S'il la conservait assez longtemps, elle se transformerait peut-être en ambre, comme la boule qu'il gardait dans sa poche ou posait sur l'établi. Je n'avais pas pu sauver le scarabée : il était déjà pris dans la résine quand je l'ai vu. Alors je lui ai donné un petit coup sur la tête.

Avant l'arrivée de ma grand-mère je ne m'étais jamais demandé pourquoi on fêtait Noël. Je pensais qu'on le faisait seulement pour passer du bon temps. Mes parents ne m'avaient jamais rien expliqué et je ne leur avais pas posé de questions. En parlant avec ma grand-mère j'ai compris qu'il y avait un rapport entre l'homme qui s'appelait Jésus, l'arbre de Noël, l'étoile fabriquée avec des rayons de roues de vélo, nos oies et les nains de jardin du poissonnier. Mais je ne suis pas sûre d'avoir compris en quoi tout ça était lié.

Je ne savais pas non plus ce qu'était une benne avant qu'elle ne soit là. Elle est arrivée juste après le Nouvel An, sur un énorme camion. Il y a eu un bruit d'enfer et j'ai accouru de la pompe derrière l'étable pour voir ce qui se passait. Le camionneur a déposé la benne à côté de l'atelier. C'était une caisse rectangulaire en métal bleu, avec un couvercle. Les côtés étaient légèrement évasés, et le couvercle fermait avec trois gros verrous.

– C'est une commande d'Else Haarder, a expliqué l'homme à mon père.

Il ne devait pas savoir que nous avions tué ma grand-mère. Puis le camion est reparti sans la benne et le chauffeur m'a fait un signe de la main. Ensuite, plus personne ne m'a vue en dehors de mes parents. Jusqu'à maintenant.

Ma chère Liv,

Je ne sais pas si nous avons eu raison de te déclarer morte. Mais nous avions si peur. Nous avions si peur de te perdre. Ce que nous avons fait à ta grand-mère est horrible. Mais ce qu'elle avait l'intention de nous faire était encore pire.

Nous n'avions pas le choix !

Je veux croire que nous n'avions pas le choix.

Affectueusement,
Ta mère

Tuer

Au fond de lui-même, Jens Haarder savait probablement que sa mère ne voulait que leur bien. Que ses paroles étaient dictées par l'amour et la bonté. Il comprenait peut-être même qu'elle avait raison de s'inquiéter. Mais il était incapable de ressentir son insistance autrement que comme une menace. Comme l'avant-signe brûlant d'une catastrophe dont il ne se remettrait pas.

Maria pleurait à fendre l'âme quand il la rejoignit dans le lit. Elle n'avait pas pleuré comme ça depuis l'époque où Else avait fait régner la terreur dans la maison. Depuis l'accident.

– Il faut qu'elle s'en aille, sanglota sa bien-aimée.

Dans son corps poussait une nouvelle vie. Leur fille dormait du sommeil des innocents dans sa petite chambre. Avec son poignard sur le ventre. Seule.

Quelque chose se brisa en Jens. Le dernier fil qui le reliait à sa mère. L'ombre du cordon ombilical.

Dans l'obscurité, il prit la main de Maria.

– Oui, je vais la faire partir, dit-il à voix basse. Je la ferai partir définitivement. C'est la seule solution.

Elle était de trop.

– Je le ferai avant Noël.

Sa femme avait entendu ses mots. Elle comprenait parfaitement ce qu'il avait voulu dire. Elle savait qu'elle aurait dû protester. Mais elle n'en avait pas la force.

Jens se leva, embrassa Maria sur le front et se rhabilla. Puis il disparut.

Au bout d'un moment, elle l'entendit travailler à l'atelier.

*

Dans la chambre blanche, Else Haarder l'entendit aussi. Pour une fois, elle ne s'était pas endormie tout de suite.

Elle se dit que Jens avait pris du retard pour les cadeaux de Noël. Mais elle était quand même surprise de découvrir qu'il travaillait de nuit. D'un autre côté, plus rien ne l'étonnait de la part de son fils cadet. Avec sa petite famille, il semblait vivre dans un monde détraqué où tout allait à la dérive. Else était bien placée pour savoir qu'il était difficile de mener une vie isolée. Elle n'ignorait pas que cela pouvait sérieusement vous perturber l'esprit, mais là… ça dépassait les bornes.

Sa décision lui avait coûté, mais il lui fallait absolument sauver sa petite-fille. Le doute n'était plus possible : de toute évidence, Liv n'avait pas vu un médecin depuis des années, car ses parents « n'aimaient pas ces gens-là ». Et Else soupçonnait la gamine de n'avoir jamais joué, ni même parlé avec des enfants de la grande île. Maria aimait la lecture, mais elle n'avait pas les compétences pour lui faire cours à la maison, comme elle en manifestait l'intention. Liv avait besoin de découvrir autre chose, de fréquenter d'autres personnes – pas seulement une femme qui se goinfrait au point d'en mourir et un homme qui était en train de transformer sa maison en décharge. La vie de cette pauvre gamine n'avait rien de normal.

Et il y avait ces excursions nocturnes. Elles l'inquiétaient beaucoup. Et aussi cette histoire avec Carl. En réalité, l'affaire relevait sans doute de la police. Pourvu que les enquêteurs ne se mettent pas à fouiller le passé. Ça pourrait réveiller les vieux traumatismes ; c'était la dernière chose dont ils avaient besoin.

Quoi qu'il en soit, Else devait intervenir. Pour l'instant, elle avait commandé une benne d'occasion qui serait livrée après le Nouvel An. Jens ne s'était douté de rien, il avait déposé sa mère au bureau de poste et il était revenu la chercher un peu plus tard, comme elle le lui avait demandé. Avec l'aide de la postière elle avait trouvé le numéro d'une entreprise qu'elle avait appelée de la cabine. Elle avait tout de suite fait un chèque. C'était cher, mais indispensable. Elle savait que le chèque était provisionné, car sa cousine avait insisté pour l'aider à faire face à des frais imprévus. Pour la benne, Karen se montrerait compréhensive.

Malheureusement, elle ne parvenait pas à joindre sa cousine. Elle l'avait appelée à l'heure convenue, mais personne n'avais décroché. Elle espérait qu'il ne lui était rien arrivé.

Agir dans le dos de Jens l'avait contrariée : c'était une façon assez brutale de prendre les choses en main. Mais, quand la benne serait là, elle parviendrait sans doute à lui faire comprendre qu'il fallait déblayer tout ce fatras et faire entrer un peu d'air frais dans la maison. C'était peut-être le seul moyen d'aider son fils. En tout cas, Maria pourrait profiter de l'occasion pour sortir de sa torpeur.

Else serait volontiers restée là pour les aider, mais elle avait peu d'espoir qu'on accepte sa présence. En fin de compte, elle les aurait peut-être gênés, tout simplement.

En revanche, elle devait aider Liv. Elle avait décidé de prendre contact avec les autorités. Mais pas avant le Nouvel An : pour l'instant il s'agissait de passer Noël le mieux possible.

Quand ses pensées cessèrent de la tourmenter et qu'elle put enfin s'endormir, les coups de marteau résonnaient encore à l'atelier.

L'avant-veille de Noël ils mangèrent en silence. Else avait insisté pour faire les courses et préparer le repas. Quand elle l'avait proposé, Jens s'était contenté de hocher la tête en serrant les dents.

Depuis le matin elle n'avait pas pu capter le regard de son fils. Au petit déjeuner, il était venu prendre son café, mais ensuite il avait évité de la croiser. Maria avait fait pareil. Fermée comme une huître, sa bru ne lui avait même pas dit bonjour. Ses yeux rougis et ses paupières enflées laissaient deviner qu'elle avait passé une nuit pénible. Dans la journée, Else l'avait entendue s'affairer dans la maison. Elle l'avait vue se diriger d'un pas lourd vers l'étable, mais à aucun moment elle ne s'était montrée dans la cuisine. C'était aussi bien, car on y était tellement à l'étroit qu'elles se seraient gênées. Liv allait et venait. Elle semblait ne pas savoir où se mettre. En fin de matinée, Else l'avait vue disparaître en direction de la forêt, son arc à l'épaule. Elle était revenue au bout de plusieurs heures.

En la regardant s'éloigner, Else s'était souvenue de l'époque où elle voyait ses fils pénétrer dans la forêt. En ce temps-là, Mogens rentrait toujours le premier. D'un pas décidé, il se dirigeait vers l'atelier avec une nouvelle idée en tête. Jens restait absent plus longtemps, parfois si longtemps qu'elle commençait à s'inquiéter. Quand il revenait enfin et qu'elle lui demandait ce qu'il avait fait, il répondait qu'il avait tenu compagnie aux arbres. Silas n'avait jamais eu peur pour lui.

Elle avait décidé de leur faire un pain de viande. Quand il était petit, Jens adorait le pain de viande de sa mère. Elle avait le frêle espoir qu'il comprendrait sa bienveillance en mangeant le plat qu'elle lui aurait préparé.

Si c'était le cas, il le cacha bien. Il semblait manger par faim seulement. Pas par plaisir. Else se demanda même s'il faisait attention à ce qu'elle lui servait ; il fixait la table des yeux et maniait sa fourchette sans même la regarder. Et il paraissait avoir vieilli d'un seul coup.

Personne ne toucha à la bouteille de vin qu'elle avait apportée.

Comme d'habitude, Maria mangeait sans dire un mot. Liv piquait sa fourchette dans la nourriture d'un air méfiant, triait les poireaux, l'oignon et les morceaux de carottes par petits tas et faisait tomber des bouts de viande sur la nappe. Maria ne semblait même pas y faire attention. En temps normal, elle aurait tout de suite réagi si sa fille s'était mal tenue à table.

Else faillit réprimander la gamine. Elle y renonça : sa remarque aurait probablement été la seule phrase prononcée pendant tout le repas.

– Ça te fera plaisir de fêter Noël ? finit-elle par demander à sa petite-fille.

Liv leva les yeux du méli-mélo de son assiette. Elle hocha la tête en souriant. Un bref instant elle était redevenue une petite fille ordinaire. Enfin une lueur de normalité, se dit Else en répondant à son sourire.

Personne ne protesta quand elle proposa de débarrasser et de faire la vaisselle. Manifestement, on ne s'attendait pas à autre chose. Jens et Maria s'éclipsèrent, l'un dans son atelier, l'autre dans sa chambre. Liv jouait dans le séjour. Else l'entendit parler toute seule.

Avant de regagner la chambre blanche, elle but un verre de vin. Elle avait fini la vaisselle, mais elle renonça à mettre de l'ordre dans la cuisine. La tâche était impossible. L'obscurité s'infiltrait de tous les côtés.

Elle fondit en larmes.

Dehors, un hibou ululait.

*

Quand Jens disait à sa fille que l'obscurité absorbait la douleur, il ne mentait pas tout à fait. Jamais il ne se sentait mieux que lorsque la nuit l'étreignait. Il avait le sentiment de se retrouver dans le cercueil, entre les bras de son père : il devinait son souffle dans sa nuque, il respirait l'odeur du bois fraîchement raboté. Tout n'était qu'harmonie, confiance et sérénité.

Malgré l'obscurité, il savait exactement où se trouvait chaque objet. Il ne voulait pas réveiller Maria. Il quitta le lit sans faire de bruit, la lumière éteinte, et se dirigea vers la porte en évitant les livres, la machine à coudre, l'aquarium et les cartons qui encombraient la chambre. À pas de loup il traversa le couloir, descendit l'escalier, franchit la porte d'entrée et sortit dans la cour.

En face de lui, l'atelier apparaissait telle une ombre rectangulaire dans la lumière grise de l'aube. À l'extrémité du bâtiment se trouvait la chambre blanche, où dormait sa mère. Qualifier cette chambre de « blanche » n'avait plus de sens, mais Jens ne s'en rendait pas compte.

Un vent froid soufflait de la forêt. Quelques flocons de neige semblaient annoncer un Noël blanc. Jens poussa un gémissement de surprise en marchant sur quelque chose : la petite branche de sapin qu'il avait accrochée à la porte était tombée par terre. Normalement, le sol était dégagé à cet endroit-là. Sous le bras, il tenait l'oreiller avec lequel il comptait étouffer sa mère.

La porte n'était pas fermée à clé. Else et Silas n'avaient jamais verrouillé une porte. Jens se demanda si sa mère faisait pareil en ville. Avec le monde qu'il y avait, quelqu'un aurait pu entrer chez elle et lui voler quelque chose.

Lui-même fermait toujours les portes à clé.

Des ronflements sonores montaient du lit. Pour Jens, c'était un son familier, rassurant et dégoûtant à la fois. À présent il le mettait à l'aise : sa mère dormait profondément. Et son ronflement l'aidait à se repérer. Il pénétra dans la chambre sans faire de bruit. Un léger déclic se fit entendre quand il referma la porte derrière lui. Pendant quelques minutes il ne bougea pas, attendant que ses yeux s'habituent à l'obscurité. Petit à petit, les contours apparurent. De l'autre côté du lit il aperçut la silhouette de sa fille, qui se redressa lentement.

– Liv ? Qu'est-ce que tu fais là ?

D'un pas silencieux, elle se dirigea vers son père. Il s'agenouilla pour la regarder dans les yeux.

– Je m'exerce à ne pas faire de bruit. Regarde tout ce qu'il y a dans ses sacs !

Elle posa la main sur le genou de son père.

– Et toi ? Qu'est-ce que tu fais ?

Elle regarda l'oreiller d'un air intrigué.

– Tu vas dormir ici ?

– Non, je…

Jens hésita. La renvoyer n'était peut-être pas une bonne idée. En un sens, il était préférable qu'elle soit là. Elle l'accompagnait dans tout ce qu'il faisait.

– Tu sais qu'il faut parfois tuer les vieux cerfs, n'est-ce pas ?

Elle hocha la tête.

– Maintenant, je vais tuer ta grand-mère.

Jens scruta le visage de sa fille. Elle avait cessé de hocher la tête et se tenait absolument immobile. Il voyait ses yeux briller.

– Pourquoi tu vas faire ça ?

À sa manière de chuchoter on devinait qu'elle réfléchissait. Comme une adulte.

– Elle a vécu une longue vie heureuse et elle est prête à s'en aller.

– Mais… C'est quand même ta mère. C'est ce qu'elle m'a appris avant-hier. Et tu m'as dit que c'était vrai.

– Oui.

– On peut tuer sa propre mère ?

– Si je ne le fais pas, elle t'enlèvera, Liv. Tu ne seras plus avec nous. Ta mère et moi, on ne pourra pas le supporter.

Liv secoua la tête d'un air résolu. Dans le lit, les ronflements continuaient avec la régularité d'un métronome.

Elle posa ses mains sur les épaules de son père, se pencha vers lui et lui murmura à l'oreille :

– Alors tu dois le faire.

Jens prit sa fille dans les bras et l'embrassa sur la joue.

– Bien, ma chérie. Je vais être rapide. Comme ça, elle ne sentira rien.

– Et puis, de toute façon, il fait nuit.

Jens desserra son étreinte. Il se redressa lentement.

– Comment tu vas t'y prendre ? demanda Liv en empoignant soudain le bras de son père.

Il y eut un silence. Un silence absolu, car Else Haarder avait cessé de ronfler. On n'entendait que le léger chuchotis des flocons de neige se posant sur la vitre, tels des cristaux délicats.

Else remonta la couette et poussa un soupir. Son esprit semblait flotter entre le sommeil et l'état de veille.

Ils attendirent.

Sa respiration devint plus profonde. On l'entendit de nouveau ronfler, et Jens répondit enfin à sa fille :

– Je vais me servir de ça.

Il serra l'oreiller dans ses bras et jeta un œil sur Liv. Il la distinguait bien malgré l'obscurité, mais il savait qu'elle le voyait encore plus nettement. Sa vision nocturne était impressionnante.

– Tu ferais peut-être mieux de t'en aller.

– Non, je veux rester, répondit-elle sans hésiter.

Liv pouvait se montrer très déterminée.

Jens eut un frisson dans le ventre. Il était heureux qu'elle soit là. Heureux de partager cela avec elle, comme ils avaient déjà partagé tant de choses.

– Mets-toi là-bas, dit-il en montrant le pied du lit. Il ne faut pas que tu sois trop près. Elle risque de gigoter un peu.

– Pareil que les flets ?

– Oui, pareil que les flets.

Else Haarder était couchée sur le dos, les mains jointes, comme si elle priait. On aurait cru qu'elle avait entendu les paroles de son fils et voulait lui faciliter la tâche.

Ça ne prit que quelques secondes.

Dans l'obscurité, sa petite-fille serrait une main invisible.

P.-S.

J'ignorais que tu avais tout vu. Je ne l'ai appris que lorsque tu m'en as parlé. Ce n'était pas ce que nous avions prévu. Si j'avais su que tu étais là, je pense que je l'aurais empêché. Mais dans ce cas il l'aurait fait plus tard. Car il le fallait. C'était notre seule solution.

Même si tu as tout vu, tu n'es pas complice. Mais moi je le suis. Je ne voulais qu'une chose : que ton père tue ta grand-mère et qu'on ait enfin la paix. C'est ma volonté qui l'a poussé à agir. Ce n'est pas un meurtrier. Mais moi oui, peut-être.

Le nouveau venu

L'auberge de Korsted était située dans le tournant après la boucherie et les pompes funèbres. Elle n'était pas grande, mais c'était la seule de l'île depuis que celle de la côte sud avait été transformée en supermarché. En hiver, la plupart des chambres restaient vides, mais l'affaire continuait à tourner grâce au bar-restaurant. Les habitants tenaient à leur auberge. La cuisine était excellente, et le bar jouait un rôle important dans la vie sociale de l'île. Ceux qui n'avaient pas le téléphone s'y rendaient à vélo pour passer un coup de fil, d'autres venaient regarder la télévision en couleur et on poussait la porte pour connaître les derniers potins. Le samedi, quand la télévision diffusait les matchs du loto sportif, le local était toujours bondé. À chaque *bing* signalant un but on levait les pintes de bière pour trinquer.

De même que l'auberge servait de liant social, les poutres de colombage empêchaient les murs en briques rouges de s'écrouler. Le toit de chaume pourrait encore tenir une vingtaine d'années ; il était solide. Mais on aurait intérêt à enlever la mousse sur la façade nord avant que l'humidité commence à s'infiltrer.

Roald avait repris l'affaire quand son oncle était mort d'une crise cardiaque. L'occasion était providentielle. En étalant les lettres de sa tante sur la table de cuisine, il avait compris que le malaise qu'il éprouvait depuis quelques années ne durerait peut-être pas éternellement. Sa tante lui faisait une offre sans trop espérer une réponse positive : *Je ne voulais pas vendre avant de te l'avoir proposé, Roald.*

C'était une question de courage : il fallait sauter le pas, donner sa démission, faire ses valises, embarquer sur le ferry. Et commencer une nouvelle vie. Sa femme était partie et il n'avait pas d'enfants. Hélas. Si ses spermatozoïdes avaient été plus performants, son ex serait peut-être restée.

À présent, elle était mère de deux adorables bambins et comblée par son nouveau mari, une idole aux cheveux longs qui chantait l'amour et la paix dans le monde. Roald s'en voulait de détester ce type.

En réaction, il avait épousé son travail. Ce n'était pas une relation heureuse, mais elle lui faisait passer le temps. Entre la préparation des cours, la correction des copies, les réunions d'enseignants, les bavardages entre collègues et les derniers potins de la salle des profs, il n'avait pas une minute à lui.

Sa blessure avait presque fini par cicatriser.

Avec un peu d'air frais elle guérirait tout à fait, il en était persuadé. Voilà ce qu'il lui fallait. Changer d'air. Ne plus respirer celui de la salle des profs, fuir les gaz d'échappement de la ville. Il avait le sentiment de s'enfoncer dans le bitume. Accablé par la routine, ployant sous le poids des sacs de courses et de sa mauvaise conscience, maudissant les cigarettes et le whisky, démoralisé à la pensée des jolies filles qu'il n'oserait jamais inviter et encore moins déshabiller, il avait à peine la force de monter l'escalier jusqu'à son appartement du troisième étage. Sa vie n'en était plus une. Il était temps de s'offrir un peu de temps libre, de se préparer de bons petits plats, de lire de bons livres, de rêver un peu.

Il n'y avait qu'une réponse possible à la lettre de sa tante.

*

Le conducteur du ferry, un homme à la barbe poivre et sel, le dévisagea discrètement mais avec circonspection quand il demanda un aller simple. Son regard s'attarda sur la voiture pleine à craquer : des sacs de voyage, des livres, des rayonnages jaunis aux endroits où la blancheur virginale du bois n'avait pas été préservée par les bouquins. Sur le siège passager trônait un carton contenant un transistor et une pile de cassettes audio. Cet homme était-il un citadin paumé ou une recrue venant apporter du sang nouveau à l'île ?

Le conducteur ne trahit pas ses pensées. Il se contenta de prendre l'argent qu'on lui tendit à travers la vitre et de le fourrer dans le petit sac qu'il portait attaché autour de la taille. Puis il pointa du doigt le pont arrière et fit signe à la voiture suivante d'avancer. Les plaques de tôle rouillées grincèrent sous la Simca lorsque le nouvel aubergiste monta à bord.

Des deux côtés de la route, les champs de céréales s'étendaient à perte de vue. Roald s'arrêta et descendit. Immédiatement, l'air doux de l'île l'enveloppa. Il eut la sensation de respirer le ciel ; ses poumons se dilatèrent et les odeurs lui titillèrent le nez, faisant surgir des souvenirs de balades à vélo, de vaches dans les prés, de jeux de ricochets et de barbecues de poisson au coucher du soleil.

Il s'étendit sur le dos dans un océan d'orge et de coquelicots rouge feu et respira à fond. Le chant vif d'une alouette remplit soudain l'espace. Dans l'immensité bleue il finit par distinguer l'oiseau, minuscule point frémissant auquel le ciel tout entier paraissait suspendu.

Au bout d'un an ou deux on s'était accoutumé à lui.

Les habitués étaient tous venus au pot d'accueil. La veuve avait dit le plus grand bien de son neveu, et ses paroles les avaient manifestement convaincus. Elle était unanimement appréciée, et on regrettait qu'elle eût décidé de quitter l'île pour s'installer sur le continent. Mais ses nombreux petits-enfants la réclamaient et ses rhumatismes la faisaient souffrir. Et Oluf avait laissé un vide. On comprenait sa décision.

Mais on ne comprenait pas pourquoi Roald était seul. Sur l'île, le divorce n'était pas quelque chose de courant. On essayait de tenir bon ; pour éviter les frictions, on faisait éventuellement chambre à part si la maison le permettait. On évitait de parler de ses problèmes, et on ne les évoquait en aucun cas devant des inconnus. Des sujets aussi intimes, on ne les abordait qu'entre amis intimes, et les confidences se limitaient à quelques mots pudiques.

Roald avait sans doute eu tort de se présenter comme ancien prof divorcé. Il n'aurait peut-être pas dû raconter sans détours que sa tentative de vivre en couple libre n'avait pas fonctionné. Et il aurait peut-être mieux fait de taire qu'il envisageait d'écrire un roman et qu'il aimait se baigner nu. Mais il s'était dit qu'il fallait jouer cartes sur table pour que les gens sachent à qui ils avaient affaire.

On lui avait donné sa chance, car l'auberge était le seul endroit de l'île où les habitants pouvaient se retrouver. Et on avait fini par l'accepter. Il soupçonnait même certains de le regarder avec sympathie. C'était réciproque.

À la soirée de bienvenue, il avait eu un coup de génie : il avait rassuré les habitués en leur annonçant que tout allait continuer comme avant. Le cuisinier allait rester et la carte ne bougerait pas. On n'y changerait même pas une virgule. On aurait pourtant bien fait d'en revoir la ponctuation et de remplacer le G de « gordon bleu » par un C. Mais on y mangeait bien, malgré les fautes d'orthographe, et le cuisinier était un garçon sympathique qui parlait peu mais riait beaucoup. C'était un cousin éloigné de Roald, comme finit par l'apprendre ce dernier au bout d'un an.

Il ne réussit jamais à savoir si des cambriolages avaient déjà eu lieu du temps de son oncle Oluf.

Au téléphone, il sonda discrètement sa tante. Elle lui répondit que non, jamais du moins à sa connaissance, mais qu'elle avait bien constaté que certaines denrées s'épuisaient un peu trop vite. Les questions de Roald semblaient l'inquiéter, et il n'insista pas.

Mais cette histoire continua de le tracasser. Et un jour il découvrit par où le voleur pénétrait. Cela ne rendit pas l'affaire moins étrange.

Ma chère Liv,

Quand j'étais petite, à la librairie, j'avais un ami invisible qui s'appelait John Steinbeck. Quand mes parents n'avaient pas le temps de s'occuper de moi, ou quand je m'ennuyais en classe, il venait me tenir compagnie.

Pendant toute ma scolarité, je n'ai été envoyée au coin qu'une seule fois. J'avais soudain vu la tête de John Steinbeck surgir entre les jambes de ma prof d'anglais, qui m'interrogeait sur Des souris et des hommes *(il faudrait que tu lises ce livre). J'ai été prise d'un fou rire et la prof a piqué une crise de nerfs parce que je la fixais du regard. Rien que d'y penser, j'en ris encore.*

Après cet épisode, les moqueries de mes camarades de classe ont redoublé. Mais je crois que ça les embêtait beaucoup de ne pas arriver à percer mon secret.

Je n'ai jamais parlé à personne de mon ami invisible, mais je sens que je peux me confier à toi.

Affectueusement,
Ta mère

Carl et le jeu

La nuit, Carl venait toujours avec moi. J'aimais bien avoir quelqu'un à qui parler, et mon père ne voulait plus m'accompagner. Il devait rester à la maison, garder les objets et veiller sur ma mère, m'a-t-il expliqué. C'était à moi de m'occuper du reste. Je ne lui ai jamais dit que j'emmenais Carl. J'étais censée me débrouiller seule.

Carl était tout ce que je n'étais pas. Ou tout ce que je ne voulais pas être. Il avait peur. Peur des gens qui n'habitaient pas la Tête, peur de ne pas rapporter assez d'objets à son père ou de nourriture à sa mère, peur de faire du bruit, peur de se faire prendre, peur de sortir quand il faisait jour, peur des choses qui se dissimulaient dans l'obscurité. Peur d'avouer qu'il avait peur. Il n'en parlait qu'à moi.

Parfois ça le rendait triste.

Et parfois il se mettait en colère.

Il se mettait en colère contre notre mère parce qu'elle mangeait trop, parce qu'elle ne bougeait pas assez, parce qu'elle grossissait tellement que nous nous demandions si elle n'allait pas passer à travers le plancher. D'autant qu'il y avait plein d'objets dans la chambre. Peu après la mort de ma grand-mère, mon père a commencé à dormir dans la chambre blanche pour que ma mère soit plus à l'aise dans le grand lit. Après tout, c'était là qu'elle passait le plus clair de son temps.

En réalité, je n'ai pas compris comment elle a pu devenir aussi énorme. Elle mangeait beaucoup, c'est vrai. Mais pas tant que ça. Et pas toujours des gâteaux et des confiseries. Parfois je ne lui rapportais que du pain blanc. Et des filets de veau de l'auberge. Et du fromage et du jambon et des pommes de terre et des petits pois surgelés qui se décongelaient sur le chemin du retour.

Une fois avalée, la nourriture semblait gonfler dans son corps. Et ça ne ressortait pas comme il aurait fallu, d'après ce qu'elle disait. Mais elle en réclamait encore. C'était surtout ça qui rendait Carl furieux. Et triste en même temps, car nous ne pouvions pas imaginer une mère plus adorable. Autrefois elle avait été la plus belle femme du monde. Ou de l'île, en tout cas. À présent, sa beauté disparaissait presque entièrement sous ses bourrelets de graisse, et ses yeux ne brillaient plus comme sur le dessin de mon père. Je crois que la beauté et l'éclat restaient enfermés dans son ventre, comme les mots, et n'attendaient que d'être libérés. Mais on ne peut tout de même pas ouvrir le ventre à sa propre mère.

Avec Carl, nous en parlions parfois. Ne serait-il pas possible de l'ouvrir et de lui enlever toute la chair superflue ? Elle serait délivrée de tout ce qui l'alourdissait et ressemblerait de nouveau à celle qu'elle avait été. Mais nous n'étions pas sûrs qu'on puisse tailler le corps de quelqu'un sans lui ôter la vie. Qu'elle cesse de vivre était la dernière chose que nous voulions. Et il était hors de question de la faire souffrir.

J'ai failli persuader Carl de poser la question à notre père, mais il n'a pas osé. Et puis, de toute façon, mon père n'écoutait jamais ce que disait Carl.

À vrai dire, je savais qu'il ne le voyait pas non plus.

Je me rendais compte que Carl en voulait à nos parents de ne pas avoir veillé sur lui comme ils auraient dû le faire. Et j'avais beau le voir et l'entendre et jouer avec lui, il n'était pas vraiment là. C'était quand même embêtant. En tout cas, ça m'aurait fait plaisir qu'il m'aide à porter des choses, car mon sac était horriblement lourd quand nous rentrions de nos excursions nocturnes.

Le meilleur endroit, c'était l'auberge. Parfois nous n'avions pas le temps de pousser plus loin, Carl et moi, mais on y trouvait tout ce qu'il nous fallait. Mon père disait pourtant que je ne devais pas y aller trop souvent. Si je me faisais prendre, ce serait ennuyeux.

Autrefois mon père y allait souvent, mais c'était devenu trop compliqué pour lui depuis que l'aubergiste avait commencé à fermer à clé la porte de service. Heureusement, une des lucarnes du sous-sol restait toujours entrouverte. Et elle se trouvait à l'arrière. Je parvenais à m'y faufiler, contrairement à mon père. J'ai appris à défaire le crochet et à ouvrir la lucarne en grand. Comme ça je pouvais entrer à reculons, poser les pieds sur le radiateur et me laisser glisser par terre sans faire de bruit. La lucarne donnait sur le petit couloir conduisant à la réserve et à l'escalier de la cuisine.

J'avais toujours une petite lampe de poche sur moi, mais j'évitais de m'en servir. Surtout dans la cuisine, où la fenêtre donnait sur la rue. Je préférais m'habituer à l'obscurité. Je voulais devenir comme le hibou. À force de m'exercer, j'ai fini par mieux voir de nuit que de jour.

Dans la réserve, je prenais un peu de tout. Généralement des boîtes de conserves et du papier hygiénique. Mais aussi des produits surgelés. Et des confiseries, s'il y en avait, car ma mère en raffolait. La plupart du temps je choisissais des sachets de petits bonbons, comme les pastilles à la réglisse ou les boules de gomme. Je me disais que ce n'était pas ça qui la ferait grossir. Et j'aimais bien rapporter des petits gâteaux secs, car j'adorais en manger au lit avec ma mère. On les cassait et on les secouait avant de les avaler. Ça éliminait les calories, disait-elle. Sa phrase nous faisait rire, mais je dois avouer que je n'y comprenais rien. Je n'ai jamais vu des calories tomber sur la couette ou s'écraser sur les livres et les autres objets qui y traînaient. Il n'empêche : je cassais et secouais consciencieusement mes petits gâteaux. Et je le fais encore. Je trouve que ça leur donne meilleur goût.

À l'auberge, je jetais toujours un coup d'œil dans le réfrigérateur de la cuisine. Souvent j'y découvrais des barquettes de plats préparés. Parfois j'en sortais une et humais l'odeur du plat. Il m'arrivait d'y goûter aussi, et de fourrer une barquette dans mon sac. Mais mon père m'avait mis en garde : il ne fallait pas laisser le réfrigérateur ouvert trop longtemps. À cause de l'éclairage, on pourrait m'apercevoir de la rue. Il n'y avait pas de rideaux à la fenêtre.

L'idée que les bruits et la lumière me trahissent me rendait folle de terreur. L'obscurité et le silence étaient mes amis.

Je prenais peu de choses à la fois. Ça faisait partie du jeu. Sinon, on risquait de se faire attraper. Alors on ne pourrait plus jouer. Et on ne savait pas ce qui pourrait nous arriver.

Au début je croyais que le jeu était inoffensif. Mais j'ai fini par comprendre que les conséquences pourraient être graves si on se faisait prendre. En fait, c'était terriblement sérieux.

Mon père m'avait parlé des autres. Ils participaient au jeu, mais pas de la même façon que nous. Ils cherchaient à nous attraper et à nous faire des choses horribles. Carl et moi, on s'est dit que mon père aurait mieux fait de ne pas nous en parler. Quand on partait seuls dans la nuit, on y pensait tout le temps. Et le cœur de Carl battait si fort que je l'entendais.

Un jour j'ai demandé à mon père si on ne pouvait pas arrêter de jouer. Il m'a répondu quelque chose que je n'oublierai jamais :

– Dans ce cas, ta mère mourra de faim et je serai malheureux.

Et il m'a regardée d'un drôle d'air.

À ce moment-là j'ai remarqué pour la première fois à quel point son visage avait changé. Sa barbe était devenue énorme. Avant, je trouvais qu'elle ressemblait à la haie bien taillée de l'entrepreneur de pompes funèbres. Et elle était douce au toucher. À présent elle avait l'air d'un paquet de brindilles. Elle était toute sèche, blanche et noire à la fois, et il y avait des copeaux de bois et des toiles d'araignées dedans. J'y ai même vu quelque chose bouger. C'était peut-être un petit animal pris dans la toile d'araignée. Ou alors c'était seulement mon père qui remuait les lèvres. Ses cheveux avaient également beaucoup poussé, et ses sourcils étaient si busqués qu'ils me faisaient presque peur.

Mais le plus étrange et le plus effrayant, c'étaient ses yeux. Autrefois, son regard était si doux. Maintenant il me fixait sans me voir. Ses yeux semblaient recouverts d'une membrane laiteuse. J'avais l'impression que mon père était devenu invisible.

Ce jour-là j'ai compris la responsabilité qui pesait sur mes épaules. Tout dépendait de ce que je rapportais dans mon sac. J'ai grandi d'un coup, mais je suis restée petite, car il fallait que je puisse me glisser par la lucarne de l'auberge.

Dans la cuisine de l'auberge je cherchais toujours des objets qui plairaient à mon père. Dans les tiroirs il y avait de tout, et je trouvais généralement quelque chose qui pourrait nous être utile. Un torchon, par exemple. Ou une louche. Ou un rouleau de film alimentaire ou une mandoline. J'ignorais parfois à quoi servaient les objets que je prenais, mais j'étais certaine que mon père les aimerait si j'avais du plaisir à les regarder et à les toucher.

Ce que j'ai rapporté de plus bizarre, c'était un bidule oblong. Je l'ai trouvé sous le lit dans un chalet de vacances. Il y avait des piles à l'intérieur, mais je n'ai pas eu besoin de les sortir pour sentir un titillement sur la langue. Il suffisait de glisser le truc dans sa bouche et d'appuyer sur le bouton. Ça le faisait vibrer. Mon père prétendait que c'était un ustensile de cuisine. Pour battre des œufs. J'ai essayé, mais je n'ai pas été convaincue par le résultat. Mon père a donné l'objet à ma mère et je ne l'ai plus jamais revu. Peut-être a-t-il disparu à l'intérieur de son corps, comme tout le reste.

Parfois je glissais une casserole ou une poêle dans mon sac. Mais là, je devais faire très attention, m'a dit mon père. Il valait mieux prendre des choses dont la disparition passerait inaperçue. Dans l'immédiat, en tout cas. Mais le jour où j'ai réussi à traîner jusqu'à la maison la moitié d'un vélo démontable, il n'a pas caché sa joie. Il m'a dit d'aller chercher l'autre moitié à la première occasion.

C'est ce que j'ai fait. Et quand j'ai compris que les vélos lui plaisaient, j'en ai récupéré d'autres. De tous les modèles. Je n'avais même pas besoin de pénétrer chez les gens. Les vélos étaient garés dans des endroits facilement accessibles. Souvent il n'y avait pas d'antivols, et alors c'était simple comme tout. Carl n'aimait pas monter à vélo, et je les poussais en rentrant par le Cou. Pour qu'il n'ait pas peur.

Mais avant tout ça. Avant que ma mère ne grossisse au point de ne plus pouvoir quitter sa chambre. Avant que mon père ne décide de passer la nuit sur la Tête pour veiller sur les objets. Avant que je ne remarque les toiles d'araignées dans sa barbe. Avant tout ça, il s'est passé des choses.

Entre autres, j'ai eu une petite sœur.

La morte et le nouveau-né

Maria et Jens Haarder signalèrent la disparition de leur fille peu après le Nouvel An. Tout portait à croire qu'elle s'était noyée. Jens Haarder se présenta personnellement au commissariat de Korsted pour raconter ce qui s'était passé. Ou plus exactement pour expliquer ce qu'il redoutait.

La veille, Liv avait joué dehors, seule. Elle avait l'habitude de se promener dans les prés et dans la forêt et ils ne s'étaient jamais inquiétés pour elle. Mais en fin d'après-midi elle n'était pas encore rentrée, et il commençait déjà à faire nuit. Jens était parti à sa recherche. Toute seule, elle ne quittait jamais l'île, affirma-t-il. Elle avait pu tomber et se blesser, et il s'était assuré de l'avoir cherchée partout avant de se rendre sur la grande île. Sa femme Maria l'avait aidé, mais elle s'était limitée aux abords de la maison.

Petit à petit, Jens avait élargi le rayon de ses recherches. Il avait même poussé jusqu'à la plage au nord de l'île. Liv n'y serait pourtant jamais allée toute seule, car il le lui avait formellement interdit. Mais elle avait dû lui désobéir, car il avait découvert le bracelet en cuir qui ne la quittait jamais. En balayant la plage de sa lampe-torche, il l'avait trouvé à moitié enfoui dans le sable, près du petit ponton en bois où leur barque était amarrée. Mais la barque n'y était pas. Jamais il n'aurait imaginé que Liv ait pu s'aventurer jusqu'à la plage déserte, et encore moins qu'elle ait pu prendre la barque. Mais elle avait l'habitude de n'en faire qu'à sa tête. Quand elle avait décidé quelque chose, il fallait déployer des forces surhumaines pour la faire changer d'avis. Elle l'avait harcelé pour qu'il l'emmène en mer, mais il avait refusé. On était en janvier et il faisait bien trop froid pour une petite fille comme elle.

Elle avait quand même voulu s'y risquer. Et elle avait choisi un jour où le vent d'ouest soufflait fort.

En écoutant Jens Haarder, le policier se sentait gagné par la frayeur. Il avait une fille du même âge que Liv. La veille au soir, il était sorti ; il avait entendu le vent siffler dans la grand-rue et vu une lune froide apparaître par intermittence derrière les nuages flottants. Il imaginait une enfant – la sienne – seule en mer par un temps pareil.

Il dévisagea Jens Haarder. Ces dernières années, il ne l'avait pas souvent croisé. Autrefois ils avaient été assis côte à côte sur les bancs de la petite école de l'île, mais Jens ne s'était plus montré en classe après la mort de son père. Depuis, l'école avait déménagé dans des locaux plus spacieux, et la fille du policier allait bientôt y entrer.

Il avait parfois aperçu la fille de Jens, assise à côté de son père dans la voiture. Souvent il l'avait confondue avec un garçon. Elle devait mener une vie bien isolée, et il avait pensé aller faire un tour à la Tête avec sa propre fille pour lui dire bonjour. Et voir si tout allait bien. Sur l'île, on respectait la vie privée des gens, et on savait que les Haarder n'aimaient guère les visites. Mais il s'agissait d'une enfant… À en juger par la taille de la gamine, le policier s'était dit que les deux filles entreraient sans doute à l'école en même temps.

Mais les choses allaient se passer autrement.

Jens Haarder avait expliqué au policier qu'il avait fini par découvrir la barque plus au nord, à l'endroit où une falaise abrupte plongeait dans la mer. La barque était coincée entre deux rochers, en contrebas de la falaise. Le cœur brisé, il avait constaté qu'elle était vide. Elle avait sans doute été apportée par les courants remontant vers l'est. La poupe était sous l'eau, et une rame flottait un peu plus loin. Dans l'obscurité, les vagues l'aspiraient, puis la rejetaient vers la côte, telle une lance perdue. C'est ainsi que le policier imagina la scène, en tout cas. Les courants étaient forts à cet endroit.

Haarder avait réussi à défaire la barque, mais elle avait été emportée par les courants. Il n'avait cessé d'appeler sa fille, et il avait éclairé chaque centimètre de la côte avec sa lampe-torche. Mais il n'y avait aucune trace de Liv, aucun indice qu'une enfant aurait regagné le rivage.

Il avait continué à chercher jusqu'au lever du soleil, sans rien trouver à part un gant en peau de lapin, échoué sur la plage. Il l'avait tout de suite reconnu. En écoutant

Jens, le policier imagina le gant gisant au bord de l'eau, noir et luisant, tel un animal mort. Et il crut entendre le cri de Jens Haarder comprenant la signification de sa découverte.

Après avoir abandonné ses recherches, le père était retourné auprès de sa femme pour lui apprendre la triste nouvelle. Et maintenant il était là, devant le policier, vêtu de son vieux manteau, emmitouflé dans une écharpe de laine et coiffé d'une casquette défraîchie. Il avait le visage blafard et les joues creuses. Sa barbe, qu'il laissait pousser depuis quelques années, le faisait paraître plus âgé qu'il ne l'était, d'autant qu'elle était devenue toute grise. Le policier l'avait remarqué en croisant le menuisier juste après Noël. Le soudain grisonnement de Jens Haarder était même devenu un sujet de conversation chez l'épicier.

Sa main usée serrait un petit bracelet en cuir.

– Nous allons faire des recherches, dit le policier d'une voix que lui-même reconnut à peine. Je vais prendre contact avec mes collègues du continent. Ils pourront peut-être envoyer un hélicoptère.

À en juger par la mine abattue de son interlocuteur, ses paroles n'éveillèrent aucun espoir.

– Je connais ma fille, dit Jens Haarder. Si elle était en vie, je le saurais.

Cet homme savait de manière certaine qu'il avait perdu son unique enfant. Il n'était pas venu signaler sa disparition, mais sa mort.

Le policier fut submergé de désespoir. Comme s'il était à la place de Haarder. Il essaya de se raisonner, d'assumer son rôle avec le calme requis. Mais tout ce qu'il pourrait faire ou dire lui parut déplacé. Pour montrer sa compassion, il esquissa un sourire. Mais son sourire était faux. Il était malvenu, mort-né, indécent face à la tragédie de cet homme.

Jens Haarder s'en aperçut.

– Votre mère est toujours là, Jens ? Je l'ai vue en ville juste avant Noël, dit le policier.

Son sourire se perdit dans une noirceur trouble, tel un faon s'enfonçant dans les sables mouvants. D'habitude si ferme, sa main tremblait lorsqu'il griffonna quelques mots dans son cahier. *Présumée noyée. Plage du nord.* Il essaya de dissimuler le tressaillement de son menton.

– Non, elle est repartie. Avant le Nouvel An.

On envoya un hélicoptère. On chercha partout, sur la côte, dans la forêt, le long du Cou et dans la partie nord de la grande île.

Pendant ce temps, Liv Haarder se tenait immobile et silencieuse dans une benne fermée près de l'atelier de son père. Dissimulée au milieu de cartons, pneus, journaux, magazines, jouets, absorbeurs d'humidité, sacs de sel, bassines, cassettes vierges, outils cassés, bonbonnes de gaz, paquets de biscuits, pots de peinture, sachets de bonbons, vêtements usés, piles de livres et tapis. Des objets dont on avait un jour constaté la disparition, mais dont on avait fini par oublier l'existence.

*

Les parents ne voulaient pas de cérémonie. Ils ne voulaient pas de visites de condoléances. Ils ne voulaient pas de soutien psychologique.

Les parents voulaient qu'on les laisse tranquilles.

Quand l'inévitable représentant des autorités s'en alla, effaré par le désordre dans lequel avait vécu la petite fille, le silence retomba sur la Tête. Jens Haarder installa une barrière à l'endroit où le chemin de terre décrivait un coude avant de monter vers la maison. À côté de la barrière il accrocha une boîte aux lettres et une boîte plus grande pour les colis.

Entrée interdite, était-il marqué sur une pancarte.

Non pas *interdite aux personnes non autorisées.* Interdite à tout le monde.

Si quelqu'un s'avisait de braver l'interdiction, il trébucherait sur un fil tendu à travers le chemin. Ce n'était qu'un seul des nombreux pièges censés mettre les Haarder à l'abri de toute intrusion.

L'hiver avait beau être noir comme de la suie, ce fut une période lumineuse. Plus personne ne leur adressait des courriers pour leur signaler aimablement que Liv devait être inscrite à l'école. Plus personne ne leur posait des questions sur les enveloppes de *M*, qui tombaient dans leur boîte aux lettres à la fin de chaque mois.

Jens Haarder continuait de payer les factures qu'il ne pouvait ignorer sans risquer une visite importune. Au bureau de poste on remarquait ses apparitions. Il ne cherchait pas à attirer l'attention, ne disait pas un mot, mais il émanait de lui une odeur désagréable, et ses vêtements semblaient n'être jamais lavés.

Autrefois on avait admiré les belles chemises un peu étranges que sa femme lui confectionnait (quand la mère du pharmacien affirma que les chemises en question avaient été taillées dans une combinaison qu'elle avait égarée, on mit ses paroles sur le compte de son gâtisme croissant). Après le tragique accident, Jens Haarder était immanquablement vêtu d'un vieux pull gris plein de saletés et de copeaux de bois et d'un pantalon de velours rapiécé. Il ne changeait plus de chaussures et semblait s'accommoder d'une vieille paire de bottes en caoutchouc dont il avait retourné la tige, et qu'il n'essuyait jamais en entrant quelque part. Sa casquette était toujours la même. Un paysan compatissant lui en avait pourtant offert une neuve.

Seule l'odeur changeait à chacune de ses visites. En pire.

Quand elles le voyaient garer son pick-up, les deux guichetières se disputaient pour éviter de le servir. Dans la queue on lui cédait la place pour qu'il s'en aille au plus vite. Ceux qui ne le connaissaient pas fronçaient le nez devant ce personnage excentrique. Ceux qui le connaissaient échangeaient des regards entendus et attristés. Certains s'efforçaient de le saluer aimablement, mais ne recevaient en retour qu'un vague sourire. Au bout d'un certain temps il cessa même de sourire, se contentant de fixer le sol du regard.

Pour le facteur, les choses changèrent également. Autrefois il montait en voiture jusqu'à la maison pour remettre le rare courrier que recevaient les Haarder, et prendre les lettres qu'ils le chargeaient de poster. Désormais il devait s'arrêter au tournant. Les quelques colis, il fallait les déposer dans la grosse boîte en bois. Et il pouvait aussi y laisser un message. Il y trouverait du papier et un stylo.

Ce nouveau dispositif lui paraissait assez surprenant. La barrière, surtout, ne cessait de l'étonner. Mais il venait lui-même d'une famille peu ordinaire. Chez les postiers courait le bruit qu'il était le fils naturel du fameux receveur Nielsen, de Korsted. L'idée n'était pas pour lui déplaire, car son père officiel était un paysan alcoolique et bigleux, condamné pour sévices sexuels sur une vieille jument. En un mot, le facteur avait toutes les raisons de se montrer compréhensif devant les rumeurs et les secrets de famille.

Il espérait un jour apporter un colis à remettre contre signature. Ainsi il serait obligé de franchir la barrière. En tant que facteur il était probe et sérieux, mais d'une curiosité dévorante. Et il aurait tant aimé pouvoir donner des nouvelles des Haarder à ses amis de l'auberge. Il n'était pas cancanier, même si rien ne lui plaisait tant que de laisser entendre qu'il savait des choses que les autres ignoraient. Et il souffrait atrocement de n'avoir pas réussi à persuader ses amis que son véritable père n'était pas celui qui figurait sur son état civil. Il ne pouvait pas le dire franchement – cela ne se faisait pas – mais il pouvait le suggérer, et il ne s'en privait pas. Hélas, ses amis ne haussaient même pas les sourcils.

*

Liv savait qu'on ne devait pas la voir. C'était une question de vie ou de mort. Dès qu'elle soupçonnait l'arrivée de quelqu'un, elle filait se cacher au fond de la benne sans faire de bruit. Aidée par son père, elle y avait aménagé une sorte de grotte derrière les cartons et les pneus. Avec deux couettes et plusieurs tapis, elle y était bien au chaud, et elle avait un sac plein de vêtements épais si jamais le froid devenait trop intense. Elle avait aussi des livres, des lampes de poche et toute une provision de piles, de biscuits, de pain et de bouteilles d'eau. Elle ne manquait de rien.

Tant qu'on la recherchait encore activement, elle n'avait pas osé se servir des lampes de poche. Elle était restée immobile et silencieuse sous sa couette, guettant le moindre bruit. Dans l'obscurité totale, elle avait fini par perdre la notion du temps ; au bout d'un moment elle ne savait plus s'il faisait jour ou nuit. L'obscurité lui pesait, elle avait les paupières lourdes et des difficultés à respirer.

Carl lui manquait, mais il ne se montra pas.

Après un temps qui lui parut bien trop long, il finit quand même par apparaître. Elle ne le vit pas, mais elle sentit sa présence. Elle n'osa pas lui parler, car elle craignait qu'on puisse l'entendre. Mais il lui chuchota à l'oreille qu'il était là – et qu'il avait peur. Peur des étrangers, peur de l'obscurité, peur du temps, peur de l'incertitude, peur de l'air. Et des odeurs qui les enveloppaient comme un vieux tapis de caoutchouc plein de poussière et de moisissures. Ou comme des chiffons imbibés de térébenthine et de peinture.

Elle retrouva immédiatement son calme. Sans un mot, elle consola Carl. Elle se sentit plus forte. Tant qu'elle s'occupait à rassurer son frère jumeau, l'angoisse ne pourrait pas s'emparer d'elle.

Longtemps ils restèrent allongés, Carl et elle, au cœur d'une obscurité remplie d'objets, dans une benne fermée. Ils pensèrent à l'air du dehors, aux senteurs de la forêt, ils tentèrent de les faire pénétrer dans leur grotte, à travers les lourds tapis, pour pouvoir les respirer à pleins poumons.

Soudain ils entendirent un bruit. On défaisait les verrous : entre deux pneus ils aperçurent un bout de ciel étoilé. Liv reconnut la voix de son père. Elle osa enfin allumer la lampe de poche qu'elle serrait dans sa main.

Il lui apportait du thé chaud et une boîte de conserve qu'il avait réchauffée sur un petit fourneau à gaz installé devant l'atelier. Désormais on pouvait difficilement accéder à la cuisine. C'était lui qui préparait les repas, et il préférait se servir de sa kitchenette, comme il disait. Il avait tendu une toile au-dessus du petit fourneau pour le protéger de la pluie. Parfois il allumait une de ses torches artisanales. Ainsi on respirait en même temps les odeurs de nourriture et de résine.

Le thé et la nourriture avaient un goût de bonheur. L'air frais sentait le bonheur. La lumière lui faisait du bien. Son père était auprès d'elle.

Liv lui parla de l'obscurité et de l'air lourd. Il s'en alla, revint et perça trois trous dans un des côtés de la benne. Il fit tomber la poussière de métal sur un journal étalé par terre, plia le journal et l'enfouit parmi les vieux papiers. Puis il suspendit un bout de tissu noir par-dessus les trous et le fixa avec du scotch.

– Maintenant tu pourras respirer de l'air frais. Il te suffira de soulever le tissu. Et tu pourras regarder dehors. Mais fais attention. Il ne faut jamais allumer ta lampe de poche quand le tissu est soulevé. On pourrait apercevoir la lumière de l'extérieur. Tu comprends ?

Liv hocha la tête. Elle éteignit sa lampe de poche, souleva le tissu et mit son visage devant les trous, qui dessinaient un triangle inversé. Par celui du bas elle inhala profondément l'air ; elle respira l'odeur des sapins, de l'herbe rêche et de la mer iodée. Par ceux du haut elle aperçut le ciel nocturne et la lune éclairant le chemin de terre. Un hibou ulula. Elle l'imita doucement. Elle sourit en sentant les mains de son père se poser sur ses épaules.

– Tu te débrouilles bien, dit-il à voix basse.

Puis il lui expliqua qu'elle devait rester dans la benne tant que les recherches se poursuivaient.

– Il faut que la police soit persuadée de ta mort. Ensuite on nous laissera tranquilles.

Elle comprit. Elle avait hâte qu'on les laisse tranquilles.

Et un jour elle put enfin sortir. Elle avait dit à son père qu'elle n'avait pas besoin d'aide, mais il insista pour la soulever et la faire passer par l'entrebâillement du couvercle. En contrebas il avait posé deux caisses et un pneu de tracteur ; comme ça, elle pourrait facilement regagner la benne, si besoin était. De l'intérieur, elle ne pouvait pas tirer les verrous, mais elle avait inventé un dispositif lui permettant de bloquer le couvercle avec une barre en métal. Pour plus de sécurité.

Dans la maison, une surprise l'attendait : deux lapereaux que son père avait trouvés dans un carton au bord de la route. En glissant sa main dans le carton pour caresser le doux pelage des animaux, elle éprouva un plaisir étrange. Ils allaient vivre là ; jamais ils ne seraient pris au piège pour finir en ragoût. Des petits lapereaux vivants qui la regardaient gentiment, plissaient le museau et gigotaient dans la paille. Elle exulta de bonheur.

En grimpant dans le lit de sa mère, elle se mit pourtant à pleurer. Et sa mère pleura aussi. Elles mangèrent des gâteaux secs qu'elles cassèrent et secouèrent, et elles lurent un livre où il était question d'une femme passionnément amoureuse. Liv lut à voix haute ; sa mère reconnut l'excitation de l'amour et sentit quelque chose bouger dans ses entrailles.

*

Puis l'enfant parut. Trop tôt. Aidée de son mari et de sa fille, Maria accoucha dans son lit. Dans la chambre qu'elle parvenait encore à quitter, non sans mal.

Fascinée, Liv assista au drame qui se déroulait devant ses yeux. La tête ! La petite tête qui s'avançait, telle une demi-lune marbrée, avant d'émerger tout entière des masses de chair.

Les efforts, les liquides, le petit corps attaché à la petite tête. Il peinait à sortir ; un minuscule corps translucide et mouillé, relié à celui de sa mère par un long cordon grisâtre.

Et sa mère faisait des bruits de plus en plus forts à mesure que les heures passaient. Ce n'étaient pas des cris. Pas des cris aigus comme ceux des rapaces. C'était un rugissement qui semblait venir des tréfonds de la terre. Un grognement sourd, dépourvu de consonnes.

Dans le lit, la terre semblait être en lutte contre elle-même. L'énorme corps de sa mère s'étalait devant Liv, tel un paysage mouvant, avec ses montagnes, ses crevasses et sa végétation sauvage.

Sa mère criait.

Elle hurlait, implorait.

Et un petit être humain pendait de son corps.

La tête en bas.

Et son père le tenait par les pieds et le frappait.

Pourquoi ?

Puis ce fut le silence.

Carl était terrorisé.

Liv fut chargée de couper le cordon ombilical avec son poignard. Ils y mirent une pince. Et de la gaze. Elle avait volé tellement de rouleaux de gaze, de paquets de compresses et de bandes adhésives chez l'ambulancier de Korsted qu'il avait fini par verrouiller la porte de sa réserve. Qui pouvait avoir besoin d'autant de gaze ?

L'enfant luttait aussi. Après ses efforts pour se dégager de la terre, de l'eau, de l'obscurité, il haletait à la recherche de l'air. Dans sa voix il n'y avait ni voyelles ni consonnes. Il se contentait d'ouvrir sa petite bouche. Comme les flets.

Il ne pouvait rien faire d'autre. Il était trop petit pour vivre.

Et il y renonça.

Liv tenta de boucher les oreilles de Carl en entendant leur père crier. Tous les rapaces, tous les animaux semblaient avoir uni leurs voix ; il cria comme le hibou, comme la mouette, comme un hérisson blessé, comme la biche appelant son faon égaré, comme le blaireau en rut. Il cria comme un père découvrant son enfant noyé. Il cria comme un enfant découvrant dans la bruyère son père mort.

Impossible d'imaginer un cri plus terrible. C'était un cri strident, déchirant, violent comme si on regardait le soleil en plein midi. Comme si on voyait en même temps le tout et le néant.

Mais le cri de Jens Haarder rappelait surtout celui qu'il avait poussé intérieurement en découvrant son petit garçon, le crâne fracassé, au pied du berceau défait. Il avait compris la terrible vérité : dans l'ivresse du bonheur il avait mal serré les dernières vis, il avait failli en tant que menuisier et en tant que père, il avait tué son fils.

Jamais il ne serait capable d'avouer sa faute à sa bien-aimée : il avait trop peur de la perdre elle aussi.

Les mains gourdes, il avait ramassé et revissé la partie manquante du berceau. Les deux berceaux étaient de nouveau identiques. Il s'était agenouillé devant l'enfant sans vie. Il ne l'avait pas touché, il s'était contenté de regarder fixement sa tête ceinte de rouge. Et il avait enfin pu hurler de toutes ses forces. Maria avait accouru. Elle avait serré l'enfant dans ses bras et elle avait hurlé à son tour.

La tête de Carl avait heurté le coin d'une de ses caisses à outils. Le métal gris acier ne lui avait laissé aucune chance.

C'est ainsi qu'il criait à présent. Et dans ses souvenirs flous, Liv reconnut le cri de son père.

Maria s'endormit en pleurant de douces voyelles. Liv nettoya son corps ensanglanté. Son père s'en alla, le petit corps sans vie dans ses bras.

– C'était une fille.

Ce furent ses seuls mots.

Ma chère Liv,

Nous n'aurions jamais dû essayer de te donner une petite sœur ou un petit frère, mais ton père a insisté. Il nous fallait deux enfants, disait-il. Comme avant. Il avait eu un frère, tu avais eu un frère jumeau. Il fallait rétablir l'équilibre. Et je l'aimais. Je l'aime toujours.

Mais cet enfant n'allait pas pouvoir vivre, car nous étions incapables d'en prendre soin. J'avais peur de le mettre au monde. Peur de le mettre au monde trop tôt, peur qu'il sorte vivant de mon corps. J'avais peur de l'enfant.

Je n'ai pas poussé. J'ai voulu le retenir en moi. Je l'ai coincé ; peut-être l'ai-je étouffé. Peut-être ai-je tué mon enfant.

Ou alors il y a des enfants qui ne sont pas destinés à vivre. Ta petite sœur n'était sans doute pas destinée à vivre. Ce n'était peut-être pas ma faute.

Je n'en sais rien, Liv.

J'essaie aussi de prendre mon parti de l'accident de Carl, mais je n'y parviens pas. Il m'arrive de soupçonner ta grand-mère, car elle prenait des médicaments qui la rendaient parfois imprévisible. La plupart du temps elle était apathique, mais elle pouvait aussi se mettre dans des colères terribles. Ça me faisait peur. Et je crois que ça lui faisait peur aussi.

Carl pleurait beaucoup. Peut-être ne l'a-t-elle pas supporté. C'est ce que nous pensons. Elle l'a secoué et elle l'a fait tomber sur la caisse à outils. Peut-être l'a-t-elle fait exprès ? Nous le croyons. C'est pourquoi son départ a été un soulagement. Pourtant, je ne trouve pas la paix, car je ne saurai jamais ce qui s'est passé.

Ce n'était peut-être pas elle. Et si c'était moi ? Je ne dormais pas assez, les jours se suivaient et se confondaient ; moi aussi j'étais malade dans ma tête. J'étais épuisée, j'avais peur de l'avenir. Parfois je ne me souvenais pas de ce que je venais de faire. Ai-je pu causer la mort de ton frère jumeau ?

Peux-tu me pardonner ?

Affectueusement,
Ta mère

L'auberge et l'enfant

Lorsqu'une violente tempête emporte une bande de côte, cela ne passe pas inaperçu. Une pipe à la bouche, des porte-documents sous le bras, des hommes aux chaussures trop élégantes viennent scruter le paysage malmené. Dans la brume du matin ils arpentent la côte en faisant de trop grands pas. Ils notent dans leurs petits cahiers des observations sur les vents dominants et les risques d'éboulement, puis ils retournent chez eux et boivent leur café. En revanche, on ne voit rien lorsqu'une mer calme se contente de lécher doucement une langue de terre. Dans un premier temps, personne ne remarque qu'un peu de sable a disparu. Que la mer a discrètement grignoté quelques centimètres du sol.

De manière imperceptible, le Cou se rétrécissait d'année en année. Des deux côtés du chemin de terre, les amas d'algues, de cailloux, de sable et d'épines du Christ diminuaient inexorablement sans que personne ne s'en rende compte. Et le chemin disparaissait de plus en plus sous les mauvaises herbes. La circulation ne risquait guère de freiner leur croissance. Peu de monde empruntait ce chemin, à part une enfant solitaire qui partait dans l'obscurité de la nuit, son sac vide sur le dos, et revenait avec un sac bien rempli.

*

Roald se gratta la tête en regardant le contenu du réfrigérateur. Il était à peu près certain d'y avoir mis deux barquettes de gratin de pommes de terre. Or il n'y en avait plus qu'une seule. Il était également persuadé d'y avoir rangé une bouteille de limonade avant d'aller se coucher. Il regarda autour de lui. Rien n'indiquait qu'un intrus avait pénétré dans la cuisine de l'auberge.

Au début, il s'était dit qu'un client avait été pris d'une soudaine fringale nocturne. Mais il devait y avoir une autre explication. Des choses disparaissaient trop souvent, de façon assez régulière, à deux ou trois jours d'intervalle. Et il n'y avait pas que la nourriture. Des objets se volatilisaient aussi. Et des plus surprenants. Un matin il avait cherché en vain un jeu de cartes qu'il pensait avoir laissé sur la table de la cuisine. Et un jour le cuisinier avait constaté qu'il manquait une casserole. Les cas se multipliaient, et tout cela défiait le sens commun.

L'auteur des larcins pouvait évidemment être le cuisinier lui-même. Mais c'était peu vraisemblable. Roald ne connaissait pas de garçon plus intègre que son cousin. Et celui-ci n'aurait certainement pas risqué son emploi en se livrant à ce genre de chapardages.

D'ailleurs, le garçon prenait les disparitions avec le plus grand calme. Il se contentait d'en rire. Il riait de tout. Il aurait été exagéré de prétendre que sa cuisine était bien rangée et qu'il savait à tout moment ce qu'il y avait dans la réserve. En réalité, il soupçonnait Roald de descendre la nuit pour s'empiffrer de restes. Un jour, il le suggéra en lui adressant un clin d'œil malicieux. Roald nia farouchement, mais il ne put s'empêcher de sourire, et les choses s'arrêtèrent là.

Mais alors, qui ? Qui pouvait bien avoir l'idée de piquer des restes de nourriture, des jeux de cartes, des stylos-billes, des bouteilles de limonade et des boîtes de thon ? Et comment s'y prenait le voleur ?

Cette nuit-là, personne n'avait séjourné à l'auberge. L'hypothèse d'un client pris d'une fringale nocturne était donc exclue.

Roald descendit au sous-sol. Dans la réserve, il mit un peu de temps à s'apercevoir qu'on avait subtilisé des rouleaux de papier essuie-tout, des paquets de biscottes, des saucisses et plusieurs boîtes de tomates pelées. Un pot de miel semblait aussi manquer à l'appel, ainsi qu'un grand sachet de gâteaux secs… et du papier-bulle. Dans un coin, il y avait l'emballage en carton de son nouveau presse-pantalon. Il était certain d'y avoir laissé le papier-bulle. Maintenant, le carton était vide.

Du papier-bulle ! Qui pouvait bien voler ça ? Les gants dont il se servait pour les surgelés, il ne les trouvait pas non plus.

En sortant dans le couloir, il jeta un œil sur la petite lucarne. Elle était entrouverte, comme d'habitude. Il fallait bien laisser passer un peu d'air. Personne ne pouvait entrer par là. C'était impossible.

Pour la première fois en vingt ans, le cuisinier avait décidé de prendre des vacances. Avec sa femme, il avait l'intention d'aller faire un tour sur le continent, mais il rentrerait peut-être plus tôt que prévu si jamais ça ne leur plaisait pas.

Le restaurant et plusieurs chambres à l'étage avaient besoin d'un coup de peinture. De petits travaux de rénovation s'imposaient également, et Roald avait décidé de fermer l'auberge pendant quinze jours. Heureusement, il était bon bricoleur, ce qui lui permettrait de faire des économies. Si jamais il avait besoin d'aide, il savait à qui s'adresser, car les habitués avaient hâte de retrouver leur abreuvoir et seraient prêts à mettre la main à la pâte. Surtout s'il leur offrait des bières. Dans un premier temps il avait cependant décidé de ne pas faire appel à eux, car il voulait passer quelques jours seul.

Il prit une décision. Il sortit un sac de farine du placard et le posa sur la table de la cuisine. Avant d'aller se coucher, il en saupoudrerait le sol d'une fine couche. Quitte à passer le balai le lendemain matin. Pendant qu'il serait seul, il ferait pareil tous les soirs. Tant pis pour le boulot supplémentaire. Il fallait qu'il sache.

Pour s'amuser il posa également sur la table un crayon cassé, six bonbons Haribo et un jeu de cartes. Et il mit dans le réfrigérateur un plat avec vingt-cinq tranches de salami, dix tranches de jambon et cinq rondelles de poivron rouge.

Pendant cinq jours il ne se passa rien. Le sixième jour, le crayon avait disparu, ainsi que trois bonbons, sept tranches de salami, deux tranches de jambon et une rondelle de poivron. Et il y avait des traces de pas entre le réfrigérateur, la table et la porte donnant sur l'escalier du sous-sol. Roald s'agenouilla. Les traces étaient toutes petites. Il devait s'agir d'un enfant.

Il suivit les traces à travers le couloir et jusqu'à la lucarne. Et il comprit. À condition d'être suffisamment agile, un enfant pouvait sans doute entrer et sortir par là.

Mais tout de même. Un enfant ? De nuit ?

Et pourquoi du papier-bulle ?

Pendant qu'il remplaçait les plinthes d'une des chambres, Roald ne cessa de penser aux intrusions nocturnes. Il aurait préféré considérer tout ça comme des bêtises de gamin, mais ce n'était pas possible. Un enfant venant régulièrement voler de la nourriture, de la farine, des casseroles et des rouleaux de papier essuie-tout devait vivre dans la misère.

Ce n'était le cas d'aucun enfant de Korsted. À en juger par la taille des empreintes, il devait s'agir d'un enfant assez jeune. Sans doute un petit garçon, se dit-il sans se demander pourquoi.

Roald ne connaissait pas tous les enfants de la ville, mais il côtoyait la plupart et savait qui étaient leurs parents. Aucun ne correspondait à l'image qu'il se faisait de son visiteur. Les fils du boulanger pouvaient certes faire des bêtises, mais il ne les imaginait pas jouer aux cambrioleurs. Il ne les croyait pas capables de se glisser par l'ouverture de la lucarne, et ils auraient certainement réveillé l'auberge tout entière avant même d'atteindre l'arrière du bâtiment. Ils étaient incroyablement bruyants ; quand il croisait les trois garçons, il se félicitait de ne pas avoir d'enfant, étant donné le vacarme qu'ils faisaient. Et il plaignait le prof de gym qui devrait un jour affronter leurs hormones.

En revanche, il sentait son cœur fondre devant la fille de l'officier de police. Jamais il n'avait vu une petite fille aussi ravissante. Avec ses robes et ses nattes, elle semblait sortir tout droit de *La Petite Maison dans la prairie*, et non pas d'une bâtisse en briques jaunes du centre-ville. En plus, elle s'appelait Laura : c'était trop beau pour être vrai. Mais Laura n'avait sans doute jamais rien volé, à part le cœur de Roald.

Qui cela pouvait-il être, alors ? Il passa en revue tous les enfants de la ville. Aucun ne lui paraissait susceptible de se promener la nuit à la recherche de nourriture. Et leurs parents auraient certainement réagi s'ils les avaient vus rentrer avec des objets volés.

Comme il n'aimait pas colporter des rumeurs, il n'avait jamais parlé des vols à ses clients. À une occasion il avait quand même négligemment demandé à quelques habitués s'il y avait dans l'île des gens vivant dans la misère. Des gens qui n'arrivaient pas à joindre les deux bouts.

On s'était frotté la barbe. On avait fini par lui parler de la vieille dame un peu dérangée qui se promenait sur la décharge avec une voiture d'enfant. Puis il y avait le type bizarre qui vivait dans une ferme délabrée avec ses poneys Shetland. Et les trois poivrots qui squattaient un entrepôt près de l'embarcadère.

Mais on s'était vite mis d'accord : ces gens-là n'étaient pas véritablement dans la misère. À l'évidence, les poivrots avaient de quoi se payer à boire, le type aux poneys semblait bien nourri – mieux que ses pauvres bêtes, en tout cas – et la vieille dame à la voiture d'enfant vivait dans une belle maison au toit de chaume sur la route de Sønderby. Son mari était un comptable à la retraite, sa maison était entourée d'une haie de buis soigneusement taillée et il y avait un joli petit moulin à vent dans le jardin de devant. La vieille était folle, tout simplement.

Il y avait bien Haarder, sur la Tête. C'était un drôle de bonhomme, d'un caractère peu commode. Il se baladait dans son pick-up avec toutes sortes de vieilleries, mais ça ne faisait pas de lui un miséreux. Des vieilleries, il en avait plein. Et sa femme ne devait pas souffrir de faim : d'après le facteur, elle avait beaucoup grossi. D'ailleurs, on ne l'avait pas vue sur la grande île depuis très longtemps.

Haarder avait une enfant. Ou plutôt, il avait eu une enfant. Personne n'ignorait que la pauvre fille s'était noyée. Une terrible tragédie. D'autant plus terrible que les parents avaient déjà perdu un bébé quelques années plus tôt. Dans un accident, également. Roald avait cru comprendre qu'il s'agissait du frère jumeau de la petite fille. Comment le destin pouvait-il être aussi cruel ? Si on n'était pas déjà un peu détraqué, il y avait de quoi le devenir.

Roald se souvenait du vacarme de l'hélicoptère survolant l'île à la recherche de la petite. Si au moins on avait pu retrouver son corps…

À un moment, on finirait sans doute par se dire que tout serait mieux que l'incertitude. Y compris la découverte du corps.

Comment supporter une horreur pareille ?

Il avait fini de poser la plinthe. Il recula pour contempler le résultat. La plinthe était bien fixée.

Ça ne pouvait pas être l'enfant de Haarder. Pour des raisons évidentes.

Et un nain ?

Il chassa cette idée. Si l'île avait abrité un nain famélique ayant un penchant pour le papier-bulle, il en aurait entendu parler.

Il lui fallait une bière.

Roald se laissa tomber dans son fauteuil de bureau. Il regarda le téléphone. Légèrement recourbé, le combiné noir reposait délicatement sur le socle de l'appareil. Des mains moites de transpiration avaient usé la bakélite noire, et la poussière et les saletés avaient rendu le cadran opaque. *HIK* était-il marqué à côté du chiffre 4. Roald but une gorgée de bière. *HIK*. Comme le bruit d'un hoquet. Pourquoi ne l'avait-il pas remarqué plus tôt ? Sans doute parce qu'il avait rarement eu l'occasion de passer un coup de fil aussi délicat.

Il savait pourtant qu'il fallait appeler la police. En plus, il s'entendait bien avec le policier local, un type tout à fait sympathique dès qu'il ôtait sa casquette.

Malgré cela, il hésitait. Pourquoi ?

Après une nouvelle gorgée de bière, sa décision fut prise. Il s'essuya les lèvres et posa la bouteille vide sur le bureau. Dans un premier temps il essaierait de tirer l'histoire au clair tout seul. Mieux valait ne pas faire de remous, et le policier n'allait pas lui filer entre les doigts.

Il s'était toujours passé un peu de temps entre les visites nocturnes. Roald attendit quatre jours. Le cinquième soir il se coucha tôt. Il dormit quelques heures et se leva vers minuit. Sans faire de bruit, il descendit à la cuisine, posa quelques objets sur la table et alla chercher une pile de *Mickey* sur l'étagère du palier : quand il y avait des enfants à l'auberge, les illustrés avaient toujours du succès. Puis il fit le guet.

En allumant le plafonnier, il aurait pu en profiter pour lire ou pour feuilleter un *Mickey*. Mais c'était hors de question ; on aurait vu la lumière de l'extérieur. Il finit par s'endormir, affalé sur la table. Il se réveilla vers cinq heures, des fourmis dans le bras. Tout était silencieux, rien n'avait bougé. Il remonta se coucher.

Les deux nuits suivantes se déroulèrent de la même façon. Mais dans la nuit de lundi il se passa enfin quelque chose. Roald s'était préparé du café bien fort pour rester éveillé jusqu'au petit matin. À deux heures et demie il avait encore l'esprit clair. Ses pensées vagabondaient tranquillement, de sa déclaration d'impôts à ses réserves de whisky, de ses ex-collègues à son ex-femme, de l'éradication des souris aux paris du loto sportif. Il se sentait bien. Rester là à réfléchir pendant que les autres dormaient n'était pas désagréable. Dehors, le vent soufflait juste assez fort pour faire bouger l'enseigne sur sa potence. Une branche d'arbuste raclait doucement le mur extérieur.

Un bruit se fit soudain entendre à l'arrière du bâtiment. Un bruit à peine audible, mais bien réel. Roald se redressa et recula jusqu'à l'endroit où il avait décidé de monter la garde. Près de la porte de la salle à manger, il pouvait se cacher derrière une grande armoire. Dans l'obscurité, personne ne le verrait.

Quelqu'un abaissa discrètement la poignée de la porte du couloir. La porte n'était pas dans son champ de vision. Mais le réfrigérateur l'était. Et bientôt le garçon le serait également.

Roald retint son souffle en voyant la petite silhouette s'approcher du réfrigérateur. Ses yeux avaient fini par s'habituer à l'obscurité, et il distingua nettement un jeune garçon. Mince, les cheveux courts, il tenait à la main un gros sac. Probablement un sac à dos. Il bougeait silencieusement et avec aisance.

Le garçon n'alluma pas la lumière. Manifestement, il connaissait le chemin. Avec précaution il entrouvrit le réfrigérateur. Comme il avait le dos tourné, Roald ne vit pas son visage, mais il put apercevoir des cheveux bruns en bataille et un pull à rayures marron et orange. Le garçon sortit une barquette du réfrigérateur et referma la porte. Il resta un moment immobile, humant l'odeur de la nourriture. La barquette contenait les restes du repas que Roald s'était préparé la veille. Du hachis Parmentier. Il l'avait trouvé excellent.

Le garçon en mangea un peu avec ses doigts avant de reposer rapidement la barquette. On n'entendit pas le moindre bruit, à part le léger frottement des joints en caoutchouc quand la porte du réfrigérateur se referma. Après s'être léché les doigts, il se dirigea vers la table et tendit la main vers les *Mickey*. L'espace d'une seconde, un minuscule cône de lumière éclaira le visage de l'Oncle Picsou, puis l'obscurité retomba. Il posa son sac à dos sur la table, prit deux ou trois illustrés et les y glissa. Puis il attrapa le petit bol en verre que Roald avait rempli de bonbons. Le cône de lumière fit apparaître un scintillement de couleurs. Le garçon prit une poignée de boules de gomme et de bonbons à la réglisse et les fourra dans une poche latérale de son sac. Un bonbon tomba par terre et roula sur le carrelage.

Le bruit fit sursauter le garçon. Il se figea, sur ses gardes. Roald l'imita. Dans la maison, tout était silencieux. Le garçon se baissa, chercha à tâtons, finit par trouver le bonbon et le fourra dans sa bouche.

Allait-il prendre autre chose ? Se diriger vers la réserve ? Roald ne voulait pas dévoiler sa présence tout de suite. À sa grande surprise, il éprouvait une étrange tendresse pour son visiteur. Que le garçon ait l'habitude d'effectuer ces gestes lui paraissait infiniment tragique. Roald ne ressentait aucune colère, seulement de la compassion. Et de l'étonnement.

Le garçon se mit à fouiller dans les tiroirs et les placards, toujours en évitant de faire du bruit. Par moments, le cône de lumière éclairait brièvement un objet. Certains finirent dans le sac du garçon. Roald tenta de deviner lesquels ; un mixeur à main, peut-être. Et une paire de gants de cuisine. Ou un seul gant. Soudain, le garçon enfila son sac à dos et se dirigea vers la porte.

Roald hésita. Était-ce le moment de se montrer ? De faire un pas en avant en se raclant la gorge ? L'enfant aurait la frayeur de sa vie. Ne valait-il pas mieux attendre qu'il soit dehors ?

Il aurait dû y réfléchir plus tôt.

Le garçon disparut du champ de vision de Roald. Un léger grincement laissa deviner qu'il ouvrit et referma la porte. Puis un bruit à peine audible parvint du couloir. C'était la porte de la réserve. Roald s'y attendait ; autrement il n'y aurait sans doute pas fait attention. Ou il aurait pensé à un souffle de vent. Il resta un moment sans bouger, essayant de rassembler ses esprits.

Il finit par quitter sa cachette. Il savait qu'on était en train de dévaliser sa réserve, mais il ne se dirigea pas vers le couloir. À pas de loup, il franchit la porte de la salle à manger et sortit par la porte principale. Jamais il ne s'était déplacé aussi silencieusement, mais il eut quand même de la reconnaissance pour le vent, qui soufflait plus fort. Il referma doucement la lourde porte d'entrée et monta jusqu'au terre-plein. Dans les plates-bandes, les arbustes s'agitaient sous la lumière des réverbères. Sinon, tout était calme.

Vers le nord, la rue était aussi déserte que le terre-plein. À une heure aussi tardive, c'était normal. Roald longea la façade de l'auberge. Du coin il apercevait l'allée conduisant à l'arrière du bâtiment et la lucarne entrouverte. La lumière des réverbères n'arrivait pas jusque-là, mais un croissant de lune éclairait le gravier et la façade de la maison.

La première chose qu'il vit apparaître, ce fut du papier hygiénique. Un paquet de douze rouleaux qui passa de justesse à travers la lucarne. Suivi par ce qui semblait être de la toile cirée. Puis par le sac à dos. Deux bras vêtus d'un pull à rayures se tendirent pour pousser les objets.

Et l'enfant se glissa dehors.

Le garçon laissa la lucarne entrebâillée, puis il enfila son sac à dos, empoigna les rouleaux de papier hygiénique et la toile cirée et se mit en route. Presque sans bruit il parcourut l'allée gravillonnée et gagna la rue. Roald le suivit du regard. Il hésitait encore à se montrer.

Finalement, il lui emboîta le pas. En restant dans l'ombre.

Le garçon ne courait pas. Mais il ne marchait pas normalement non plus. Ses mouvements avaient quelque chose d'aérien, comme s'il survolait le sol. Roald ne put s'empêcher de penser à certaines peuplades sauvages. Ou à ces travailleurs agricoles asiatiques qui portaient de lourdes charges sur de longues distances.

Mais le plus surprenant n'était pas sa démarche. C'était la direction qu'il prenait. L'enfant faisait route vers le nord. Pouvait-il venir d'une des maisons éparses à la sortie de la ville ? Y avait-il là-bas des enfants aussi jeunes ?

Au nord de Korsted, la route était déserte et sans éclairage. Roald hésita un peu avant de s'y lancer. Mais la lune était suspendue dans le ciel, tel un sabre doré reflétant les rayons d'un soleil distant. Il y avait assez de lumière pour distinguer la petite silhouette. Et si jamais l'enfant le voyait ? Roald ne voulait pas l'effrayer.

Par chance, la route était sinueuse et bordée de végétation. Il pourrait donc s'y cacher s'il craignait d'être découvert. Mais il dut se rendre à l'évidence : il n'arrivait pas à suivre la cadence de l'enfant. Ce garçon devait être fort comme un taureau.

Au bout d'un moment, le paysage s'ouvrit de nouveau. Plus loin, des réverbères éclairaient un groupe de maisons. Le garçon semblait toutefois éviter la lumière. Il tourna à gauche et traversa un pré. Roald dut s'arrêter. Hors d'haleine, il vit la petite silhouette se fondre dans l'obscurité.

Le garçon se dirigeait-il vraiment vers la Tête ?

Ma chère Liv,

Tout à l'heure tu m'as parlé de pièges auxquels tu devais faire attention. Puis tu t'es interrompue. Tu n'as pas voulu m'en dire davantage. Cela m'inquiète. De quels pièges s'agit-il ? Qu'est-ce que tu ne veux pas me dire ? J'aurais voulu que tu sois là pour me tenir compagnie. Tu me manques.

Affectueusement,
Ta mère

La conservation

Jens Haarder s'en alla avec son nouveau-né. Il quitta la chambre encombrée, descendit l'escalier plus encombré encore et traversa les pièces du rez-de-chaussée, où ne subsistait qu'un étroit passage saturé de poussière. Puis il sortit dans la cour. Le ciel était à peine visible au-dessus de la forêt de détritus, et le soleil atteignait difficilement les sentiers courant à travers le bric-à-brac comme les pistes des lapins dans l'herbe. Jens pénétra dans son atelier et posa le petit corps sur l'établi. Enveloppé dans la couverture qui avait servi à le transporter, c'était un enfant qui ne criait pas.

Jens Haarder ne criait pas non plus. Désormais il était calme, concentré. Et il semblait âgé de trois mille ans.

Quand Liv le rejoignit, il avait fini de laver l'enfant. Sans poser de questions, elle emporta la bassine et la vida derrière la maison, comme il le lui avait demandé. Puis elle la remplit à la pompe. C'était pour se laver les mains, avait-il dit. Elle alla dans la cuisine chercher les huiles qu'il lui avait réclamées. Et un bocal de confiture vide. Elle prit tous les rouleaux de gaze. Elle aida son père à transporter le sac de sel. Elle alluma le réchaud à gaz et commença à purifier la résine, comme il le lui avait appris. Tout cela lui servirait plus tard, dit-il. Pour l'instant il ne lui fallait que le bocal et le sel.

Nulle part elle ne voyait Carl.

Liv s'efforça de rester calme. Mais elle avait très peur. Et elle était très jeune.

Son père alla chercher un couteau de cuisine et le mit au-dessus du feu. Elle était assise à côté de lui. Elle aurait voulu lui demander ce qu'il faisait ; elle ouvrit la bouche, mais pas un mot n'en sortit. Elle le suivit dans l'atelier. Il marchait comme si elle n'était pas là, comme s'il ne la voyait pas. Comme si elle était Carl.

Liv voyait un bout de couverture pendre du coin de l'établi. Elle apercevait deux minuscules pieds nus. Des pieds bien plus petits que les siens. Une lampe à pétrole était posée près de l'enfant, et les pieds projetaient des ombres duveteuses. Mais ils paraissaient froids.

Carl n'était toujours pas là. Elle se demandait si elle devait rester ou s'en aller. Son père se tenait devant l'établi. Elle l'entendait respirer. Les petits doigts de pied ne bougeaient pas. Elle s'approcha, se mit face à son père et le regarda. Il ne la vit pas. Il fixait la couverture des yeux.

Depuis un moment il respirait différemment. Comme si l'air était rempli de copeaux de bois. Elle avait envie de l'aider, de respirer au même rythme que lui. Ou d'expirer quand il inspirait. Elle avait envie de l'entraîner dans la forêt. Cela faisait longtemps qu'ils n'y étaient pas allés.

Dans la forêt, l'air était plus agréable que dans l'atelier. Et bien plus agréable que dans la maison ou dans la benne. La forêt lui manquait.

Elle ne savait pas quoi faire.

Son corps finit par prendre une décision à sa place. Elle s'affaissa par terre. Comme si elle se repliait sur elle-même.

Elle posa le menton sur l'entretoise de l'établi. Au milieu des copeaux de bois elle voyait le bocal de confiture vide. Et les pieds de son père. L'une des jambes de son pantalon était déchirée sous le genou. Elle imagina sa peau. Est-ce qu'on la verrait en l'éclairant ? Elle dirigea le faisceau de sa petite lampe de poche vers l'accroc. La peau de son père ressemblait à une terre manquant d'eau. Elle était pleine de petites rides sèches. Liv eut envie de la toucher.

Les genoux de son père s'avancèrent soudain vers elle. À la lumière de sa lampe de poche, elle vit sa rotule apparaître dans la déchirure comme la tête d'un bébé émergeant du corps d'une femme. Une main attrapa le pot de confiture, tel un poisson qu'on sort de l'eau. Liv entendit son père respirer. Il y eut un bruit qui la fit penser aux lapins qu'on éventre, puis le pot de confiture retrouva sa place au milieu des copeaux. Dedans, il y avait quelque chose de brun. La main de son père se saisit d'un deuxième pot et le reposa à son tour. Il y avait également quelque chose dedans. En regardant les deux pots, Liv songea aux lapins et aux cerfs. Elle y dirigea sa lampe de poche et sut tout de suite ce qu'ils contenaient.

À ce moment-là, Carl arriva et lui prit la main.

Elle lui dit à voix basse de ne pas avoir peur. Dans les pots de confiture, il y avait seulement les poumons de leur petite sœur.

Puis son père vint la rejoindre. D'abord ses genoux ployèrent, puis son buste apparut, et sa main s'agrippa à l'établi. Sa tête se pencha légèrement et ses yeux la regardèrent par-dessus l'entretoise. Elle éteignit sa lampe de poche.

– Qu'est-ce que tu fabriques ? demanda-t-il doucement.

Sa voix était différente. Sa gorge était peut-être pleine de copeaux, elle aussi.

Elle entendit des gouttes tomber de l'établi. D'abord de manière espacée, puis de plus en plus rapprochée. À la fin, ce fut un jet soutenu.

– J'attends, répondit Liv. Et toi ?

Il se tenait immobile. Aussi immobile que Carl. Les gouttes tombaient à nouveau par intermittence.

– Je prépare ta petite sœur. Pour que nous puissions prendre soin d'elle.

– OK.

– Tu devrais m'aider.

– OK.

– Tu veux bien te relever ?

– Oui.

Liv essaya de se relever, mais Carl la fit retomber par terre comme un sac de sel.

Son père n'était plus que deux jambes de pantalon.

– Tu viens, Liv ?

– Oui.

Elle ne bougea pas.

– Il n'y a aucune raison d'avoir peur.

– OK.

Carl cessa de la maintenir au sol. Il lui donna la main et l'aida à se relever. Tous deux retinrent leur souffle.

*

Jens Haarder ne se souvenait pas de tous les détails. Peut-être ne les avait-il jamais sus. Mais quelque part en lui il y avait des rudiments de connaissances, des restes d'un savoir ancestral auquel son père l'avait initié. Ces connaissances guidaient maintenant ses mains.

S'il voulait conserver sa fille, ce n'était pas pour le salut de son âme. Il voulait simplement la retenir. La garder près de lui.

Ne pas la perdre.

Il nettoya soigneusement son petit corps et lui ôta tous les organes. Il ne laissa que le cœur. Le cœur devait rester, il le savait. C'était mieux ainsi. La petite fille était si belle. Aussi belle que Liv à sa naissance.

Et que son frère jumeau.

Il devait préserver ce petit être humain. Ne pas le faire disparaître dans la terre, comme il l'avait fait sept ans plus tôt. Il n'arrivait plus à retenir Carl en le dessinant. Les traits de crayon ne parvenaient pas à restituer sa chair, la perspective ne faisait pas revivre son corps. Carl s'estompait progressivement, malgré les efforts de mémoire de son père. Et Jens Haarder ne voulait pas perdre un second enfant aimé et désiré.

Il ne le supporterait pas.

Quelque chose lui disait que Liv devait l'aider. Liv devait l'aider à conserver le nouveau-né dans une sorte de présent.

*

Le sel ferait sortir toute l'humidité du corps, lui expliqua son père en allant chercher une bassine. De sa vie, Liv n'avait jamais vu une telle quantité de sel. Pendant qu'une mer blanche engloutissait sa petite sœur, elle regarda son minuscule visage. Ses yeux étaient fermés. Comme ceux de Carl. Liv aurait bien fermé les siens, mais elle en était incapable. Elle devait tout voir, comme son père. Elle devait l'aider, assister à tout, il le lui avait demandé. Ensemble, ils devaient empêcher la petite fille de disparaître.

Mais pour l'instant elle disparaissait sous le sel. Ses joues et son minuscule nez furent les dernières parties de son corps à être ensevelies.

Elle devait y rester un mois, jusqu'à être complètement desséchée. Il ne devait pas rester une goutte d'humidité dans son corps, avait dit son père. Liv se demanda si un mort pouvait pleurer.

Carl le pouvait. Depuis quelque temps il pleurait beaucoup. Il pleurait parce que leur petite sœur était morte, parce que leur père ne se conduisait pas comme d'habitude, parce que leur mère ne pouvait pas bouger de sa chambre et ne devait rien savoir de l'enfant plongé dans le sel. Il pleurait parce que Liv et lui devaient se cacher dans une benne dès qu'ils soupçonnaient l'arrivée de quelqu'un. Dès qu'ils entendaient le moindre bruit. Et il pleurait surtout parce qu'il se sentait très seul en compagnie de Liv.

*

Maria Haarder n'avait pas eu le courage d'enterrer un second enfant. Elle avait hoché la tête avec gratitude quand Jens lui avait raconté que le nouveau-né avait disparu dans les flammes. Il lui avait fabriqué un beau petit cercueil, avait-il dit à sa femme. Puis il avait embrassé Maria sur le front en lui caressant les cheveux.

– Elle va bien maintenant, avait-il chuchoté.

Assise sur le bord du lit, Liv l'avait écouté. Et Liv n'allait pas bien. Dans un cas pareil, on avait le droit de mentir ; c'était même indispensable, elle le savait. Jamais elle ne devait dire à sa mère que le petit être humain qui était sorti de son corps gisait maintenant dans une bassine remplie de sel. Jamais.

Liv ne dit rien, mais elle fit la lecture à sa mère. Elle lisait merveilleusement bien, affirmait Maria quand ses lèvres parvenaient à articuler quelques mots audibles. Pour s'adresser à sa fille, elle lui écrivait généralement quelques lignes dans un de ses cahiers. Et Liv se jetait sur ses phrases comme une enfant affamée.

Je suis fière de toi ! Tu lis et tu écris déjà très bien. Bravo, Liv !

Liv souriait, heureuse et rassasiée, avant de continuer sa lecture.

À haute voix.

Peut-être pourrait-elle faire pareil, écrire son secret et le montrer à sa mère ? Comme ça, elle serait délivrée de son fardeau. Sans avoir parlé.

Finalement, elle n'osa pas. Désormais, les étrangers n'étaient pas les seuls à lui faire peur. L'humeur sombre de son père s'était insinuée en elle comme une sourde menace.

Maria Haarder ne quittait plus sa chambre. Si elle en avait encore été capable, si elle avait pu descendre au rez-de-chaussée pendant ce mois où son enfant mort-né était enterré dans le sel, elle n'aurait pas reconnu sa propre maison. Lentement, Maria se faisait enterrer, elle aussi.

Ma chère Liv,

Les lapins – que se passe-t-il avec les lapins ? Se sont-ils multipliés ? Il me semble les entendre. Ils ne vivent plus dans leurs cartons ? Et les bêtes, à l'étable... je les entends aussi. Vous ne leur donnez pas à manger ?

Il fait nuit maintenant. Il ne devrait pas y avoir de bruits !

Affectueusement,
Ta mère

Ma petite sœur

Pendant que ma petite sœur restait plongée dans le sel, je continuais à rapporter des bandes de gaze et à purifier de la résine. Ma mère trouvait que j'avais une drôle d'odeur. *Tu sens tout le temps la résine. Tu dois souvent te promener dans la forêt*, m'a-t-elle écrit.

Une nuit j'ai découvert tout un sac de viennoiseries que le boulanger avait mis à la poubelle. Avec ça, on a passé de bons moments dans le lit. Carl s'inquiétait de voir notre mère en manger autant, mais je l'ai mis à la porte quand il a fait une réflexion. Parfois il m'énervait beaucoup. Mon père n'a pas voulu y goûter. Ça m'a contrariée : j'aimais bien qu'on fasse des choses ensemble, tous les trois. Malheureusement, ça nous arrivait de moins en moins souvent.

Le pire était que mon père se montrait colérique. Pas avec moi, ni avec ma mère. Quand il nous parlait, c'était toujours avec douceur. En fait, je ne sais pas contre qui il était fâché. Je le surprenais parfois à grommeler tout seul. Peut-être avait-il un ami invisible avec qui il se disputait.

Parfois je me disputais un peu avec Carl. Pas souvent ; je ne voulais pas qu'il s'en aille. Je ne voulais pas qu'il devienne complètement invisible.

Et puis il y avait autre chose. Tous ces objets, ça commençait à me tracasser. Je les aimais bien, pourtant (surtout ceux que j'avais trouvés avec mon père), mais je me rendais compte qu'il y avait un problème.

Dans les maisons où j'allais, ce n'était pas comme chez nous. On y circulait plus facilement. Et il n'y avait pas autant de poussière et de saleté. Les souris et les araignées avaient beau être mes amies, j'appréciais l'absence de crottes de souris et de toiles d'araignées dans la cuisine de l'auberge. Les autres maisons n'étaient pas comme la nôtre. Elles sentaient différemment. Elles sentaient bon. Surtout l'auberge.

Il n'y avait pas toujours eu autant d'objets chez nous. À une époque, on pouvait encore se servir de la cuisine et de la salle de bains. Pas seulement pour y entreposer des objets.

Je me disais que c'était peut-être mieux à cette époque-là. Quand il y avait un peu moins d'objets. D'un autre côté, rien ne me paraissait superflu. Et mon père disait qu'il fallait tout garder.

Je réfléchissais beaucoup à tout ça. Je ne savais pas quoi faire. Parler avec mon père devenait de plus en plus compliqué, et j'avais peur de dire à ma mère des choses qui la rendraient triste – ou pire encore. Chaque fois que l'envie me prenait de lui raconter quelque chose qui pourrait déplaire à mon père, j'entendais sa voix : « Ta mère en mourrait. »

Il m'était arrivé de tuer des animaux ; je m'y prenais plutôt bien. Mais pour rien au monde je n'aurais tué ma mère.

J'étais terrifiée à l'idée qu'elle ne soit plus dans son lit, à attendre que je lui apporte quelque chose à manger ou que je lui fasse la lecture. Pendant que je lisais, elle me caressait les cheveux et faisait des mimiques pour me dire qu'elle m'aimait. C'étaient les moments que je préférais, maintenant que mon père refusait de m'emmener en barque ou dans la forêt. Depuis que ma petite sœur était sortie de ma mère, il ne voulait aller nulle part.

C'est difficile de parler avec les gens quand on ne peut rien dire. Surtout quand les autres – votre mère, votre père ou votre frère jumeau invisible – ne disent pas grand-chose non plus. C'est sans doute pour ça que j'aimais tant faire la lecture à ma mère.

Je savais encore parler : c'était rassurant.

Mais je ne pouvais rien dire. Et en dehors de la chambre il ne fallait pas faire le moindre bruit, car personne ne devait m'entendre.

Puisque mon père avait si peur qu'on me découvre, pourquoi m'envoyait-il seule à la grande île ? Il ne cessait de me le répéter : « Plaise à Dieu qu'on ne te découvre pas ! Et ne dis jamais à ta mère que je te laisse y aller seule. »

Je ne comprenais pas ce que Dieu venait faire là-dedans, d'autant qu'on ne croyait pas en Lui. Et je comprenais encore moins pourquoi mon père ne m'accompagnait pas pour veiller sur moi, au lieu de rester à la maison et veiller sur les objets. J'ai mis longtemps à me rendre compte qu'il avait encore plus peur que moi. Il avait peur de tout. Comme Carl.

Et il y avait aussi cette histoire d'obscurité et de douleur. Carl avait souvent mal dans l'obscurité. Il avait mal quand on rentrait par le Cou, car on avait des ampoules aux pieds. Et il a eu très mal quand on s'est brûlé les mains sur le poêle d'une maison. Ou quand on s'est cognés contre un vieil évier en métal que des gens avaient laissé traîner dehors.

Carl a vraiment eu mal. Moi, j'ai saigné. Et j'ai peut-être eu un peu mal, aussi.

Petit à petit j'ai compris que l'obscurité ne parvenait plus à absorber la douleur. La douleur restait en nous. L'obscurité était pleine. Comme notre maison.

Peut-être mon père s'en est-il rendu compte. Il devait souffrir dans l'obscurité, lui aussi. Mais il imaginait sûrement que ce n'était pas mon cas. J'aurais peut-être dû lui dire qu'il se trompait.

*

Quand elle est ressortie du bain de sel, ma petite sœur avait changé. Elle n'était déjà pas bien grande, mais maintenant elle était toute minuscule. Elle était si maigre, si maigre. Sans doute parce qu'elle n'avait rien mangé depuis un mois. Que se passerait-il si ma mère faisait pareil ?

Mon père a posé ma petite sœur sur l'établi, qui était encore noirci par le sang qu'elle avait perdu. Le sang avait traversé la couverture et pénétré dans le bois. Et il y avait une grosse tache noire sur le sol. Maintenant il n'en restait plus une seule goutte dans son corps. Exactement comme il l'avait espéré.

Le moment était venu de nous servir des huiles et de la résine. Mon père m'a chargée de faire fondre la résine purifiée sur le fourneau à gaz. Je me suis servie d'une casserole provenant de l'auberge. La résine devait être liquide. Pas bouillante, seulement liquide. Quand je lui ai apporté une première casserole pleine, il venait d'enduire ma petite sœur avec les huiles. La grande bouteille d'huile de pépins de raisin était presque vide. Le corps de ma petite sœur était tout luisant.

J'étais contente que mon père lui ait refermé le ventre. Il a pris la casserole et versé la résine sur son corps. Puis il l'a répartie avec un pinceau pour l'en recouvrir entièrement.

Il travaillait avec beaucoup d'application, comme lorsqu'il dessinait. Ma petite sœur était toute minuscule et toute maigre, mais je la trouvais belle. Ma petite sœur. J'aurais voulu qu'elle ne soit pas morte.

Il m'a fait monter sur un tabouret pour que je puisse le regarder travailler. C'était étrange : j'avais envie de m'enfuir, de courir me cacher dans la chambre auprès de ma mère ou de me réfugier dans la benne avec Carl. Mais en même temps je voulais rester là. Je voulais tout voir. Je voulais être avec mon père.

Heureusement que j'étais là, car mon père a eu besoin de moi. On a utilisé des quantités invraisemblables de gaze. Je lui tendais un rouleau après l'autre. Il a commencé par envelopper ses minuscules pieds, puis il a continué jusqu'à sa minuscule tête. Son visage a entièrement disparu sous les bandes de tissu. La peau ne devait pas être au contact de l'air, m'a-t-il expliqué.

J'ai pensé qu'on avait fini. Eh bien non. Il a de nouveau versé de la résine sur son corps, puis on a recommencé à l'envelopper. Et on a continué ainsi jusqu'à ce que mon père décide que c'était suffisant.

Puis il a fait quelque chose qui m'a surprise. Il est allé chercher un dessin. Un dessin que je ne connaissais pas. Je ne l'avais pas vu dessiner depuis longtemps, et ce dessin était différent de tous ceux qu'il avait faits jusque-là. C'était un portrait à l'encre de Chine sur une fine plaque en bois. Il me l'a montré :

– Tu trouves que ça lui ressemble ?

J'ai hésité, car elle était maintenant toute maigre et enveloppée de plusieurs couches de gaze. Mais ça ressemblait à celle qu'elle était avant le bain de sel.

J'ai fait oui de la tête.

– Nous allons mettre ce dessin à l'endroit de son visage. Comme ça nous nous en souviendrons toujours.

Mon père a fixé le dessin. Puis il a enveloppé ma petite sœur d'un morceau de toile. On peut dire qu'elle était solidement empaquetée ! Pour qu'on voie le dessin, il a découpé un trou ovale dans la toile.

Le résultat faisait penser à ces poupées gigognes qu'on avait trouvées dans une maison à Vesterby. Sauf que celle-ci était bien plus grande et ne contenait qu'une seule petite fille.

À la fin on l'a déposée dans un minuscule cercueil que mon père avait fabriqué pour elle. Quand j'étais dans la benne, je l'avais entendu scier et raboter, planter des clous et poncer le bois.

*

Depuis quelque temps, je m'installais souvent dans la benne, même quand je ne craignais pas l'arrivée de quelqu'un. De toute façon, personne ne venait, à part le facteur, et il s'arrêtait près de la barrière pour déposer le courrier dans la boîte. Bien sûr, je me cachais toujours à l'heure où il avait l'habitude de passer. Je le voyais à travers les trous percés dans la benne. Il était loin – si loin que je n'apercevais qu'une silhouette rouge – mais je suis sûre qu'il observait la maison et la benne. En attendant qu'il reparte, je retenais mon souffle et je ne faisais aucun bruit.

Mon père ne cessait de me dire de rester sur mes gardes. Même après le départ du facteur. Il pourrait revenir, disait-il. Ou d'autres personnes pourraient m'apercevoir et vouloir m'emmener.

À la fin il se contentait de faire « ch ». Ça voulait dire que je devais filer me cacher tout de suite.

J'aurais peut-être pu me cacher auprès de ma mère. En déplaçant des objets, j'aurais pu me construire une cachette dans sa chambre. Mais la benne, c'était plus sûr, a dit mon père. Personne n'aurait l'idée de m'y chercher. J'ai eu l'impression qu'il voulait m'empêcher de rester avec ma mère, mais je n'ai pas compris pourquoi.

Peut-être avait-il peur que je parle.

Après tout, c'était plus simple de m'installer dans la benne avec Carl et d'observer le chemin de terre à travers les trous. À Carl je pouvais tout raconter, mais il ne me caressait pas les cheveux, comme ma mère. Et je ne pouvais pas lui faire des câlins. Heureusement, j'avais trouvé un gros ours en peluche. Il était un peu élimé, mais agréable à toucher. Lui, je pouvais le câliner.

Quand j'éprouvais le besoin de toucher quelque chose qui bougeait, je prenais un lapin avec moi dans la benne. Le lapin était chaud et doux, je le sentais remuer et ça me faisait des éclats de soleil dans le ventre. Mais j'étais terrorisée. Terrorisée à l'idée que mon père le découvre. Il avait dit que les lapins devaient rester dans la maison. Dans la benne ils pourraient faire du bruit.

Quand je regardais par les trous, je craignais toujours l'arrivée de quelqu'un. J'étais pourtant déçue quand je découvrais que les mouvements sur le chemin de terre étaient ceux d'un lapin ou d'un renard. Je ne comprenais pas pourquoi.

Je surveillais aussi les arbres. Entre la forêt et le chemin, à l'endroit où il n'y avait que de l'herbe, de jeunes pousses de sapin avaient surgi. Comme si la forêt était en train de s'agrandir. Peut-être finirait-elle par recouvrir la

Tête tout entière. Dans ce cas, je pourrais promener mon regard entre les arbres sans quitter la benne.

Elle devait rester avec moi, a dit mon père après avoir refermé le cercueil de ma petite sœur.

Comme ça, nous nous tiendrions compagnie.

On a poussé une pile de vieux pneus et déplacé quelques sacs, puis on a posé son cercueil à côté de l'endroit où j'avais l'habitude de m'asseoir. Si je soulevais le couvercle du cercueil, je pourrais la regarder.

Jamais mon père n'avait fait quelque chose d'aussi beau que son cercueil. Ma mère m'avait parlé des fameux cercueils que fabriquait mon grand-père, mais ils ne pouvaient pas être plus beaux que celui de ma petite sœur.

Au début il m'a semblé un peu bizarre de l'avoir à côté de moi. Mais j'ai fini par m'y habituer. En un sens, c'était bien d'être là tous les trois : mon frère jumeau, ma petite sœur et moi. Sauf que moi, on me faisait passer pour morte alors que je ne l'étais pas.

Ma chère Liv,

Quel jour sommes-nous ? Ton anniversaire est-il passé ? Il fait tellement sombre dans ma chambre. Si seulement je pouvais persuader ton père d'enlever quelques-uns des objets qui masquent la fenêtre. Mais il ne vient pas souvent me voir. En grimpant sur quelque chose, tu pourrais peut-être atteindre les objets posés tout en haut. Mais il ne faudrait pas que tu te blesses. Si jamais la grosse radio te tombait dessus, tu te blesserais à coup sûr.

Tu restes absente si longtemps, Liv. J'aimerais tant pouvoir quitter mon lit, abandonner cette chambre, descendre au rez-de-chaussée. Sortir. Il faudrait que tu viennes avec le seau et le gant de toilette. Que tu m'apportes de quoi manger. Et quelque chose à boire. J'ai horriblement soif. C'est à cause de l'air.

Ta mère

Vers le nord

Le cuisinier devait revenir dans deux jours, et l'auberge allait rouvrir. Roald avait repeint les chambres et fait les travaux nécessaires. Il avait hâte que les effluves des bons petits plats de son cousin remplacent les odeurs de peinture. Il avait terminé un jour plus tôt que prévu et il se sentait étrangement excité. Il restait bien quelques petites finitions, mais il pensait avoir mérité son premier jour de congé depuis… depuis six, sept, huit ans ? Il avait complètement perdu la notion du temps.

Sur l'île, le temps ne s'écoulait pas comme sur le continent. Autrefois, Roald avait toujours imaginé chaque année comme une ligne droite. Un chemin avec des points de repère précis : les examens trimestriels, la préparation des cours, les réunions et les vacances. Les années se succédaient de manière identique. Sur l'île, le temps prenait une forme organique ; il s'enroulait doucement autour de Noël et s'étendait jusqu'à l'été. Le passé et l'avenir formaient un tout. Le temps n'était pas aboli ; il était d'une plénitude plus grande. C'était un ami fidèle qui ne demandait qu'à être là.

Il avait apprécié le silence pendant la fermeture de l'auberge, mais les habitués lui avaient manqué. Pour un peu, il se réjouirait même de revoir le grossiste en quenelles de poisson qui, à chacune de ses visites, s'installait devant le bandit manchot et y restait collé jusqu'à l'heure du dîner. Onze minutes avant l'heure du repas, il se levait de sa chaise et quittait l'auberge. Il avait expliqué qu'il lui fallait neuf minutes et demie pour rentrer chez lui et garer son vélo contre le mur de sa maison. Et une minute et demie pour se laver les mains avant de passer à table.

C'est à peu près tout ce qu'on l'avait jamais entendu dire.

Un jour il avait quand même proclamé que le lard frit à la sauce persillée aurait dû être décrété plat national. Lorsque sa femme en préparait, il était si pressé de rentrer chez lui qu'il quittait sa chaise une minute plus tôt. En revanche, il n'aimait pas trop les quenelles de poisson. Il devait pourtant admettre qu'elles lui avaient rapporté beaucoup d'argent, mais c'était avant l'arrivée des rouges avec leurs idées grotesques. Roald n'avait jamais compris ce qu'il entendait par là. Sans doute parce qu'il n'était pas expert en matière de quenelles de poisson.

Roald n'avait encore parlé à personne de l'enfant. Il avait croisé le policier à deux ou trois reprises, mais quelque chose l'avait retenu d'aborder le sujet. D'ailleurs, il n'était pas obligé de s'adresser à la police ; il pourrait aussi se renseigner auprès de quelqu'un à l'école. Il y avait notamment une prof de musique qu'il aurait volontiers abordée. Malheureusement, elle venait de se fiancer avec un officier de la marine marchande et rêvait apparemment de fonder une famille aussi nombreuse que celle des von Trapp.

Dans ce cas il valait peut-être mieux interroger le médecin à la retraite qui venait parfois au bar et racontait toujours les mêmes blagues. En général, les médecins connaissaient beaucoup de gens. Certes, ils étaient soumis au secret professionnel, mais sur l'île c'était une obligation toute relative.

On ne disait rien, et pourtant…

Dans un premier temps, il avait décidé de rendre visite à la famille de la Tête. Seul.

Il n'y était jamais allé. On ne s'y rendait pas sans motif précis, et Roald était assez adroit de ses mains pour ne pas avoir besoin des services de Jens Haarder.

Haarder semblait d'ailleurs avoir arrêté ses activités de menuisier. La pancarte qu'il avait fait mettre sur la grande île avait disparu depuis longtemps, et il avait également cessé de vendre des arbres de Noël. De temps à autre on le voyait pourtant au volant de son pick-up chargé de vieilleries, et on racontait qu'il traînait parfois à la décharge et furetait encore dans les brocantes. Certains allaient même jusqu'à le payer pour les débarrasser de leurs déchets.

Roald ne cessait de s'étonner devant son pick-up, une Ford F antédiluvienne qui aurait dû avoir rendu l'âme depuis longtemps. Haarder avait cependant réussi à maintenir la bête en vie. D'après ce qu'on racontait, la voiture aurait appartenu à son père.

Quant à Maria Haarder, Roald ne l'avait vue qu'une seule fois, à la pharmacie. Si elle n'avait pas été accompagnée de Jens Haarder, il n'aurait pas su qui c'était.

Ils formaient un couple étrange. Assis en se tenant par la main, ils ne disaient pas un mot. Jens Haarder avait des yeux noirs insondables. Il était mince et bien bâti, et il portait une magnifique chemise couleur ivoire. Maria paraissait assez forte, surtout comparée à son mari, mais elle était quand même d'une grande beauté. D'après les habitués de l'auberge, elle était bien plus mince à son arrivée sur l'île. De sa place dans la queue, Roald n'avait pu s'empêcher de lorgner la jeune femme. Plus il la regardait, plus il la trouvait belle. Chez Maria, c'était le sourire qui lui paraissait insondable. Mais il avait dû la quitter des yeux, car son tour était venu.

Depuis quelque temps, Jens Haarder ressemblait de plus en plus à un sauvage. Et, d'après la rumeur, Maria Haarder était devenue énorme. C'était du moins ce qu'affirmait le facteur, qui était le dernier à l'avoir vue. Et ça remontait à loin.

Mais le facteur n'était peut-être pas le témoin le plus fiable. Il laissait notamment entendre que Jens Haarder recevait des lettres de la Mafia. Avec des liasses de billets dedans. Soupçonner Jens Haarder d'entretenir des rapports avec la Mafia était aussi saugrenu que d'imaginer qu'il eût tué sa propre mère. Ce que prétendait aussi le facteur, Dieu sait pourquoi. Les facteurs avaient sans doute une imagination plus débordante que la plupart des gens ; de par leur métier, ils glanaient beaucoup d'informations et devinaient toutes sortes de secrets. Mais pour les percer il aurait fallu des yeux à rayons X, et rien ne laissait penser que ce représentant de la profession en était doté. En revanche, il avait une coquetterie dans l'œil.

Pour aller à la Tête, Roald devait trouver un prétexte. Ce n'était pas loin, il y avait juste la langue de terre à parcourir, mais ça lui semblait une véritable expédition.

Il avait rarement eu l'occasion de rencontrer Jens Haarder et il n'était même pas sûr de le reconnaître. Et on n'allait pas chez les gens sans raison. Fallait-il jouer franc-jeu, lui dire qu'il avait vu un garçon courir en direction de la Tête et lui demander si Maria et lui en savaient quelque chose ? Et chercher à savoir si eux aussi avait été victimes de cambriolages ?

En accusant le garçon de vol, il pourrait lui attirer des ennuis. Il n'en avait aucune envie. Le gosse devait avoir assez de problèmes comme ça. Et Roald ne pouvait se résoudre à parler d'un enfant devant Jens et Maria Haarder.

Il pourrait peut-être les inviter à une des soirées qu'il organisait à l'auberge. Et en profiter pour leur parler des cambriolages sans mentionner le garçon. Non, c'était trop tiré par les cheveux. À l'évidence, Jens et Maria Haarder ne s'intéressaient pas à la vie sociale de l'île. Du temps de l'oncle de Roald, Jens était parfois venu à l'auberge, mais uniquement pour faire de petits travaux. Jamais pour prendre un verre au bar, participer aux concours de fléchettes, fêter la Saint-Jean ou se joindre au déjeuner du Nouvel An. Saisir les occasions de se mettre sur son trente-et-un et de boire un peu plus que d'habitude n'était pas son genre. Roald ne savait même pas si Jens Haarder buvait de l'alcool. Quant à se mettre sur son trente-et-un…

Qu'est-ce qu'il pourrait bien inventer comme prétexte ?

Le chien ! Roald avait parfois manifesté l'envie de prendre un chien, mais il avait toujours hésité à assumer la responsabilité permanente d'un animal. Or, le vieux Lars, qui venait parfois regarder les matchs du loto sportif, avait proposé de lui confier son chien de chasse de temps à autre.

Lars souffrait de crises de goutte et marchait avec difficulté. Quant à sa femme, c'était une vraie virago. Un jour, elle avait flanqué une gifle au facteur parce qu'il avait osé lui remettre une lettre de mise en demeure. Depuis, on les appelait Lars et la Pétardière. On savait qu'elle buvait en cachette, mais on n'en parlait jamais. Pas en présence de Lars, en tout cas.

C'était un braque allemand à poil dur. Le genre de chien qui ressemblait à un vieux monsieur distingué et barbu. L'animal n'avait pourtant que cinq ans, et il était d'un tempérament aussi vif que sa maîtresse. D'ailleurs, c'était une chienne : elle s'appelait Ida.

Mais elle était mignonne, avec sa barbe. Et vigoureuse. Lars lui avait recommandé de ne pas la lâcher avant d'avoir quitté la route goudronnée. Roald avait hâte de pouvoir le faire ; après dix minutes à se laisser traîner par la chienne, il avait l'impression que son épaule allait se déboîter.

En s'approchant du Cou, il commença à se poser des questions. Son idée n'était peut-être pas si bonne. Avait-on le droit de promener un chien là-bas ? Il ignorait à quel moment il pénétrerait dans une propriété privée. La Tête tout entière n'appartenait sans doute pas à Haarder. Mais où était la limite de ses terres ? Et d'ailleurs, y en avait-il une ?

Sur l'île, le temps n'était pas la seule dimension abolie, Roald s'en était rendu compte. À l'intérieur des frontières nettes tracées par la mer, les lignes de démarcation paraissaient plus ou moins floues. Les blés ondulaient librement dans les champs mitoyens depuis des générations ; les bornes ne semblaient exister que dans la mémoire des gens.

Sur le continent, ça n'aurait jamais marché.

Dans le paysage éclairé par le soleil de novembre, les blés n'ondulaient plus. Des feuilles jaunies jonchaient les sillons des champs.

Devant lui s'étendait le Cou. À son extrémité se trouvait le but de sa promenade.

Quand l'asphalte céda la place aux ornières du chemin de terre, il lâcha la chienne. Elle s'élança en direction de la Tête comme si elle n'avait pas couru depuis des années. Roald la perdit rapidement de vue.

Parfait ! Il cherchait la chienne qui lui avait échappé. Voilà son prétexte. Il demanderait aux Haarder s'ils l'avaient vue. Et il trouverait peut-être l'occasion de parler de l'enfant.

Sur le Cou, tout était silencieux. Roald jeta un œil sur les oyats et les épines du Christ qui poussaient en bordure du chemin. Il regarda deux mouettes qui se disputaient un crabe. Des deux côtés, les vagues frappaient doucement la langue de terre comme autant de baisers maladroits. À l'est il n'y avait que de l'eau, jusqu'à l'endroit où la mer se dissolvait dans une brume légère. À l'ouest, on distinguait vaguement la ligne côtière du continent. Roald n'avait aucun regret d'en être parti.

Devant lui, la Tête émergeait de la mer, telle une grosse masse sombre. Roald se sentait un peu comme Christophe Colomb. Ou comme Amundsen en route vers le nord. Certes, le facteur bigleux se rendait à intervalles plus ou moins réguliers sur la petite île ; ce n'était pas une terre inexplorée. Et pourtant…

Au loin, il entendit la chienne.

Elle hurlait.

Il y a un animal qui hurle. C'est une de nos bêtes ? C'est un chien ? On dirait un chien. Ça ne me plaît pas.

Je ne vais pas bien, Liv.

Si seulement tu pouvais entendre ce que j'écris. Si tu pouvais venir !

Que se passe-t-il ?

Le jour où c'est arrivé

Le jour où c'est arrivé, j'étais dans la benne. Je n'allais pas bien. Dans la nuit j'avais fait un rêve : me tenant sous une cascade figée, je regardais les masses d'eau suspendues au-dessus de moi. Elles finiraient par comprendre qu'elles ne pourraient pas rester immobiles, je le savais : la mer pouvait se retirer, mais les chutes d'eau ne pouvaient pas remonter. Mon père me l'avait dit.

L'eau tombe.

Et les enfants se noient. Peut-être.

En me réveillant j'ai voulu prolonger mon rêve, le rendre agréable. J'ai imaginé que la cascade continuerait à ignorer sa véritable nature, qu'elle me laisserait le temps de faire un pas en arrière pour me mettre à l'abri. Dans un des livres de ma mère, il était question d'un espace secret où l'on pouvait se réfugier. Entre le rideau d'eau et la paroi rocheuse.

Mais je l'imaginais seulement ; ce n'était pas dans mon rêve. Et je ne saurais jamais si je pourrais m'abriter à temps. C'était frustrant.

Tout en pensant à mon rêve, j'ai recousu le trou dans l'ours en peluche. Ma mère ne m'avait pas seulement appris à lire, mais aussi à coudre. Un jour, mon père m'a offert une boîte à ouvrage qu'il avait fabriquée lui-même. Ma mère l'a remplie d'aiguilles, de dés à coudre, de rubans d'élastique et de bobines de fil. Je la gardais avec moi dans la benne, à côté du cercueil de ma petite sœur.

L'ours en peluche se déchirait souvent, et il en sortait quelque chose de blanc. Ça ne ressemblait pas à ce qu'il y avait à l'intérieur des lapins, des biches, des renards ou des êtres humains. C'était sec et doux, et ça retombait comme de la neige quand je le jetais en l'air avant de le remettre dans l'ours. Je ne sais pas pourquoi il s'abîmait si facilement. Je le caressais peut-être trop, ou alors c'étaient les souris. En tout cas, il ne pourrissait pas.

Avec ma mère, ce n'était pas pareil. C'était peut-être à cause d'elle que j'étais si triste, ce jour-là. J'étais montée la voir avec une boîte de conserve que j'avais réchauffée sur le fourneau de mon père. Je lui avais aussi apporté de l'eau de la pompe. Chercher de l'eau à la pompe était plus facile que d'accéder à l'évier de la cuisine. Je lui aurais bien apporté du lait ; ma mère adorait le lait frais. Mais les chèvres et la dernière vache ne donnaient plus rien. Il fallait qu'elles aient des petits pour donner du lait, m'avait expliqué ma mère. Et elles n'avaient plus de petits. Le bélier était mort. On l'a retrouvé dans le champ, raide comme un piquet et beaucoup trop maigre. Je ne sais pas pourquoi on ne l'a pas enlevé de là. Toutes les bêtes maigrissaient, d'ailleurs. Elles n'avaient peut-être pas assez à manger. Mon père disait qu'il leur donnait ce qu'il fallait, mais je n'en étais pas sûre.

De toute façon, leur nourriture avait un drôle d'aspect. Et elle sentait bizarrement ; c'était peut-être pour ça que les bêtes maigrissaient. Une partie était entreposée dans le séjour, car la réserve était encombrée de meubles. Mon père n'allait pas souvent en chercher, et j'ai l'impression qu'il ne pensait pas non plus à sortir les bêtes dans les prés. Je les entendais. Je crois qu'elles appelaient mon père. Ou qu'elles réclamaient de l'herbe.

Ou qu'elles voulaient que je vienne, peut-être.

Mais je n'osais rien faire tant que mon père ne me l'avait pas demandé. Je n'osais pas non plus aller seule à l'étable. J'avais peur de ce que je pourrais y découvrir.

Ce jour-là, les sons étaient encore plus plaintifs que d'habitude. J'ai cru entendre le cheval pleurer.

Pourtant, ce n'étaient pas les bêtes qui m'inquiétaient le plus. C'était ma mère.

Dans le corps de ma mère il y avait également des trous. Mais ce n'étaient pas de petites déchirures qu'on aurait pu recoudre. C'étaient de grosses plaies suintantes. Je les voyais quand elle se retournait pour me permettre de la laver. C'était parce qu'elle était couchée tout le temps et qu'elle était trop lourde, m'a-t-elle expliqué dans son cahier. Le cahier était minuscule par rapport à ma mère, et le stylo-bille disparaissait presque entièrement entre ses doigts.

Elle était si énorme, si énorme !

Mais son corps avait changé. Il se répartissait différemment dans le lit. Il était plus flasque – comme l'ours en peluche quand il avait perdu trop de matière blanche. Je ne lui apportais peut-être pas assez à manger. J'aurais bien voulu lui en donner plus, mais mon père a dit qu'il ne le fallait pas.

Je ne savais plus ce que faisait mon père. Il était là, mais il paraissait absent.

Le pire, c'était que les plaies s'avivaient. Et ma mère pleurait. Ce matin-là elle m'a écrit qu'elle avait demandé à mon père d'aller à la pharmacie de la grande île. Il devait chercher un produit pour soigner ses plaies. Et quelque chose pour chasser ses douleurs. Ça, je ne l'ai pas compris. Comment faisait-on pour chasser des douleurs ? On s'y prenait comme avec les animaux ?

Son écriture avait changé. Ses phrases étaient plus courtes, et ses lettres n'étaient plus aussi joliment tracées.

Le mieux serait qu'il fasse venir le médecin, a-t-elle ajouté. *Il nous faut de l'aide.*

Là, j'ai eu très peur, car mon père m'avait parlé des médecins. Les médecins, il fallait s'en méfier. Ils rendaient les gens malades. Ils se mêlaient de ce qui ne les regardait pas. Et ils emmenaient les gens avec eux.

J'ai imaginé qu'ils allaient emmener ma mère. Et moi ? Si jamais le médecin me découvrait en venant voir ma mère ? Il m'emmènerait aussi ? Il me rendrait malade ? Il me tuerait ? Je n'avais pas envie de mourir.

Je ne comprenais pas ma mère.

Mais je ne comprenais pas non plus mon père. Je ne comprenais plus rien. Carl ne pouvait pas m'aider, mais j'étais contente qu'il soit là. Comme ça, nous étions deux à ne rien comprendre.

Mon père allait revenir avec quoi ? Je ne savais pas ce qu'il fallait souhaiter. Je l'avais vu prendre la voiture, s'éloigner sur le chemin de terre et disparaître derrière les sapins près de la barrière. Avant de partir, il avait pris de l'argent dans la boîte qu'il cachait dans la benne. Dans la boîte il y en avait beaucoup : des billets avec des portraits d'hommes et des dessins d'animaux – des lézards, des écureuils et des moineaux – mais aussi des petites pièces et des pièces plus grosses avec le profil d'une dame qui ressemblait à la femme du boucher.

Mon père n'aimait pas prendre de l'argent dans la boîte.

– Nous devons veiller sur l'argent comme nous veillons sur toi, sur les objets et sur ta petite sœur, a-t-il dit.

« Et sur maman dans son lit et sur les animaux à l'étable », ai-je failli ajouter. Mais je n'ai pas osé.

Maintenant il y avait aussi des animaux dans la maison. Les lapins étaient partout. Je ne sais pas d'où ils venaient – au début il n'y en avait que deux. Comme nous fermions toujours à clé, ils ne sortaient jamais. Sauf quand j'en prenais un avec moi dans la benne. Heureusement qu'il y en avait autant : s'il en manquait un, mon père ne s'en rendait pas compte.

Que se passerait-il si les lapins de la maison rencontraient ceux du dehors ? Pourraient-ils se parler ? Je n'avais jamais eu peur des lapins sauvages. Mais ceux de la maison m'effrayaient un peu parce qu'ils étaient très nombreux. On avait l'impression que c'étaient eux, les plus sauvages.

Et puis il y avait leurs bruits. Qu'un seul lapin fasse un petit bruit ne me gênait pas, mais entendre toute la maison glapir n'avait rien de drôle. Et il n'y avait pas que les lapins. Il y avait aussi des bestioles à la carapace brillante qui couraient sur les murs et sur le sol et qui crissaient quand on leur marchait dessus (je ne l'ai jamais fait exprès). Il y avait des mouches vertes qui bourdonnaient autour des boîtes de conserves ouvertes. Des papillons blêmes qui se débattaient dans les toiles d'araignées ou se cognaient contre les vitres. Des souris toutes petites et d'autres bien plus grosses avec une longue queue. Il y avait sans cesse quelque chose qui jappait ou couinait ou piaulait. Parfois c'était ma mère.

J'avais dormi dans plusieurs endroits différents. Dans ma petite chambre, avant qu'elle ne soit complètement envahie par les objets. Dans la chambre du fond, tant qu'on pouvait y accéder. Chez ma mère, quand il y avait encore de la place pour deux dans son lit. Dans le séjour, en bas de l'escalier. Et même derrière la porte de l'atelier. Il suffisait que j'apporte ma couette.

À présent je dormais presque toujours dans la benne, en compagnie de Carl. Là, il n'y avait pas de bruits. On entendait parfois quelques souris, mais c'était tout. C'étaient des petites souris. Les petites, je les aimais bien, mais je n'ai jamais pardonné à celle qui a essayé de grignoter ma sœur.

Je dormais surtout pendant la journée. La lumière était trop crue quand elle ne se mélangeait pas à l'obscurité. Si crue qu'elle me faisait mal.

Je préférais sortir quand il y avait clair de lune, car l'obscurité devenait lumineuse. Sinon j'utilisais mes lampes de poche. J'en avais de toutes les tailles et de toutes les puissances, et elles marchaient avec des piles différentes. Mais dans la benne j'allumais surtout une petite lanterne avec une grosse bougie.

J'aimais bien regarder la flamme.

Quand le couvercle de la benne était entrebâillé, ou quand il y avait un courant d'air venant des trous percés par mon père, la flamme s'aplatissait, se redressait et tournait sur elle-même. Sinon, elle se contentait de danser lentement autour de la mèche. J'essayais de l'imaginer se figeant comme la résine ; du coup, on pourrait la retrouver dans des millions d'années, et on pourrait mordre dedans en disant : « C'est une flamme très ancienne. Autrefois, c'était du feu. » Et, en l'examinant, un enfant découvrirait une très ancienne mèche à l'intérieur.

Mais il était impossible d'échapper complètement à la lumière. À la lumière du jour. Mon père m'envoyait de nouveau dans la forêt chercher de la résine. J'en recueillais plein, puis je rentrais à la maison avec tout ce que j'arrivais à porter – dans des petits seaux qu'il transvasait dans les fûts.

– Il nous en faut davantage, Liv. Retourne en chercher. Les arbres peuvent le supporter. Fais des incisions dans d'autres arbres. Il nous en faut davantage. Bien davantage.

Tout à coup il parlait beaucoup. Mais parfois il se contentait d'ouvrir le couvercle de la benne et de dire « Résine ! ». Il refusait de m'accompagner dans la forêt. J'adorais m'y promener, mais mon père me manquait. Sans lui, la forêt n'était pas la même.

Mais j'étais contente de le voir travailler de nouveau à l'atelier. Je préférais de loin qu'il s'y active plutôt que de traîner à ne rien faire. Un jour il est parti à Korsted, et j'en ai profité pour y jeter un coup d'œil. Ça m'a fait plaisir de découvrir qu'il avait mis de l'ordre autour de son établi. Il avait empilé des planches par terre et il y avait une agréable odeur de bois frais. Je n'ai pas pu m'empêcher de sourire. Ça me rappelait de bons souvenirs.

Et pourtant. Il est revenu avec plein de vieilleries. Au milieu du fatras, j'ai aperçu un sac rempli de bandes de gaze et des bidons d'huile de pépins de raisin.

Il y en avait beaucoup trop.

Quelques jours plus tard, j'ai vu à quoi il travaillait. Et là, j'ai eu peur. Le cercueil était si énorme. Bien plus grand que celui qu'il avait fabriqué pour ma petite sœur.

Le jour où c'est arrivé, j'étais dans la benne. En recousant l'ours en peluche je pensais aux plaies de ma mère, à la chute d'eau, aux lapins, aux médecins, à la résine et à la flamme figée. Et je pensais aussi au cercueil que fabriquait mon père.

Ce matin-là j'ai entendu un cri.

Ce n'était pas un rapace. Ce n'était pas un hibou, ni un blaireau, ni un être humain devant son nouveau-né mort. C'était un cri comme je n'en avais jamais entendu. Mais j'étais certaine que c'était un animal. J'étais presque sûre que c'était un chien.

Je me suis dit qu'il s'était pris dans un piège. Mais nos pièges ne faisaient pas mal au point de faire pousser de tels cris. Même en plein jour. Autrefois, un renard s'était pris la patte dans un piège à lapins, mais il n'avait pas crié comme ça. Il était simplement resté coincé. À mon avis, il ne devait pas l'être depuis longtemps quand on l'a libéré. Mon père lui a couvert la tête avec sa veste et j'ai coupé le fil en métal. Le renard boitait un peu en s'enfuyant, mais il avait l'air content. Nous étions gentils avec les animaux, et nous ne mangions pas les renards.

Cet animal devait vraiment souffrir, je le sentais jusque dans mon coccyx. Quand je savais que quelqu'un souffrait, j'avais toujours une sensation bizarre dans le coccyx. Comme si mon ventre se contractait et descendait jusqu'en bas du dos. J'avais eu la même sensation en découvrant les plaies de ma mère.

Si Carl avait eu un corps, je suis certaine qu'il aurait ressenti la même chose que moi, puisque nous étions jumeaux. Nous nous fondions l'un dans l'autre, je crois :

j'étais un peu garçon et il était un peu fille. Et il était un peu vivant, alors que j'étais un peu morte. Notre petite sœur, c'était différent. Mais elle était à la fois morte et vivante, elle aussi. En tout cas, elle était là, à côté de moi. Je m'en réjouissais.

Le cri était affreux.

Je me suis souvenue des nouveaux pièges. Mon père les avait posés pour tenir les intrus à distance. Ou pour nous prévenir de l'arrivée de quelqu'un. Il n'avait pas voulu me les montrer. Il m'avait simplement indiqué où il les avait posés, en m'interdisant de m'approcher. À sa façon de me regarder, j'ai compris que c'était sérieux.

Les pièges du chemin de terre, je les connaissais. Si un intrus franchissait la barrière pour monter vers la maison, il trébucherait sur un fil au bout de quelques mètres. Et ça ferait résonner des boîtes de conserves suspendues près de la maison. Mais trébucher sur un fil ne faisait pas mal. Pas assez pour pousser un cri, en tout cas. Et je n'avais pas entendu les boîtes de conserves.

Si on parvenait à éviter le fil, on tomberait sur un autre obstacle un peu plus loin. Mon père avait creusé deux sillons parallèles qu'il avait recouverts de carton goudronné, de gravier, de feuilles mortes et d'aiguilles de pin. Si on marchait sur le carton, on se coincerait le pied dans le sillon. Ça pouvait certainement faire mal, mais pas au point de crier aussi fort. Et, de toute manière, le dispositif ferait bouger la ferblanterie suspendue dans un arbre au bord du chemin et déclencherait un véritable tintamarre. Cela suffirait à nous avertir. Et me laisserait le temps de me cacher.

À l'approche de la maison il y avait un dernier piège. C'était encore un sillon, creusé devant la porte principale. Si on y mettait le pied, on recevait une branche d'arbre sur la tête. Mais on avait peu de chances d'arriver jusque-là sans se faire repérer.

On savait exactement où se trouvaient les trois pièges, mon père et moi, et on n'avait aucun mal à les éviter. Mon père garait toujours le pick-up bien avant le troisième piège. Et il se déportait vers les champs en s'approchant du second, pour que l'un des sillons se trouve entre les roues de la voiture. Moi, je faisais un grand détour par la droite pour l'éviter. C'était plus sûr. Mon repère, c'était un grand pin au bord du chemin ; je le voyais même dans le noir grâce à ma lampe de poche. Avec sa branche toute hirsute près de la cime, il se détachait bien sur le ciel.

Le fil près de la barrière était facile à éviter. Il suffisait de s'écarter du chemin de terre. Mais ça, on était les seuls à le savoir. Mon père refermait toujours la barrière derrière lui, même quand on ne s'absentait pas longtemps. Il ne voulait pas courir le moindre risque. Tout pouvait arriver si on ne faisait pas attention, si on laissait les gens s'approcher trop près.

Les nouveaux pièges, je ne les connaissais pas. Je savais seulement que je ne devais pas passer à gauche des genévriers pour remonter à la maison. Ni couper par le bosquet de grands bouleaux ou prendre le sentier traversant les fourrés. Si on voulait éviter le chemin de terre, c'était pourtant le trajet qui s'imposait.

Dans la cour aussi, il y avait des endroits qu'il fallait éviter. Mon père m'avait montré comment passer entre les objets. Si je ne suivais pas ses instructions, je pourrais causer des dégâts énormes, disait-il. Comme je n'en avais aucune envie, je lui obéissais toujours (sauf pour prendre un lapin avec moi dans la benne). Et il me regardait d'un drôle d'air en me parlant. Je voyais bien qu'il était sérieux.

Ce n'était plus un cri, mais un hurlement. Je sentais le bruit enfler dans ma tête. Je retenais mon souffle en regardant par les trous de la benne. Mon cœur battait si fort que je pouvais l'entendre.

J'ai fini par l'apercevoir. Quelque chose bougeait près des genévriers. Ça devait être un chien, un gros chien. Il se jetait d'un côté à l'autre et je ne le voyais que par intermittence.

Il fallait être gentil avec les animaux. J'étais gentille avec les animaux. Un chien ne serait jamais venu m'emmener. Mais il aurait pu me mordre. Les chiens me faisaient peur, car ils avaient beaucoup de dents. Je crois que mon père en avait peur aussi. En tout cas, il évitait toujours les maisons où il y avait des chiens. Ils risquaient d'aboyer. Ou de mordre.

On pouvait aller chez l'assureur, car son très long chien aux très longues oreilles n'aboyait jamais si on lui donnait des bonbons anglais. Je me demande même s'il était capable de quitter sa place devant la porte de la buanderie. Mais il remuait la queue avec enthousiasme et il fallait lui enfiler une grosse chaussette dessus pour l'empêcher de faire du bruit. Une fois on a oublié de lui enlever la chaussette. Cela a fait tant d'histoires que mon père en a entendu parler au bureau de poste : l'assureur avait montré la chaussette aux habitués de l'auberge, et il s'est avéré qu'elle faisait partie d'une paire que la femme du pharmacien avait tricotée pour son mari. Du coup, le pharmacien accusait l'assureur d'avoir volé ses précieuses chaussettes, et l'assureur accusait le pharmacien d'avoir maltraité son basset. À la maison, on avait toujours l'autre chaussette. On avait intérêt à la cacher.

On pouvait sûrement entendre les hurlements du chien jusque sur la grande île. Peut-être mon père l'entendrait-il aussi. Et des tas de médecins risqueraient d'accourir pour nous rendre malades ou m'emmener avec eux.

Il fallait faire taire l'animal.

J'ai posé l'ours en peluche et j'ai pris mon arc. Et mon carquois. Tout était prêt. Je ne m'en étais pas beaucoup servi depuis quelque temps, car nous ne faisions plus de cuisine. Les conserves réchauffées, c'était plus simple, disait mon père. Mais je continuais à m'exercer.

En courant vers les fourrés de genévriers, je me suis aperçue que j'avais pleuré. Je ne pleurais plus, mais les yeux me brûlaient. Peut-être à cause de la lumière du jour.

Mon cœur battait la chamade, mais mon corps m'obéissait. Je courais sur les touffes d'herbe sans faire de bruit, je slalomais entre les jeunes arbres qui avaient poussé partout. On aurait dit une forêt pour nains, mais ma petite sœur l'aurait sans doute trouvée immense. Moi, je voyais par-dessus les cimes des arbres. Mon carquois frappait doucement mon dos ; je l'avais confectionné avec la peau de quatre lapins sauvages. Et j'avais fabriqué les flèches. Mon père m'avait regardée faire ; il m'avait parlé de tout ce qu'on pouvait fabriquer avec du bois, et il avait souri devant l'habileté de sa fille.

Le chien était couché sur le flanc. Son hurlement n'était plus qu'une plainte aiguë. Comme s'il n'avait plus de forces. Mais sa plainte continuait de me vriller les tympans.

L'une de ses pattes arrière était complètement tordue. J'ai vu avec horreur que son jarret était pris dans une mâchoire en fer. Une monstruosité attachée avec une chaîne qui s'enfonçait dans la terre, sous l'herbe et les brindilles de bois. L'herbe était haute, mais il y avait un passage naturel entre les fourrés de genévriers et le bosquet d'arbres. C'était un des endroits que je devais éviter. Le chien essayait de se dégager, mais les dents s'enfonçaient davantage dans sa chair dès qu'il bougeait. Et il saignait. À la lumière du jour, le sang était rouge vif. Il y avait trop de lumière. Et trop de sang. Je n'avais rien vu d'aussi rouge que le sang de ce chien.

J'ai essayé en vain d'ouvrir la mâchoire en métal avec mes mains. J'ai essayé avec une branche, mais elle s'est cassée. Le métal était plus fort que tout.

Je pleurais de nouveau. Je regardais le chien couché sur le flanc. Il levait les yeux vers moi. Ses dents disparaissaient sous une bave mousseuse. Sa langue pendait mollement dans l'herbe. Il avait peur, mais il ne me mordrait pas. Il voulait que je l'aide.

Son poitrail se soulevait et s'abaissait. Sa plainte semblait venir de là. J'ai fait un pas en arrière et j'ai visé. J'ai choisi ma meilleure flèche.

J'étais certaine de l'avoir touché au cœur. Je l'ai regardé dans les yeux. Pendant un bref instant, le chien et moi ne faisions qu'un.

Puis il est mort.

Je n'avais pas réfléchi à la suite, et maintenant c'était trop tard. Le hurlement s'était à peine tu quand j'ai entendu quelqu'un crier :

– Ida !

C'était une voix d'homme, au loin.

– Ida !

J'ai couru comme jamais je n'ai couru. J'ai été tentée de me réfugier dans la benne, mais je n'ai pas osé, car le terrain était à découvert et l'homme aurait pu me voir. J'ignorais combien de temps j'avais devant moi. J'ai foncé en direction de la forêt. Je pourrais me cacher entre les grands arbres. Si l'homme me suivait, je trouverais toujours le moyen de lui échapper : il ne connaissait pas la forêt comme moi.

J'ai découvert un endroit idéal : à l'abri derrière des branches de pin, je pouvais observer le bosquet de genévriers. Et j'ai aperçu l'homme. Il portait un grand manteau vert, et il avait quelque chose autour du cou. On aurait dit une laisse. Le chien devait être à lui.

J'étais certaine d'avoir déjà vu cet homme, mais je ne me rappelais pas où. Le chien, je ne le connaissais pas. J'espérais que l'homme avait été gentil avec son animal. Mais les gens de la grande île n'étaient pas comme nous. Ils n'étaient pas spécialement gentils avec les humains non plus.

C'était mon père qui avait fabriqué et installé ce piège en métal. J'ai essayé de ne pas y penser. Mais je n'ai pas pu m'en empêcher.

L'homme était peut-être médecin. Mais mon père n'aurait tout de même pas… Et Ida ? C'était le chien ? Je n'avais même pas remarqué si c'était une chienne. Mais il avait une barbe. Une barbe grise, presque blanche. J'espérais que c'était un vieux chien.

L'homme s'était agenouillé à ses côtés. Il lui parlait, le caressait, lui essuyait le museau. Il a essayé d'ouvrir la mâchoire en métal avec les mains, et il a retiré la flèche, très doucement. Il a posé sa tête sur le poitrail du chien, puis il s'est redressé pour le regarder. Il a ramassé la branche dont je m'étais servi. À son tour il l'a glissée entre les dents en métal, mais la branche s'est de nouveau cassée. L'homme a secoué la tête.

Je crois qu'il pleurait.

Je l'ai vu se relever. Il s'est essuyé les yeux avec sa manche et il a longuement regardé le chien. Puis il s'est penché pour ramasser la flèche. Il l'a tournée et retournée pour l'examiner. J'espérais qu'il voyait que c'était une excellente flèche. Je m'étais donné beaucoup de mal pour la fabriquer.

Il s'est tourné vers la maison. De l'endroit où il était, on voyait la benne et le bâtiment en bois où se trouvaient l'atelier et la chambre blanche. Dans la chambre il n'y avait qu'une seule fenêtre ; elle était toute petite, et l'homme ne verrait rien à travers la vitre, je le savais. À gauche de l'atelier il apercevrait le pignon de la maison. Un bosquet d'arbres le cachait en partie. Le chemin de terre passait devant le bosquet, continuait entre l'atelier et le coin de la maison et débouchait sur la cour. Ou plutôt sur l'accumulation d'objets.

Pourquoi l'homme n'avait-il pas pris le chemin de terre ? En arrivant devant la barrière, il avait forcément vu notre écriteau. S'il n'avait pas fait demi-tour, il aurait normalement dû suivre le sentier pour remonter vers la maison. Il aurait trébuché sur le fil et déclenché l'alarme… J'ai compris qu'il s'était probablement dirigé vers l'endroit d'où venait le hurlement. Le chien avait dû courir en direction de la plantation d'arbres de Noël, sans doute à la poursuite d'un lapin : il y avait bien un terrier là-bas.

Que se serait-il passé si l'homme s'était pris dans le piège à la place du chien ? Aurais-je été capable de le tuer d'une flèche dans le cœur pour faire cesser son hurlement ?

Mon père avait fabriqué plusieurs pièges de ce type.

J'espérais que l'homme fasse demi-tour. Qu'il prenne le chien dans ses bras et qu'il s'en aille. Je me suis demandé comment il pourrait y arriver, puisque le chien était pris dans le piège arrimé au sol. J'espérais qu'il me laisse ma flèche.

Il a laissé le chien et pris ma flèche. Et il s'est dirigé vers la benne.

Je suis restée un moment sans bouger. Puis je l'ai suivi en me cachant derrière les arbres.

Je n'entends plus le cri, Liv. Ici, tout est silencieux. Je souffre horriblement, mes plaies me font mal. Elles me brûlent. Et j'ai les mains endolories. Surtout la main droite. J'ai des difficultés à écrire.

Je commence peut-être à croire en Dieu. J'aimerais bien croire en quelque chose. En quelqu'un.

À PRÉSENT J'ENTENDS UNE VOIX

À la dérive

Roald avait déjà vu un piège à renards. C'était une abomination, mais celui-ci était bien pire… On s'était manifestement inspiré d'un piège ordinaire pour fabriquer un véritable instrument de torture. Les dents en métal avaient presque traversé le jarret de la chienne. Un tel piège ferait des dégâts terribles sur un être humain. Il était assez grand pour se refermer sur la jambe d'un homme adulte. Sans parler de la jambe d'un enfant. Si le garçon s'était pris dedans, que lui serait-il arrivé ?

Roald eut un frisson. Il déglutit. Le hurlement d'Ida lui avait serré la gorge, il n'arrivait plus à respirer. Pauvre bête.

Et pauvre Lars. Que lui dire ?

S'il ne trouvait pas un moyen de sectionner la chaîne, il ne pourrait même pas lui rapporter le corps d'Ida. La chaîne semblait être attachée à une racine. Qui avait pu inventer quelque chose d'aussi monstrueux ? Il serait presque moins cruel pour Lars de couper la patte de sa chienne. Ça lui épargnerait le spectacle du piège et des blessures qu'il avait causées.

Mais il y avait autre chose.

La flèche.

Pourquoi avait-on tué la chienne avec une flèche ? Une flèche qui semblait fabriquée à la main, et dont on avait soigné les moindres détails ?

Il fallait trouver Haarder, lui demander des explications. Était-ce Haarder lui-même qui avait posé le piège ? Il était certainement capable de le fabriquer. Mais de là à s'en servir ! Pour cela, il fallait avoir un cœur de pierre.

Était-ce du sadisme ? Haarder était-il un homme mauvais ? À en juger par ce que racontaient les gens, ce serait plutôt le contraire. On le disait gentil, serviable. La douceur même. Et inconsolable de la perte de ses jumeaux. Certes, il était taciturne et introverti, mais il n'y avait rien à redire à cela. C'était sans doute un homme craintif, qui restait sur ses gardes, qui érigeait des barrières mentales et physiques pour empêcher les gens de s'approcher.

Mais des pièges ? Des pièges aussi atroces ?

Roald leva les yeux vers la ferme de Haarder. Elle semblait comprendre plusieurs bâtiments, et une benne était installée devant l'un d'entre eux. Le facteur l'avait mentionnée plusieurs fois ; il soutenait que Haarder y cachait l'argent qu'il recevait de la Mafia. Ou des choses pires encore. Parmi tous les habitués de l'auberge, c'était le plus farfelu. Mais au moins, il était drôle ; Roald l'aimait bien. Pour expliquer la présence de la benne, les autres clients avaient simplement émis l'hypothèse qu'on avait enfin décidé de faire le ménage à la Tête.

Quand le facteur n'était pas là pour se répandre, plus personne n'évoquait Jens et Maria Haarder. Depuis la noyade de leur fille, on hésitait à parler d'eux. Une simple langue de terre ne pouvait suffire à tenir la tragédie à distance. Pour surmonter un tel drame, il fallait du temps.

Roald se demanda s'il devait rejoindre le sentier pour remonter jusqu'à la maison. Il décida finalement d'y aller par le chemin le plus court. Le risque de se faire prendre au piège était sans doute aussi grand dans un cas comme dans l'autre, et il veillerait à ne pas mettre ses pieds n'importe où.

Quand un lapin détala devant lui, il sursauta. Il eut envie de courir jusqu'à la langue de terre, mais il savait qu'il n'avait plus le choix.

Le souvenir du garçon dans la cuisine continuait de le hanter.

En arrivant près de la benne, il vit qu'elle était vieille et écaillée. Elle n'avait pas dû coûter cher. On ne l'avait sans doute pas louée, car le facteur affirmait qu'elle était là depuis un bon moment. C'était un modèle évasé, avec un couvercle et des verrous.

Roald en fit le tour. Deux mètres à peine séparaient la benne d'un bâtiment en bois. En réalité, le passage était bien plus étroit, tellement il était encombré d'objets. Comme les verrous de la benne n'étaient pas tirés, il souleva le couvercle pour y jeter un œil. Elle était remplie à ras bord de toutes sortes de déchets. Manifestement, les théories loufoques du facteur n'avaient aucun fondement.

Roald avait l'intention de longer la benne jusqu'à la façade de la maison d'habitation, mais son regard fut attiré par une petite fenêtre à l'extrémité du bâtiment en bois. Il aurait bien voulu savoir ce qu'il y avait à l'intérieur.

Pour y accéder, il dut avancer à tâtons entre des planches, des jantes, des bâches et une pile de bois de chauffage à moitié écroulée. Il pria Dieu qu'une mâchoire en fer ne se referme pas soudain sur sa cheville.

Il aurait pu s'épargner ce petit trajet pénible. Derrière la vitre, un mur compact de livres et d'objets divers l'empêchait de distinguer quoi que ce soit. Coincée par une barquette d'aluminium, une vieille brosse à cheveux pleine de poils blonds gisait sur le rebord de la fenêtre. À ses côtés agonisait une plante verte.

Roald fit le tour du bâtiment. En jetant un coup d'œil vers les sapins, il crut voir quelque chose bouger. Il resta un moment immobile, scrutant le paysage sans parvenir à déterminer de quoi il s'agissait. Tenant toujours la flèche à la main, il se sentait désagréablement exposé. Quelqu'un avait bel et bien tiré cette flèche. Et il n'y avait pas si longtemps.

Ce qu'il avait vu derrière le bâtiment en bois n'était rien à côté de ce qu'il découvrit dans la cour. Une forêt de déchets se dressait devant lui. Une moissonneuse rouge dominait l'ensemble. Elle lui fit penser à un dinosaure contemplant un paysage de décombres préhistoriques.

Ce n'était pas le seul animal. Roald sursauta en voyant un rat se réfugier dans un tube en acier. Quand le vent agitait les objets, des bruits discrets se faisaient entendre. Une feuille de plastique transparent ondoyait sous une palette en bois, et un rouleau de papier hygiénique se dévidait devant une marmite rouillée. Le bâtiment en bois n'était pas laid, mais il était à moitié caché par le bric-à-brac de la cour. Au milieu de la façade il y avait une porte et une fenêtre, puis deux autres fenêtres et une autre porte un peu plus loin. À l'autre bout de la cour se dressait la maison d'habitation. Dans le soleil matinal, on devinait qu'elle avait été peinte en blanc, mais la peinture était si écaillée qu'on pouvait maintenant en douter. Au rez-de-chaussée, les rideaux étaient tirés, mais à l'étage deux fenêtres contemplaient Roald. On aurait dit les yeux voilés d'un animal aveugle.

Pour gagner la porte d'entrée, il fallait se frayer un chemin à travers les déchets, ce qui ne serait pas une mince affaire. Des bruits venant de l'étable attirèrent son attention. Le bâtiment en pierre était en aussi piteux état que la maison. Le toit était couvert d'une épaisse couche de mousse et paraissait loin d'être étanche. Pouvait-on loger des bêtes dans un tel endroit ?

Contournant les monceaux de débris, Roald se dirigea vers la porte hollandaise du bâtiment. La partie haute était entrouverte. Dans l'obscurité il distingua un cheval. Un cheval gris pommelé. Sa tête et son cou maigre pendaient par-dessus la stalle comme s'ils étaient maintenus par une corde invisible. De ses naseaux sortait un bruit sifflant. Il devait y avoir d'autres animaux : certains bougeaient, d'autres soufflaient ou gémissaient. Roald renonça à en savoir plus. Une odeur âcre lui brûlait les narines. On n'avait pas dû nettoyer l'étable depuis longtemps, et il y avait peut-être des cadavres traînant sur le sol.

Derrière l'étable, une plainte se fit entendre. Roald fit le tour du bâtiment pour voir ce qui se passait. Dans la basse-cour, un coq déplumé essayait vainement de chanter. Il avait le regard éteint. Autour de lui gisaient cinq poules tout aussi déplumées. Mortes. Un renard avait manifestement essayé de creuser un tunnel sous la clôture, mais dans un passé reculé on avait dû prendre les mesures nécessaires pour empêcher ce genre d'intrusion. Peut-être les poules auraient-elles moins souffert en se faisant croquer.

Au-delà de la basse-cour s'étendait un pré. Rien n'y bougeait à part quelques corneilles et trois sacs poubelles flottant mollement au vent. Au loin on voyait quelque chose qui ressemblait à un animal à cornes. Il devait être mort. En tout cas, il ne bougeait pas.

Roald longea le pré, passa devant une pompe et une brouette renversée, enjamba quelques grosses pierres et une vieille bassine et se retrouva devant la façade arrière de la maison. Il vit une corde à linge où pendaient un vieux journal et une paire de draps jaunis et déchirés. À côté de la corde à linge, un rosier impressionnant étirait ses branches comme autant de tentacules prêts à mettre en charpie d'autres draps. Ici le vent soufflait plus fort, car la forêt n'offrait aucun abri.

Il y avait une porte dont la vitre était partiellement obturée par un bout de tissu. À l'intérieur tout était sombre, mais Roald eut l'impression qu'il devait s'agir d'une buanderie.

Il hésita un instant. Ne ferait-il pas mieux d'aller frapper à la porte d'entrée ? Cela ne ferait guère de différence, étant donné l'état d'abandon des lieux. Quand ses yeux se furent habitués à l'obscurité, il reconnut la paire de gants qui avait disparu de sa réserve. Elle était posée sur du papier-bulle dont il devinait également la provenance. À côté, il y avait le rouleau de toile cirée qu'il avait acheté chez le droguiste de Sønderby.

Roald se dit qu'il avait le droit de pénétrer dans la maison.

Il abaissa la poignée. La porte était fermée à clé. Il frappa plusieurs fois sans obtenir de réponse. Il fit un pas en arrière et regarda autour de lui. La clé était forcément quelque part. On trouvait toujours une clé. Suspendue à un clou. Cachée sous un pot de fleurs. Sous une pierre. Ou posée sur le dessus d'une poutre.

Elle était sous le pot de fleurs.

Il eut du mal à ouvrir la porte. Les gonds grincèrent horriblement ; ils n'avaient pas dû être huilés depuis longtemps. Il poussa un petit cri en sentant un animal à fourrure se faufiler entre ses jambes. Celui-ci fila à travers l'herbe. Il eut un soupir de soulagement en constatant que ce n'était pas un rat géant. Seulement un lapin.

Un lapin domestique ? S'il s'agissait d'un animal de compagnie, ne fallait-il pas essayer de le rattraper ? Avant qu'il ait pu se décider, le lapin avait déjà disparu entre les déchets.

À l'intérieur, l'air était lourd. Jamais il n'avait respiré un air aussi étouffant.

Pourtant, ce n'était rien à côté de l'odeur. C'était une véritable puanteur : un mélange de poussière, de moisissures, de dissolvant et… d'urine. D'urine et d'excréments. La lumière pénétrait maintenant dans la pièce et il put voir ce qu'elle contenait. Il y avait toutes sortes de boîtes de conserves, empilées n'importe comment ou rangées dans des cartons. Certaines étaient encore recouvertes de film protecteur. Il y avait des paquets de céréales, de craque-pain, de biscuits. Il n'eut pas besoin de regarder les dates de péremption pour comprendre que tout cela était bon à jeter. Ce qu'il voyait à travers les emballages était vert de moisissures. Il ramassa la paire de gants, mais la lâcha immédiatement lorsque des crottes de souris tombèrent sur le papier-bulle comme une pluie sèche.

L'interrupteur fit un bruit mat quand il appuya dessus. Au-dessus de la porte, l'ampoule ne réagit pas. En découvrant le congélateur posé contre le mur, il comprit d'où venait l'odeur pestilentielle. Le voyant était éteint, mais le congélateur devait être plein, car l'odeur de viande avariée était insoutenable.

Fort heureusement, il ne pouvait pas vérifier ce qu'il en était, car l'appareil était enseveli sous toutes sortes d'objets, dont un antique poste de télévision qui devait peser une tonne. Le téléviseur était recouvert d'une épaisse couche de poussière. Roald n'osa pas imaginer depuis combien de temps le congélateur était mort.

Ne fallait-il pas retourner à Korsted, prévenir la police et alerter le vétérinaire ? Il pourrait s'occuper des bêtes à l'étable, et aussi d'Ida. Roald n'avait plus le courage de penser à la chienne morte. Quelqu'un d'autre devait prendre le relais. Il se rendit compte qu'il ne tenait plus la flèche à la main. Il avait dû la poser près du pot de fleurs.

Il ne comprenait rien. Personne ne pouvait vivre dans un endroit pareil. Et pourtant, des gens devaient habiter là. Le garçon, notamment, puisque ses larcins s'y trouvaient.

Mais qui avait tiré la flèche ?

Et où étaient Jens Haarder et sa femme ? Personne ne s'occupait des bêtes et la maison semblait abandonnée. Auraient-ils déménagé ? Le facteur l'aurait su.

Roald se rappela soudain un coup de fil reçu à l'auberge. C'était pendant le déjeuner du Nouvel An – ses habitués étaient en train de faire un sort aux salades de harengs – et il n'y avait pas réfléchi sur le moment. Peut-être avait-il aussi un peu trop bu. Mais quelqu'un avait bel et bien demandé des nouvelles de Jens Haarder et de sa mère. C'était tout ce dont il se souvenait.

Puisqu'il était là, il se décida à frapper à la porte d'entrée. Il était à peu près certain que personne ne répondrait, mais il ne voulait pas s'en aller sans avoir fait une tentative. Ne serait-ce que pour avoir l'esprit tranquille.

Il s'apprêtait à tourner les talons quand il remarqua les bruits. Il avait été si occupé à respirer, à lutter contre le haut-le-cœur provoqué par les odeurs, qu'il en avait oublié de tendre l'oreille. Mais à présent il les entendait. Partout autour de lui, ça courait, ça grattait, ça grignotait. Et un paquet de cornflakes bougeait en émettant des sons bizarres.

Roald y posa les yeux. Il entendit un piaillement. Étaient-ce des rats ? L'idée de se trouver dans une maison infestée de rats lui était insupportable. Les souris, passe encore, quand il n'y en avait pas trop. Mais les rats… Quelle horreur !

Il fit un pas vers la porte, puis s'arrêta net. Si, malgré tout, il y avait quelqu'un dans la maison ? Un de ses amis ne s'était jamais pardonné d'avoir ignoré le silence dans l'appartement d'à-côté. Il avait pourtant remarqué une odeur étrange et vu les publicités s'accumuler dans la boîte aux lettres. Mais il ne connaissait pas lc voisin et tenait à respecter sa vie privée. On avait découvert le vieil homme au bout de trois semaines. Étendu sur le sol du séjour. Il avait manifestement essayé d'atteindre son téléphone.

Jens Haarder était-il mort ? Ou sa femme ? Et que venait faire le garçon, dans cette histoire ? Qui était-il ?

Roald se frotta le menton. Il fallait prendre une décision. Il pouvait au moins appeler pour voir s'il y avait quelqu'un.

– Hé ho ?

Les bruits se turent instantanément, puis reprirent timidement au bout de quelques secondes.

– Hé ho ? Il y a quelqu'un ? Hé ho ?

Sa voix paraissait joyeuse, mais il n'était pas rassuré.

Au troisième « hé ho », les bruits ne s'interrompirent pas. Sur une étagère, une ombre se faufila derrière une boîte de conserve. Une ombre pas bien grande, heureusement. Si c'étaient des souris, ça pouvait aller.

Ou des musaraignes.

Qui n'étaient pas des souris, d'après le quincailler.

– Hé ho ?

Mais de minuscules taupes.

Aucune réponse en dehors du bruit des animaux. Dans ce cas, il pouvait peut-être s'en aller. Ou fallait-il d'abord jeter un coup d'œil dans la cuisine ?

Cette fois-ci, deux lapins s'enfuirent. Les animaux avaient dû attendre derrière la porte, prêts à bondir. Ils filèrent devant ses pieds, traversèrent la buanderie, virent enfin la lumière du jour et coururent en direction du pré. Roald referma la porte derrière lui sans trop savoir pourquoi. Que craignait-il de laisser s'échapper, dans cette maison où il n'avait rien à faire ? Des animaux de compagnie ?

Entrée interdite aux personnes non autorisées, était-il marqué sur l'écriteau près de la barrière. Mais enfin, il venait de perdre un chien, victime d'un dispositif odieux, et sa toile cirée était dans la buanderie. Il avait toutes les raisons d'être là. Il avait le droit de savoir ce qui se passait.

Ou était-il seulement marqué *Entrée interdite* ? Roald eut soudain un doute.

La cuisine était plongée dans une semi-obscurité, car les rideaux beiges étaient tirés. Mais un peu de lumière pénétrait à travers le tissu et donnait un étrange éclat doré à la pièce. Comme dans la buanderie, il y régnait une odeur nauséabonde. Roald dut se boucher le nez. Il vit un réfrigérateur. Qu'y avait-il dedans ? Il n'avait aucune envie d'y jeter un œil, d'autant qu'il avait essayé l'interrupteur près de la porte et constaté que l'électricité ne fonctionnait pas mieux que dans la buanderie.

La cuisine était tellement encombrée de cartons, d'objets et de déchets qu'il était difficile de circuler. Atteindre la porte opposée était impossible, car une énorme caisse de pièces de machines était posée devant. Roald se dit que la porte devait communiquer avec l'entrée.

Grâce à un parapluie hors d'usage il put ouvrir légèrement les rideaux. Il le regretta immédiatement en voyant la lumière dévoiler les détails. L'évier débordait de vaisselle sale, des toiles d'araignées empoussiérées recouvraient les objets telle une pellicule grisc, ct les araignées, mortes, à demi mortes ou encore vivantes, grouillaient du sol au plafond.

Au milieu de tout ce fatras, un paquet de bonbons attira son regard. Le paquet avait gardé ses couleurs vives : il devait être là depuis peu. Sur le mur était punaisé un poster aux couleurs passées montrant différentes espèces de poissons. Les poissons le contemplaient d'un regard morne. Roald baissa les yeux pour voir où il mettait les pieds. Un sachet de boules de gomme à moitié vide avait atterri dans un pot de fleurs, et quelqu'un avait apparemment répandu des bonbons à la réglisse salée sur le sol.

Des bonbons à la réglisse salée ? Étrange.

En se penchant pour les examiner, il constata que c'étaient des crottes de lapin. Il y en avait partout. Trois lapins pouvaient-ils produire autant d'excréments ?

Pas trois. Quatre.

En se redressant, il se cogna le pied contre une jante et vit un quatrième lapin bondir de sa cachette. L'animal fila à travers une porte entrouverte à sa droite. La porte du séjour, sans doute.

Les bruits se multipliaient. Et redoublaient de force.

Il allait quand même regarder dans le séjour avant de s'en aller. Tout cela était accablant. Une pensée surtout le tracassait : s'il découvrait un mort, il n'était pas certain de pouvoir faire face à la situation. Mieux valait prévenir la police. Et puis, l'air était irrespirable. Il se sentait suffoquer, la poussière le faisait tousser et l'image de la chienne tuée par la flèche ne cessait de le hanter. Quelqu'un avait tiré cette flèche. Et cette personne n'était pas morte.

Mais sa conscience lui disait qu'il fallait y jeter un coup d'œil. Juste un coup d'œil, avant de partir. Il poussa doucement la porte. Oui, c'était le séjour. Ou plutôt, cela avait dû être un séjour.

Un mur d'objets se dressait devant les fenêtres donnant au sud. Des rayons de soleil essayaient de pénétrer à travers les interstices, mais la poussière les faisait pâlir et ils ne pouvaient donner qu'un vague semblant de clarté.

Roald avait l'impression de se trouver dans un puits de mine. Il se tenait au milieu d'un couloir étroit serpentant entre deux gigantesques corps sombres composés d'objets agglutinés. Il distingua des parapluies, et un hibou empaillé. Du moins, il espérait qu'il était empaillé.

À certains endroits, l'empilement atteignait le plafond. En avançant de quelques pas, il aperçut un piano, un buste, un canapé posé sur son chant, un mannequin de couturière, une table de salle à manger, des fûts, des vêtements, des sacs en plastique, des emballages en carton. Ici et là s'ouvraient des couloirs latéraux.

Une chose bizarre était suspendue au plafond. On aurait dit un arbre dénudé, un sapin mort. En effet, c'était un arbre de Noël ; il y avait une étoile au sommet. Et des cœurs tressés étaient suspendus aux branches. Certains étaient sur le point de tomber, d'autres jonchaient déjà le sol. En s'approchant, il vit l'un d'entre eux se détacher. Ils paraissaient étrangement fanés, mais dans l'obscurité on ne distinguait guère les couleurs. Le crissement des aiguilles de sapin sous ses pieds réveilla de nouveau son ouïe. Partout ça courait et grattait.

Il lui fallait sortir, de toute urgence. La porte d'entrée ne devait pas être loin. En poursuivant son chemin, il finirait par l'atteindre. Ce serait toujours mieux que de repasser devant le réfrigérateur et le congélateur. Roald se maudissait de s'être aventuré dans cette maison.

Butant sur un gros sac en toile, il tenta de le déplacer. Terrorisés, trois lapins s'enfuirent et disparurent dans l'obscurité. En soulevant le sac, il sentit quelque chose s'écouler par le fond. Une partie du contenu se répandit sur sa chaussure. Il recula d'un pas. Des granulés pour animaux formaient une chaîne de montagnes au milieu du passage. Le sac gisait à côté, tout flasque.

Il enjamba les montagnes. Craignant que les parois du couloir s'écroulent, il fut tenté d'y poser ses mains pour les soutenir, mais il eut peur de les toucher. Il frissonna à l'idée de sentir un rat sous sa paume. Finalement il se contenta de lever les bras, prêt à intervenir.

Et alors ils arrivèrent.

Peut-être avait-il heurté un objet en soulevant le sac. En tout cas, quelque chose s'écroula derrière lui. Le bruit le fit sursauter. En se retournant, il vit toute une paroi s'effondrer. Le hibou tomba par terre. Un vieux poste de radio bascula, entraînant d'autres objets dans sa chute. Des cartons dégringolèrent, des sachets s'éparpillèrent… et un rai de lumière pénétra dans la pièce.

Il imagina une avalanche. Une coulée de boue. Allait-il se faire ensevelir, comme dans une catastrophe naturelle ?

Et alors ils arrivèrent. Les lapins. Ils surgirent de tous les trous, de tous les recoins. Roald se prit la tête dans les mains et poussa un cri. Puis il s'enfuit au pas de course, à la suite des animaux terrorisés.

Il aperçut un escalier. Les objets s'accumulaient sur les marches, permettant tout juste de se faufiler au milieu. Il pouvait monter par là ou continuer par la gauche, jusqu'à la porte d'entrée…

Il s'arrêta net.

Les lapins avaient cessé de courir. La plupart s'étaient réfugiés sous l'escalier, à côté d'une voiture en caisses à savon. Les bruits avaient cessé.

Il comprit enfin que ce n'était pas une avalanche. Seulement un petit éboulement. Quelques objets étaient tombés pas terre, mais plus rien ne bougeait. Éclairé par un rayon de soleil, l'arbre mort pendait derrière lui, tel un témoin muet.

Roald regarda autour de lui. Cette partie du séjour était un peu mieux éclairée grâce à une petite fenêtre donnant sur le palier.

Le pan de mur entre l'entrée et la cuisine attira son regard. Au niveau de la plinthe il y avait un trou aux bords irréguliers. Les animaux avaient traversé le mur grâce à leurs dents. Telle une larve, un câble électrique aux fils dénudés sortait du trou, et le sol était jonché d'un mélange d'isolant, de crottes et de restes de papier peint. À côté de l'escalier, un trou similaire. Roald ne put s'empêcher de penser à ce qu'on découvrirait si on dégageait l'espace devant les murs. Ces fils, c'était un danger permanent d'incendie. Et les murs pourraient s'écrouler à force d'être rongés.

Ses réflexions furent interrompues par l'apparition d'un rat.

– Fous le camp ! hurla-t-il en pointant du doigt le coin opposé de la pièce. Comme si la bestiole allait obéir à son geste… Le rat fila dans une autre direction et se réfugia derrière une botte en caoutchouc. Le bout de sa queue était toujours visible.

C'est alors qu'il entendit le bruit.

Quelque part à l'étage, on frappait. Ce n'était ni un animal, ni un oiseau donnant des coups de bec, ni le vent faisant bouger des objets. C'était un être humain. Un être humain cherchant à attirer l'attention.

Monter l'escalier fut un chemin de croix. Un de ces cauchemars où on essaie de courir, mais où on n'avance qu'au ralenti. C'était peut-être la poussière qui le freinait. L'air lourd. Ou l'odeur. Ses poumons réclamaient de l'air frais. Il n'avait aucune envie de mourir de suffocation, mais il fallait continuer. Pas question de se montrer sans cœur : il ne pouvait pas quitter la maison.

Le garçon avait peut-être besoin d'aide.

En arrivant en haut de l'escalier, il vit un rai de lumière filtrer à travers une porte entrebâillée. Les bruits venaient de là. Deux lapins se blottirent contre un tas de poutrelles en fer quand il se dirigea vers la porte.

Roald n'avait jamais vu un être humain aussi gigantesque. La femme était couchée dans un lit. Du moins, Roald le supposait, car on ne voyait qu'un amas de blocs-notes, de cahiers, d'assiettes en carton, de barquettes en aluminium, d'ouvrages de tricot, de bougies, de boîtes d'allumettes, de gobelets en carton, de serviettes sales, de couvertures trouées, de restes de nourriture, de crottes de souris (Mon Dieu, faites que ce soient des crottes de souris, et rien d'autre). Et son énorme corps.

L'air était irrespirable, mais la puanteur émanant de la femme était pire. Elle sentait l'urine et les excréments. Et la pourriture. Roald dut faire un effort pour réprimer sa nausée.

Dans la main droite, elle tenait un parapluie dont le manche reposait sur la tête de lit. Elle avait dû s'en servir pour frapper. En apercevant Roald, elle lâcha le parapluie et laissa son énorme bras retomber sur son ouvrage de tricot. Elle paraissait épuisée.

De l'autre côté du lit, sur la table de chevet, une bougie allumée était posée au milieu d'une pile de livres et de papiers. Roald fut d'abord content de voir une source de lumière, mais sa joie s'effaça vite devant l'état terrifiant de la chambre.

Et de la femme allongée devant lui.

Elle semblait à bout de forces.

– Maria Haarder ?

Roald ne reconnut pas sa propre voix. C'était peut-être à cause de la poussière.

La femme hocha lentement la tête.

– Je… Vous… Que puis-je…

Roald avait l'esprit complètement embrouillé.

– Je suis Roald Jensen, de l'auberge de Korsted, finit-il par articuler.

La graisse avait presque totalement effacé ses traits, mais Roald était persuadé qu'elle tentait de lui sourire. En même temps elle pleurait, il en était certain. Pourtant, ses yeux étaient à peine visibles dans leurs cavités noires. À la lueur de la bougie, sa peau paraissait blafarde. Son nez jetait une ombre grotesque sur sa joue ; on aurait dit un petit animal tremblant.

– Vous avez besoin d'aide ? demanda-t-il.

De nouveau, elle hocha la tête.

– Je vais chercher quelqu'un. Mais où est votre mari ? Où est Jens Haarder ?

Il était enfin parvenu à rassembler ses esprits.

De sa main gauche elle chercha à tâtons un bloc, poussa le roman qui reposait sur son ventre et commença à écrire. Roald vit *Madame Bovary* tomber dans une barquette d'aluminium.

Il s'avança pour lire ce qu'elle avait écrit.

NE VA PAS TARDER, BESOIN DE MÉDICAMENTS, MÉDECIN.

Elle avait manifestement eu des difficultés à tracer les mots. Cela n'avait pas toujours été le cas : il s'en rendit compte en voyant les feuilles éparses qui jonchaient le lit. Certaines étaient couvertes d'une belle écriture déliée, d'autres d'une écriture moins belle. Sur celle-ci, il n'y avait que des gribouillis.

– Oui, j'y vais.

SAUVER LIV, écrivit-elle en le regardant d'un air suppliant.

Il hocha la tête, désorienté. De qui s'agissait-il ?

– Oui, je vous le promets, j'y vais... Je reviens aussi rapidement que possible. Faites attention à la bougie, qu'elle ne se renverse pas.

Elle fit de grands gestes. Elle avait encore quelque chose à lui dire avant qu'il s'en aille. Quelque chose d'important. Pourtant, elle était dans un état de fatigue extrême. Roald soupçonnait qu'elle n'avait rien à boire.

ATTENTION AUX PIÈGES.

Il hocha la tête. Comme si elle avait besoin de le lui rappeler !

– Vous voulez que je vous apporte de l'eau ? demanda-t-il, inquiet.

Il remarqua un dessin représentant deux enfants, accroché au-dessus du lit.

Elle secoua la tête et se remit à écrire. Après SAUVER LIV, elle ajouta D'ABORD !!

Sa respiration faisait un bruit sifflant.

BESOIN D'AIDE TOUS LES 3.

La puanteur devenait insupportable. S'il ne sortait pas immédiatement, il allait vomir. Il devinait ce que contenait le seau posé près du lit. À côté du seau gisaient des serviettes froissées et du papier.

N'osant pas ouvrir la bouche, il fit un signe de tête et se tourna vers la porte. Seule la compassion lui permit de se retenir jusqu'à atteindre le rez-de-chaussée. Une fois dans le séjour, il rendit tripes et boyaux dans un carton au contenu non identifiable. Il s'efforça de ne pas faire trop de bruit.

Tous les trois ? Le garçon serait-il leur fils ? Et qui était cette Liv, qu'il fallait sauver d'abord ?

Roald ouvrit en grand la porte d'entrée. Jamais il n'avait eu autant besoin d'air frais. Debout sur le perron, il aspira la lumière et le ciel de novembre.

Il le remarqua par hasard : derrière une vieille baignoire posée près de l'étable, des bouquets de plumes bougeaient légèrement. On aurait dit l'extrémité d'un carquois. Roald plissa les yeux. Oui, c'était bien ça : une personne portant un carquois à l'épaule se cachait là-bas. Une colère violente l'envahit tout à coup.

– Toi, là-bas ! cria-t-il. Toi, là-bas, près de la baignoire ! Je t'ai vu !

La seconde d'après, un enfant s'enfuit comme s'il avait le diable aux trousses. Il longea l'étable, courut vers le bâtiment en bois et fila en direction de la forêt. Dans son dos, le carquois faisait des bonds sur son pull marron et orange.

Abasourdi, Roald suivit du regard le garçon qu'il avait aperçu dans la cuisine de l'auberge.

Du perron, il vit qu'un sentier permettait de traverser la cour en ligne droite. En passant devant la moissonneuse, il pourrait peut-être rattraper l'enfant.

QUELQU'UN EST VENU ON VA T'AIDER LIV
JE NE PEUX PLUS ÉCRIRE TROP FATIGUÉE
JE VOUS AIME

Cauchemars

Depuis qu'il avait brûlé le corps de la sa mère, Jens Haarder faisait des cauchemars.

Il avait d'abord rêvé qu'Else était revenue en compagnie d'un instituteur, d'un policier et d'un médecin. Ils avaient enlevé Liv. Jens était en train de nettoyer l'étable, et il ne s'était rendu compte de rien avant qu'il ne soit trop tard. Il avait juste eu le temps de les voir monter dans une grosse voiture garée devant chez lui et démarrer en trombe en soulevant un épais nuage de poussière. Jens avait foncé dans le nuage pour essayer de les rattraper. En émergeant, il s'était retrouvé à l'endroit où commençait la langue de terre. Mais celle-ci avait disparu, engloutie par la mer. Il avait vu la voiture s'éloigner sous un soleil éclatant.

Jens s'était réveillé au moment où il avait plongé dans la mer et senti l'eau envahir ses poumons.

Les cauchemars avaient continué, mais avec de nouvelles variantes.

Au début, il y avait encore sa mère, des médecins, des instituteurs, des policiers. Puis étaient apparus des personnages anonymes, des gens qu'il avait aperçus quelque part. Tous avaient quelque chose en commun : ils voulaient lui prendre ce qu'il avait de plus précieux.

Dans un de ses rêves, il se trouvait dans la plantation d'arbres de Noël. Quand il en était revenu, les inconnus avaient tout pris : Liv, Maria, les animaux, les bâtiments, les objets. Tout avait disparu. Il avait vu des gens s'enfuir en courant et il avait essayé de les rattraper, mais rien n'avait pu les arrêter. Jens n'avait cessé de trébucher sur les touffes d'herbe, les racines et les troncs d'arbres. Les autres ne se heurtaient à aucun obstacle. Ils ne tombaient pas. Ils avaient fini par atteindre la grande île. Quand Jens était arrivé près du Cou, la mer avait de nouveau englouti la langue de terre. Il était seul sur une île déserte.

Dans le pire de ses cauchemars, des hommes en blouse blanche étaient venus emmener Maria. Ils étaient dans sa chambre quand Jens était rentré d'une de ses excursions nocturnes à Korsted. Des scies et des scalpels à la main, ils éclairaient Maria avec de grosses lampes. Pour aider la jeune femme, ils devaient la sortir de là. Mais elle était si grosse qu'elle ne passerait jamais par la porte, et il fallait la découper en morceaux. S'ils parvenaient à l'éloigner de Jens, ils arriveraient bien à lui porter secours, disaient-ils.

Jens avait voulu se réveiller, mais il en avait été incapable. Et il n'avait pas pu arrêter les hommes en blouse blanche. Ils avaient déjà décapité Maria et posé sa tête sur la table de nuit. Maria regardait Jens de ses beaux yeux en lui faisant comprendre qu'elle l'aimait. Ses lèvres esquissaient un sourire, mais elle ne cessait de pleurer, et ses membres gigotaient pour protester contre ce qu'on lui faisait subir. Elle ne saignait pas. Elle était comme de la porcelaine. Les hommes avaient appuyé un de ses bras contre le chambranle de la porte. Sa main serrait un stylo-bille.

Ensuite ils avaient débité son torse en petits morceaux. Jens les avait suppliés d'épargner son cœur. « On fera attention, lui avaient-ils répondu. On s'occupera d'elle mieux que toi, Jens Haarder. »

Puis ils l'avaient fait passer par la porte, morceau après morceau. On avait permis à Jens de transporter sa tête. « Je t'aime », lui avait-il chuchoté à l'oreille. Sa tête était lourde, terriblement lourde. Et le corps de Maria avait commencé à s'effriter. Marchant derrière le médecin qui portait sa jambe droite, Jens l'avait vue tomber en miettes. Comme les autres parties de son corps. Son cœur s'était détaché et avait atterri sur le palier avec le bruit d'une vesse-de-loup qui crève. Sa tête avait également fini par se réduire en poussière. Jens n'avait pas pu la retenir entre ses mains. Il avait vu ses yeux lui glisser entre les doigts. Maria avait disparu.

« Bon, à la place on va prendre votre fille, avaient dit les hommes en blouse blanche. Au fait, elle a des frères et sœurs ? »

De nouveau, les intrus étaient partis avec leur butin en direction de la langue de terre. Jens n'avait pas pu les en empêcher. Il avait couru derrière eux, mais il n'avait cessé de trébucher. Il n'avançait pas ; les forces de la nature semblaient s'être liguées contre lui. Elles lui barraient la route, lui faisaient peur. La forêt, la mer, les animaux n'étaient plus ses amis.

Les intrus couraient à leur aise.

Jens aurait tant voulu les arrêter.

Après chaque rêve il se réveillait en larmes, baigné de transpiration. Durant le jour, ses cauchemars continuaient de le hanter. Il pensait à celui qu'il venait de faire, à celui qu'il ferait la nuit suivante. Il finissait par ne plus les distinguer.

Tout se confondait.

Le facteur

Le facteur était particulièrement joyeux ce matin-là. Il avait même un papillon ou deux dans le ventre, alors que la saison des lépidoptères était terminée depuis un moment.

Il devait se rendre à la Tête.

Pour la première fois, le fameux *M* avait envoyé sa lettre en recommandé. Ce changement de procédé n'avait pas manqué de surprendre le facteur, mais lui permettrait peut-être de satisfaire sa curiosité. Il profiterait de l'occasion pour se renseigner sur l'auteur de la missive (qui, en fin de compte, n'était peut-être pas la Mafia, malgré sa préférence pour cette hypothèse).

Il aurait surtout bien aimé savoir si *M* était identique à *M Inventions for Life,* l'expéditeur d'un gros colis qu'il devait également remettre à Jens Haarder ce jour-là. D'après l'adresse, l'entreprise était située sur la côte est du continent, et les tampons indiquaient que les lettres avaient été postées de là-bas. Le facteur n'avait pas manqué de le vérifier. Mais la Mafia avait des ramifications partout, et son hypothèse n'était pas totalement invraisemblable.

Le facteur gara sa voiture près de la barrière, ouvrit le coffre et sortit la lettre et le colis.

Il dut s'y prendre à deux mains, car le colis était lourd. C'était un paquet carré, d'environ soixante-dix centimètres sur soixante-dix. D'après le poids, il ne pouvait pas contenir une lunette de W-C. C'était pourtant la première idée qui lui était venue. Il avait la très nette impression qu'il y avait un objet rond à l'intérieur. Comme souvent, dans les paquets carrés.

C'est avec jubilation qu'il ignora la pancarte indiquant *Entrée interdite.* Entrée interdite aux personnes non autorisées, pensa-t-il. Il n'était pas concerné, puisqu'il apportait une lettre recommandée. Et un colis.

À remettre contre signature.

Il ne quitterait pas la Tête sans une signature.

Il passa à droite de la barrière. D'un air excité et légèrement tendu il regarda la maison. Avec un peu de chance il apercevrait Maria Haarder. Il aurait donné n'importe quoi pour voir à quoi elle ressemblait à présent.

Il n'avait pas fait deux pas lorsqu'une voix l'interpella.

– Toi, là-bas !

Il s'arrêta net. Le ton était agressif, déplaisant. En se retournant il vit Jens Haarder se diriger vers lui d'un pas ferme.

– Où tu vas ? Tu ne sais pas lire ? On s'était pourtant mis d'accord, non ?

Le facteur ne bougea pas. Il n'avait pas l'habitude qu'on lui parle sur ce ton. Certes, la femme de Lars pouvait se montrer belliqueuse ; il lui arrivait même de donner des coups. Mais Jens Haarder n'avait pas pour habitude d'élever la voix. Pas devant les préposés de la Poste, du moins.

– Eh bien…

– Viens ici ! Qu'est-ce que tu apportes ?

De mauvaise grâce, le facteur repassa de l'autre côté de la barrière. Il regretta de ne pas avoir commencé sa tournée plus tôt ; il aurait peut-être eu le temps de bavarder un peu en tête à tête avec Mme Haarder. Il aurait bien voulu savoir ce qu'ils fabriquaient, ces deux-là.

– J'ai un colis et une lettre recommandée pour vous. À remettre contre signature. C'est pour ça que je…

Voyant Jens Haarder de près, il s'interrompit. Haarder se trimbalait avec sept ou huit sacs en plastique pleins à craquer. Son front dégoulinait de sueur, alors qu'il ne faisait pas spécialement chaud. Et puis il y avait sa barbe et ses vêtements. Cela faisait longtemps que le facteur n'avait pas croisé Haarder. Le menuisier faisait peur à voir.

– Pourquoi vous n'êtes pas en voiture, Haarder ? D'habitude, vous vous déplacez toujours dans votre pick-up.

– La bagnole est morte. Elle est là-bas sur la route, au sud de l'île. J'ai dû l'abandonner.

– Eh ben. Ça fait une trotte.

– Donne-moi cette lettre, dit Jens Haarder en posant ses sacs en plastique.

Le facteur eut le temps de s'apercevoir qu'un des sacs contenait quelque chose de blanc. Avec précaution il posa la lettre sur une souche d'arbre près de la barrière et tendit à Haarder l'accusé de réception et un stylo. Jens le regarda d'un air méfiant avant de gribouiller quelques pattes de mouche sur le bordereau.

– Au fait, qui est *M* ? se risqua le facteur de sa voix la plus aimable.

Il n'allait pas laisser passer l'occasion.

– Vous recevez régulièrement des lettres de lui. Et aujourd'hui un colis. Je suppose que…

– Si c'est tout, tu peux t'en aller, l'interrompit Haarder en lui rendant le bout de papier et le stylo.

Le facteur avait secrètement espéré que Haarder ouvrirait le paquet devant lui.

– Vous avez besoin que je vous aide avec le paquet ? J'ai un couteau…

– Moi aussi.

La voix de Haarder était franchement hostile. Le menuisier mit ses mains sur ses hanches et le regarda d'un air menaçant.

– Bon, eh bien… au revoir, dit le facteur en se dirigeant vers sa voiture.

Jens Haarder attendit de voir la voiture s'éloigner. En s'engageant sur le chemin du Cou, le facteur l'aperçut dans le rétroviseur. Il ressemblait à un sauvage. À un sauvage pris de folie.

Le facteur n'était pas homme à juger les gens, mais il était persuadé que Jens Haarder avait fait disparaître sa mère. Peut-être cachait-il son corps dans la fameuse benne. C'était le conducteur du ferry de Sønderby qui lui avait mis la puce à l'oreille en lui apprenant qu'Else Haarder n'était pas retournée sur le continent. Le conducteur savait toujours avec précision qui était à bord de son bateau. Hélas, il s'était montré totalement indifférent aux théories du facteur, dont les divagations n'intéressaient personne.

Mais le conducteur n'avait pas vu Jens Haarder près de la barrière. Cet homme avait quelque chose à cacher. Pourquoi prendre un air aussi menaçant, sinon ?

Pour le facteur, le plus grave était cependant de n'avoir aucune nouvelle à rapporter aux habitués de l'auberge.

Si, il en avait une :

M Inventions for Life.

Mais ce n'était pas suffisant pour être pris au sérieux. Ni même pour être écouté. Les autres ne cessaient de lui répéter qu'il devait laisser Haarder en paix avec son chagrin. Et qu'on avait parfaitement le droit d'être un peu bizarre.

C'était rageant.

M

Jens Haarder attendit que la voiture du facteur ait disparu. Puis il se tourna vers la souche d'arbre où la lettre et le gros paquet étaient posés en équilibre instable.

Il prit d'abord la lettre. C'était une enveloppe marron doublée. À l'intérieur, il y avait une enveloppe blanche ordinaire contenant les billets. Chaque mois, c'était pareil. Il sortit l'enveloppe blanche et l'ouvrit. Tout était comme d'habitude. Sauf que la lettre avait été envoyée en recommandé.

Et l'enveloppe marron contenait aussi une feuille de papier à lettre pliée en deux.

Il sortit la feuille. Elle était épaisse, de couleur ivoire, avec un léger relief. En la dépliant, Jens vit apparaître un motif en filigrane.

C'était du papier à lettre commercial. Et il n'y avait pas qu'une seule feuille, mais deux, maintenues pas une agrafe.

L'écriture était celle de son frère.

Cher Jens,

Ça fait vraiment très longtemps, et c'est entièrement ma faute. Écrire cette lettre ne va pas être simple, mais j'espère que tu la liras sans me juger d'avance.

J'espère aussi que tu ne me reprocheras pas mes envois mensuels. Je vous ai envoyé de l'argent liquide, car je pensais que c'était plus pratique pour vous. Et plus discret. Je ne voulais pas créer de problèmes – j'en avais déjà suffisamment occasionnés en m'enfuyant. Je ne sais pas si tu pourras me pardonner, mais je l'espère.

L'affaire doit certainement bien tourner. Vous n'avez sans doute jamais eu besoin de ma contribution, mais j'ai pensé que c'était le moins que je pouvais faire après avoir fui mes responsabilités. Les envois, c'était aussi pour moi. Pour réparer mes torts et alléger ma conscience. En ce qui concerne ma conscience, je ne suis pas sûr d'avoir réussi.

Je ne me suis jamais pardonné de vous avoir abandonnés. Mais j'étais obligé de partir. Comme tu as dû t'en rendre compte, je ne me sentais pas à ma place à la Tête. J'aspirais à une vie différente, j'étouffais sous les devoirs et je n'en pouvais plus des attentes de notre mère. La situation m'avait rendu claustrophobe. Nous étions si isolés et il y avait tant de choses que j'avais envie de faire. Je voulais vivre en ville, je voulais faire des inventions. Toi, tu préférais les arbres.

Et tu étais devenu si taiseux, Jens. Je ne te le reproche pas – et je ne te le reprocherai jamais – car je sais que c'est à cause de ce qui est arrivé à notre père. Mais en même temps je t'en voulais intérieurement, car j'avais besoin de parler avec toi. En un sens, tu me manquais, alors que nous nous voyions tous les jours. C'était insupportable.

Un jour, à Armslev, j'ai rencontré un estivant. Il venait du continent, il était ingénieur et mes idées lui ont plu. C'était lui que j'allais voir quand je m'absentais plusieurs jours de suite. Il m'a proposé un job dans sa firme. J'ai commencé par refuser, car il ne me semblait pas correct de vous abandonner. Puis un jour j'ai dit oui. Je me promenais toujours avec sa carte de visite dans la poche, mais je n'ai jamais osé te la montrer.

C'était un bon job, avec un excellent salaire. À un moment, j'ai créé ma propre entreprise. Nous fabriquons des objets en acier, essentiellement des classeurs. Mais notre meilleure vente – je te le donne en mille – c'est un support pliant pour arbre de Noël. Il m'a rapporté tant d'argent que je suis parti en Autriche, où j'ai établi une filiale.

Pendant tout ce temps, j'ai chargé une employée de confiance d'envoyer une somme d'argent à la Tête chaque mois, et elle s'est fidèlement acquittée de sa tâche. Je suis maintenant de retour, et je me suis fiancé avec l'employée en question. Nous vivons dans un bel appartement en ville, mais nous envisageons de déménager. Et de fonder une famille. Heureusement, ma fiancée est plus jeune que moi.

Avec le temps, ma propre famille est venue à me manquer, je dois bien l'avouer. Je pense beaucoup à toi et à maman. Mais il est si difficile de vous contacter.

Un jour j'ai pris mon courage à deux mains et j'ai appelé l'auberge de Korsted. Je crois qu'il y a un nouveau propriétaire (Oluf ne doit plus être là, je suppose), ou alors c'est un client que j'ai eu au bout du fil. En tout cas, c'était pendant le déjeuner du Nouvel An. Je ne me suis pas présenté et j'ai essayé d'être discret. Je sais que les gens bavardent et je n'ai pas voulu vous créer de problèmes. J'ai appris que maman ne vivait plus à la Tête, qu'elle était venue te rendre visite à Noël et qu'elle était repartie.

Plus tard, à un dîner, ma voisine de table n'a pas caché sa surprise en apprenant mon nom de famille. Elle connaissait une Else Haarder ! Maman avait apparemment vécu longtemps chez une de ses amies. D'après elle, les deux femmes étaient cousines. Mais son amie avait eu de graves lésions cérébrales à la suite d'un accident de voiture, et ma voisine de table ignorait où était maman. En tout cas, elle n'habitait plus à la même adresse.

Mais tout cela, tu le sais sans doute. Et tu dois également savoir où est maman. Serait-elle revenue vivre auprès de toi ? Tu as toujours su prendre sur toi pour supporter Else et sa manie de vouloir tout contrôler. Je t'admire.

Enfin, grâce à ce coup de fil à l'auberge j'ai appris que tu vivais toujours à la Tête – avec ta femme et ta fille ! Tu n'imagines pas comme ça me réjouit de savoir que tu es marié et que tu as un enfant. J'espère de tout mon cœur que tu es heureux, Jens.

J'aimerais moi aussi avoir des enfants. Je n'ai que trop tardé à fonder une famille ; j'étais tellement occupé à inventer et à fabriquer des choses que je n'ai pas eu le temps d'y penser. En un sens, j'aurais voulu avoir le même amour de la nature que toi et papa. Il y a quelque chose de plus sain dans ce sentiment. De plus authentique. Toucher les arbres, respirer les odeurs de la forêt et l'air de la mer – tout cela me manque. Au point que je caresse l'idée de me réinstaller sur l'île. Peut-être pas sur la Tête, mais sur la grande île. Qu'en dirais-tu ?

Dans un premier temps j'aimerais bien vous rendre visite, à toi et à ta famille. Renouer les liens. Ça te plairait ? Pourrais-tu m'écrire ? Ou me passer un coup de fil, si tu en as la possibilité (mon adresse privée et mon numéro de téléphone figurent en bas de ce feuillet).

Affectueusement,
Ton frère Mogens

P.-S. Je suis certain que tu cultives les plus beaux arbres de Noël du pays. Tu préfères sans doute le bois au plastique et au métal, mais je tiens quand même à t'offrir un de ces supports pour arbre de Noël qui sont à l'origine de ma prospérité. C'est pourquoi je t'en envoie un avec cette lettre.

Jens Haarder replia la lettre. Puis il la replia une seconde fois et la glissa dans sa poche intérieure. Il mit l'enveloppe contenant l'argent dans une de ses poches extérieures, regarda quelques instants le gros paquet posé sur la souche d'arbre, ramassa ses sacs en plastique et contourna la barrière par la gauche.

L'homme sur la Tête

Quand l'homme a abandonné le chien, je l'ai suivi. À un moment, il a failli me voir. En tout cas, il regardait dans ma direction. Mais je n'ai pas bougé – je sais me tenir immobile – et il a poursuivi son chemin. Il a contourné l'atelier jusqu'à l'arrière, où se trouvait la chambre blanche. Je me suis demandé pourquoi il passait par là au lieu de prendre le chemin de terre. Savait-il où se trouvaient les pièges ? Non, c'était impossible.

Je crois qu'il a eu de la chance, tout simplement.

J'avais peur. J'ignorais ce qu'il voulait. Mon père n'était pas revenu, ma mère était dans sa chambre et ne pouvait rien faire. L'homme avait vu le chien, il avait vu le piège et il avait pris la flèche. Il la tenait à la main. Il me cherchait sûrement. Mais il ne pouvait pas savoir que j'étais là. Il ne m'avait pas vue. Et d'ailleurs j'étais morte.

En arrivant dans la cour, il est resté longtemps sans bouger. Il me tournait le dos. Je suis certaine qu'il regardait l'accumulation d'objets. Il ne devait pas avoir l'habitude d'en voir autant dans un seul endroit, à moins d'aller parfois à la décharge.

J'aurais aimé savoir ce qu'il voulait. J'aurais aimé que mon père revienne, mais je craignais aussi ce qui pourrait se passer s'il arrivait. Avant tout, j'aurais aimé que l'homme s'en aille, je crois. Sans être pris dans un piège. Et sans croiser mon père.

Il se tenait à l'extrémité de la cour, dos à la forêt. J'ai pensé qu'il allait monter vers la maison. J'ai retenu mon souffle : pourvu qu'il ne passe pas devant la moissonneuse !

Pour aller de la chambre blanche à la maison, il ne fallait surtout pas prendre le chemin le plus évident. Il ne fallait pas passer devant la moissonneuse rouge, mais faire le tour du tas d'objets provenant de chez le boulanger, puis rejoindre l'étable en décrivant une boucle et revenir vers l'atelier. Ensuite il fallait penser à contourner la vieille cuisinière par la droite et remonter jusqu'à la porte d'entrée. Je suivais toujours ce trajet, car je n'oublierai jamais le regard de mon père quand il me l'a expliqué.

J'ignore quel était le problème avec cette cuisinière. Mais elle était posée sur de gros billots de bois et je suppose qu'elle risquait de tomber si on la contournait par la gauche.

Mon père m'avait fait jurer de ne jamais prendre un autre chemin. Il avait plus confiance en moi qu'en n'importe qui en ce monde, avait-il dit. Ça m'avait fait plaisir, mais en même temps j'étais un peu triste. Je ne sais pas pourquoi.

L'homme n'est pas passé devant la moissonneuse. Soudain il s'est tourné vers l'étable. Je crois qu'il a entendu un bruit venant de là. Il s'est dirigé vers la porte et il y est resté longtemps.

Je me suis dit que j'allais lui tirer dessus.

Il ne bougeait pas et j'aurais certainement pu l'atteindre. Surtout si je m'approchais à pas de loup et m'agenouillais avant de viser. Dans ce cas, je ne ratais jamais ma cible. Avec le temps, j'étais devenue aussi forte que Robin des Bois.

Mais Robin des Bois aurait-il tiré dans le dos de quelqu'un ?

Et que dirait ma mère si je tuais un homme ?

À l'inverse, que dirait mon père si je ne lui tirais pas dessus, alors que j'en avais la possibilité ? Mon père n'aurait pas hésité, je pense.

Il me faudrait sans doute utiliser plusieurs flèches. Et peut-être l'achever d'un coup sur la tête. J'ignorais comment ça se passait avec les hommes, par rapport aux animaux ou aux grand-mères. Et si jamais je le ratais ? Je n'avais pas l'habitude de tirer sur des êtres humains. Je serrais ma main autour de l'arc.

J'ai laissé passer l'occasion. L'homme a contourné l'étable. Pourquoi s'est-il dirigé vers le pré ? Personne n'y allait, à part nous. Et nous aussi, on avait cessé d'y aller. Est-ce qu'il comptait voler nos poules ? Je ne savais pas s'il nous en restait encore. En tout cas, les oies avaient disparu.

Je l'ai suivi. J'ai dû quitter ma cachette dans la forêt, mais j'ai couru m'abriter derrière le tas d'objets où trônait le vélo jaune. De là, je l'ai vu traverser le pré et rejoindre la façade arrière de la maison. À l'arrière il n'y avait pas de pièges. Il le savait peut-être.

Si je prenais le sentier derrière l'étable, il pourrait me voir. Pour éviter tout risque, j'ai décidé de traverser la cour. Je savais par où passer et je trouverais bien un endroit où me cacher. J'étais capable de bouger vite et sans bruit, même en rampant.

Quand je me suis accroupie derrière la baignoire, à l'angle de l'étable, il frappait à la porte de la buanderie. Il a reculé d'un pas, et j'ai pu l'apercevoir. Apparemment, il cherchait quelque chose. La clé, je suppose. Au bout d'un moment je l'ai entendu ouvrir la porte, et j'ai vu un lapin s'enfuir.

J'ai attendu.

Deux autres lapins ont détalé.

Puis je l'ai entendu crier. « Hé ho ? »

Il a ouvert les rideaux de la cuisine. Il n'y avait pas de lumière à l'intérieur, et je n'ai rien pu voir.

Que se passerait-il s'il découvrait ma mère ?

Si je n'avais pas été inquiète pour ma mère, je me serais réfugiée dans la benne. Accroupie sur le gravier, paralysée d'angoisse, je fixais du regard la fenêtre sombre de sa chambre.

Tout à coup j'ai entendu un vacarme dans la maison. Quelqu'un a poussé un cri. Ce n'était pas ma mère. C'était l'homme.

Il hurlait.

J'étais incapable de réfléchir. Incapable de bouger. Mes larmes devaient être figées, elles aussi, car je n'arrivais pas à pleurer. Pourtant, j'en avais envie. Je ne parvenais pas non plus à faire surgir Carl. Et mon père n'était toujours pas là.

L'homme était dans la maison, chez ma mère.

Il n'allait pas tarder à ressortir par la porte arrière. Je n'avais aucune idée de ce que je ferais à ce moment-là.

Je ne sais pas combien de temps je suis restée là – les minutes me paraissaient des heures – mais au bout d'un moment la porte d'entrée s'est ouverte. J'ai sursauté, car je ne m'attendais pas à le voir sortir par là. Pour mieux le surveiller, j'ai été obligée de me déplacer un peu. Après coup, je me suis demandé si je ne l'ai pas fait exprès.

En tout cas, il m'a vue. Je ne l'oublierai jamais.

– Toi, là-bas ! a-t-il crié.

C'était la première fois depuis très longtemps que quelqu'un me parlait, à part mon père.

Peut-être aurais-je dû prendre une flèche et bander mon arc. Je ne l'aurais pas raté, j'en suis certaine. Debout sur le perron, il constituait une cible facile.

Mais je n'ai pas pu. Quand on a le cœur qui bat si fort, on n'a pas envie de viser une cible. Surtout quand il s'agit du cœur d'une autre personne.

Alors j'ai couru.

J'ai longé l'étable, puis j'ai tourné à droite pour m'enfoncer dans la forêt. Dans les fourrés, il ne pourrait jamais m'attraper, et j'avais quelques longueurs d'avance sur lui. Pourtant, j'avais un doute. Je ne courais pas aussi vite que j'aurais pu.

À force d'entendre cogner mon cœur, j'ai cru qu'il allait sortir de ma poitrine. Et j'avais l'impression qu'on le frappait de l'extérieur. Comme si on voulait le faire rentrer dans mon corps. Ou me faire revenir sur mes pas. C'était peut-être Carl qui me frappait.

À mi-chemin de la forêt je me suis arrêtée pour observer l'homme. Il se dirigeait vers moi. Manifestement il avait choisi le trajet sûr, à droite de la cuisinière. Il a crié quelque chose, mais je n'ai pas saisi les mots.

Je n'avais qu'une pensée : il n'allait pas tarder à passer devant la moissonneuse.

J'ai voulu continuer à courir, mais j'en étais incapable.

La seconde d'après, l'homme s'est fait projeter dans les airs. Il est resté suspendu à l'engin.

La tête en bas.

Comme dans la forêt de Sherwood.

L'un de ses pieds était pris dans un nœud coulant. De l'autre, il donnait des coups dans le vide, et il faisait des moulinets avec ses bras. Comme s'il cherchait à toucher le sol.

On aurait dit un poisson.

– Aide-moi à descendre ! a-t-il crié.

Je n'ai pas su quoi faire.

Je suis restée longtemps sans bouger. Il a continué à crier, et j'ai continué à me tenir immobile. Pour ça, j'étais douée.

Petit à petit il a cessé de gigoter, et la colère a disparu de sa voix. À la fin il tournoyait simplement sur lui-même. Comme le violon au-dessus du poêle, autrefois. Ou l'arbre de Noël suspendu au plafond, quand on y donnait des coups.

Il continuait à me parler, et je continuais à me taire.

– Tu ne veux pas m'aider à descendre ?

– Je ne te ferai pas de mal, je veux simplement te parler.

– Tu ne peux pas me laisser comme ça.

Voilà ce qu'il disait.

Je n'ai pas bougé d'un pouce.

– J'ai parlé avec la femme dans la chambre à coucher. Vous êtes de la même famille ? Elle m'a demandé de vous aider.

Là, je crois que j'ai bougé un tout petit peu.

– Nous aider ? ai-je fini par dire.

Comme j'ai vu qu'il ne m'entendait pas, je me suis approchée.

– Nous aider ? ai-je répété.

Il a hoché la tête. C'était assez drôle à voir, puisqu'il avait la tête en bas et tournait sur lui-même.

Quand son visage est revenu en face de moi, il a plissé les yeux.

– Tu es une fille ?

J'ai hoché la tête.

– C'est toi qui as tiré sur la chienne ?

La gorge serrée, j'ai essayé de faire oui et non de la tête en même temps.

– Oui, mais ce n'est pas moi qui…

À cet instant j'ai vu mon père arriver dans la cour. Les yeux écarquillés, il a posé ses sacs en plastique, puis il s'est dirigé vers nous. Je voyais sa tête au-dessus des objets ; parfois j'apercevais son corps tout entier. Il regardait fixement quelque chose, mais je ne sais pas si c'était moi.

Entre nous deux, un homme était suspendu, la tête en bas. C'était peut-être lui qu'il regardait.

*

Mon père m'a demandé de faire de la place dans la chambre blanche. Je devais ouvrir un passage jusqu'au lit où il avait l'habitude de dormir, et où il avait tué ma grand-mère. Il avait déjà déplacé certains objets.

J'ai fait ce qu'il m'a dit, sans savoir pourquoi. Mais j'avais peur. Peur de ce qui pourrait arriver à l'homme, et à nous.

Quand j'ai poussé le dernier sac qui barrait le passage, l'homme est apparu sur le pas de la porte. La pièce était plongée dans une semi-obscurité, il était à contre-jour et je ne l'ai pas bien distingué. Mais je me suis rendu compte qu'il était plus grand que mon père. Et quand il a fait un pas en avant j'ai vu qu'il avait un gros boudin de tissu enfoncé dans la bouche.

Il a essayé de dire quelque chose.

Moi, je n'ai rien dit du tout.

Mon père se tenait derrière l'homme. Il lui a dit de s'allonger sur le lit. Quand l'homme s'est approché, je me suis blottie contre un carton. Il m'a dévisagée, mais j'ai évité son regard.

Il s'est tourné vers le lit, et j'ai vu qu'il avait les mains liées dans le dos. J'ai reconnu le couteau que tenait mon père. C'était celui dont il s'était servi pour éviscérer ma petite sœur.

J'aurais préféré que l'homme ait le regard mauvais. Mais ce n'était pas le cas. Ni à présent, ni avant, quand il était suspendu à la moissonneuse. Je n'ai pas pu m'empêcher de penser à la chienne. L'homme avait pleuré en la découvrant. Quand on a le regard mauvais, on ne pleure pas.

Mon père a attaché l'homme aux quatre montants du lit. Les jambes de son pantalon étaient légèrement remontées, et j'ai aperçu une marque rouge sur sa cheville, juste au-dessus de la chaussette. Il avait la peau entaillée et il saignait un peu. J'ai eu un pincement au ventre. Rester suspendu à la moissonneuse avait dû être douloureux. Il souffrait sans doute encore.

J'ai soudain compris que les lapins pris au piège avaient dû souffrir aussi. Sauf si l'obscurité avait absorbé leur douleur. J'avais libéré beaucoup de lapins morts, et j'avais remarqué que le fil leur avait cisaillé la fourrure et la peau du cou. Et s'ils n'étaient pas morts tout de suite ? S'ils avaient senti le fil pénétrer dans leur chair, si l'obscurité ne les avait pas empêchés d'avoir mal ?

J'ai discrètement observé l'homme. Quand il regardait mon père, il avait peur. Quand il me regardait, il ressemblait à la chienne suppliant qu'on l'aide.

Mon père s'est tourné vers moi.

– Reste ici et surveille-le, Liv. Mais ne t'approche pas. Et appelle-moi s'il essaie de s'échapper.

Il s'est dirigé vers la porte.

– Il nous sera utile tout à l'heure.

– Où tu vas ?

J'avais peur. Je ne voulais pas rester seule avec l'homme. Bien sûr, Carl était là, mais ça ne comptait pas.

Mon père s'est arrêté sur le pas de la porte.

– J'ai des choses à faire à l'atelier. Je laisse la porte ouverte.

– Je peux monter chez maman ?

– Non. J'ai besoin de toi ici. Et ta mère a besoin d'être seule.

Il s'en est allé.

Comment pouvait-on avoir besoin d'être seul ?

Je me suis postée sur le seuil. De là, je pouvais surveiller l'homme. J'avais mon poignard à la ceinture. Mon arc et mon carquois étaient devant la porte. Je les avais posés là avant de commencer à faire de la place.

L'homme ne bougeait pas.

Il a essayé de dire quelque chose, mais il a fini par y renoncer : à cause du boudin de tissu il ne faisait que des bruits incompréhensibles. J'ai pensé que ce serait bien s'il pouvait écrire au lieu de parler. Mais dans ce cas il aurait fallu que je lui libère une main, et j'ignorais s'il était droitier ou gaucher. Je n'aurais pas osé lui libérer les deux mains.

Avec ma mère, nous avions découvert que j'étais gauchère. Ma mère était droitière, mais elle affirmait que les deux se valaient. Pour le prouver, elle écrivait parfois avec la main gauche, mais alors elle ne faisait que des majuscules. Si l'homme était également capable de se servir de ses deux mains, je pourrais lui libérer l'une ou l'autre. Mais il fallait aussi du papier. Pour en trouver il aurait fallu monter chez ma mère, et mon père me l'avait interdit. Et puis, mon père n'aurait sûrement pas apprécié que je défasse les liens de l'homme.

Je savais qu'il ne fallait pas le faire. Mais Carl était là, et il le voulait.

Il m'y poussait.

Tout à coup j'ai fondu en larmes. L'homme m'a regardé en faisant un vague bruit. Il a agité les doigts de la main droite.

Je les ai fixés des yeux et j'ai pleuré encore plus fort.

Puis je me suis dirigée vers l'atelier.

Mon père aussi pleurait.

Il était assis sur le bord de l'énorme cercueil. Autour de lui gisaient les sacs en plastique qu'il avait rapportés. Des bandes de gaze s'étaient échappées de l'un d'eux. Les bidons d'huile étaient posés sous l'établi. Derrière les bidons il y avait trois sacs de sel.

Il ne criait pas, ne sanglotait pas. Il pleurait aussi silencieusement que moi. Ses larmes coulaient dans sa barbe. J'ai pensé que sa barbe finirait par devenir lourde et mouillée.

En me voyant, il m'a tendu la main. Il avait le regard doux. Quand on a le regard mauvais, on ne pleure pas.

Lentement, je me suis dirigée vers lui. À la fin il a pu m'attraper par la manche. Il m'a attirée vers lui et il m'a serrée dans ses bras. Je me tenais de profil entre ses jambes, et sa grosse barbe mouillée me chatouillait le cou.

Nous pleurions tous les deux. Je ne sais pas pourquoi je pleurais. Je pleurais peut-être parce que j'ignorais ce qui faisait pleurer mon père.

Je sentais sa chaleur à travers mon pull. Ça faisait longtemps qu'il ne m'avait pas serrée dans ses bras. C'était peut-être aussi pour ça que je pleurais. Ou alors c'était à cause du cercueil.

– Il y a quelque chose que nous sommes obligés de faire, a-t-il dit soudain à voix basse.

Je n'ai pas bougé.

– Je suis obligé d'aider ta mère, Liv.

Je n'ai rien dit.

– Nous ne voulons pas qu'elle souffre, n'est-ce pas ?

J'ai hoché la tête en regardant droit devant moi. Je voyais les sacs de sel et les bidons d'huile posés sur l'établi.

– Et nous voulons qu'elle reste avec nous. Nous voulons la garder. N'est-ce pas, Liv ?

J'ai de nouveau hoché la tête. C'était vrai : je voulais garder ma mère. Mais je n'étais pas certaine d'avoir envie de hocher la tête.

– Nous allons peut-être la perdre si nous ne faisons rien. Et nous sommes les seuls à pouvoir faire ce qu'il faut.

– À pouvoir l'aider ?

– Oui. À pouvoir l'aider.

– Et l'homme ?

– Lui, il ne peut pas l'aider. Mais il peut nous aider à l'aider.

Je n'ai pas compris.

Je me suis rendu compte que nous avions cessé de pleurer. J'avais une boule dans la gorge. Et le cou mouillé à l'endroit où sa barbe m'avait frôlée.

– Mais… comment…

– Elle est… trop grande… pour passer par la porte. Il faudra le faire là-haut. Comme ça, elle sera entourée de ses livres. Ce sera mieux, n'est-ce pas ?

Encore une fois j'ai hoché la tête.

– Pendant qu'elle se desséchera ? ai-je demandé en regardant les sacs.

– Oui.

– Et deviendra plus petite ?

– Exactement.

– En attendant que tu puisses…

– Oui. Tu vas m'aider à purifier la résine. On va utiliser les gros bocaux du pharmacien. Je crois qu'ils sont dans la cour. Mais nous avons tout notre temps, Liv. Tout notre temps. Elle va d'abord prendre son bain de sel.

– Et l'homme ?

– Il va nous aider à transporter la baignoire. Je ne pourrai pas la porter seul, et tu n'es pas assez forte pour m'aider. En fin de compte, c'est une chance qu'il soit là. Je me suis demandé comment je…

Il s'est tu.

– Et ensuite ? Il pourra s'en aller ?

Mon père a hésité quelques secondes.

– Oui, ensuite il pourra s'en aller.

Sa voix sonnait bizarrement.

– Alors il faudra qu'il évite les pièges du chemin de terre.

– Oui.

– Si je lui montrais où ils se trouvent ?

– Oui… pourquoi pas.

De nouveau, il a hésité.

– Tu sais ce qu'il est venu faire ici, Liv ?

– Oui, il cherchait son chien… là-bas, près de…

Je n'ai pas pu continuer. Pourtant, il y avait une question que je devais poser à mon père. Une question à propos de ce piège qui avait abîmé la patte du chien au point de le faire hurler. Ce piège aux dents horribles.

Je n'ai pas pu.

J'ai fondu en larmes.

– Il était seul ?

J'ai hoché la tête. Mes larmes coulaient à flots.

Mon père m'a serrée contre lui.

– Ne sois pas triste. Ta mère ne souffrira pas. J'ai des pilules que je vais lui donner. Elles calmeront tout de suite ses douleurs. Elles sont fortes. Je crois qu'elle en a besoin.

Il avait également dit qu'elle avait besoin d'être seule.

Je ne voulais pas que ma mère soit seule. Je voulais être avec elle.

– Elle va rester toute seule ?

– Non, quand elle sera prête, elle sera avec nous. Sans pleurer, sans être malade, sans avoir faim, sans souffrir. Tu pourras lui faire la lecture. Et tu sais quoi, Liv ?

Il m'a caressé les cheveux.

– Elle pourra t'entendre, car on lui aura laissé le cœur.

Il tendit le bras pour prendre quelque chose dans le cercueil.

– Et nous pourrons toujours la voir.

J'ai vu le plus beau dessin qu'un homme ait jamais fait. J'ai vu ma mère. Elle souriait.

Soudain, mon père s'est redressé. J'ai reculé. Je ne savais pas quoi faire. Il ne fallait pas que je pleure. Carl ne tenait pas en place.

Mon père paraissait plus grand que d'habitude.

C'était lui qui avait fait le dessin.

C'était lui qui avait fabriqué le piège.

Et maintenant nous allions tuer ma mère.

– Viens, Liv, a-t-il dit.

Je l'ai suivi sans le vouloir.

Nous sommes d'abord retournés auprès de l'homme, dans la chambre blanche. Il était allongé sans bouger, les jambes et les bras écartés, son bâillon dans la bouche. La corde serrait fort ses poignets et ses chevilles. Quand mon père est entré, il a levé la tête.

Mon père l'a à peine regardé. Puis il m'a fait sortir, et il a fermé la porte derrière lui.

– Tu vas rester là et le surveiller, Liv. Il ne pourra pas défaire ses liens, mais il faut quand même monter la garde. Sers-toi de ton arc, si nécessaire. Je retourne à la maison. Je vais faire un peu de place, pour qu'on puisse transporter la baignoire.

– Je voudrais parler avec maman, ai-je murmuré, au bord des larmes.

Mon père s'est accroupi pour me regarder dans les yeux. Son visage était si près du mien que j'ai senti sa barbe me chatouiller, et sa casquette me faisait de l'ombre.

Son regard était noir et dur. Il ne pleurait plus. Il n'avait même pas les yeux humides. Ce n'étaient pas les yeux de mon père. C'étaient des pierres.

– NON ! a-t-il dit. Tu restes ici. Je reviens dans un petit moment.

Je ne sais pas combien de temps il s'est absenté. Je sais seulement que le soleil est arrivé juste au-dcssus de la cheminée de la maison. Il n'y avait pas un nuage. Rien qu'un vaste ciel bleu.

Les chrysalides

La lueur de la bougie était trop faible pour éclairer les yeux de Jens Haarder. Il tendit à Maria le bocal contenant les pilules et un verre d'eau.

Maria ne voyait que ses mains. Elles tremblaient.

Elle hocha la tête et ouvrit lentement la bouche. Sa gorge était desséchée. Elle avait soif. Elle était fatiguée.

Un bref instant elle sentit les lèvres de Jens sur son front.

Elles frémissaient comme les ailes d'un papillon.

Puis il recula et disparut dans l'obscurité. Elle entendit ses pas dans l'escalier. Et un bruit d'objets lourds qu'on traînait sur le sol.

Il gémissait.

Ou il pleurait, peut-être.

Elle parvint à attraper le bloc-notes posé à côté de sa cuisse.

Et mobilisa ses dernières forces.

JE CROIS QUE C'EST TOUT LIV

Prisonnier

Le tissu lui déchirait les commissures des lèvres. De temps à autre, Roald inspirait à fond pour chasser la nausée. Cela ne servait pas à grand-chose : l'air de la pièce était irrespirable. Il fallait qu'il se concentre. Qu'il s'efforce d'ignorer l'odeur, qu'il tire profit du peu d'oxygène qu'il parvenait à aspirer. Sinon, la peur de suffoquer aurait raison de lui. S'il vomissait, ce serait fini. Si son rhume revenait et lui bouchait le nez, ce serait également fini. Et s'il éternuait ? Pouvait-on éternuer avec un bâillon enfoncé jusqu'à la glotte ? L'éternuement ne risquerait-il pas d'exploser dans sa gorge et de l'étouffer ? Il devait se focaliser sur l'oxygène. Car il y en avait un peu dans la chambre, malgré tout. Il respira à fond, tenta de ralentir son pouls. Et essaya de réfléchir.

BESOIN D'AIDE TOUS LES 3, avait écrit Maria Haarder.

Ça, on pouvait le dire.

Roald s'inquiétait pour elle et pour la fille. Mais, avant tout, c'était Jens Haarder qui le préoccupait. Jusqu'où irait sa folie ? Était-il capable de tuer ?

« Il nous sera utile tout à l'heure. » Qu'avait-il voulu dire par là ? Roald pouvait-il espérer avoir la vie sauve ? Ou, du moins, aurait-il une chance de ne pas se faire tuer tout de suite ? Et à quoi pourrait-il leur être utile ?

Roald pensait aussi à ceux de Korsted. Il n'avait dit à personne qu'il comptait aller se promener à la Tête. Pourquoi n'avait-il pas averti le policier, ou laissé un mot au cuisinier ?

S'il ne rentrait pas avant la fin de la journée, que se passerait-il ? À quel moment donnerait-on l'alerte ? Lars finirait bien par s'étonner de ne pas le voir réapparaître avec la chienne. Dans la soirée, il téléphonerait sans doute à l'auberge. Ou il irait y faire un tour, s'il en avait le courage. Mais ce n'était pas sûr, car sa volcanique épouse ne manquerait pas de lui inventer d'autres occupations. Il attendrait donc le lendemain pour appeler le cuisinier, qui se serait également inquiété de ne pas voir Roald à son retour de vacances.

Alors seulement il irait voir le policier. Le lendemain matin. Ou plutôt en milieu de journée. Réagir plus vite aurait été de l'hystérie.

Roald se concentra sur sa respiration. Jens Haarder allait bien finir par le libérer. Il y avait des limites à sa folie.

Ils avaient effectivement besoin d'aide. Tous les trois. Roald décida de se montrer aussi coopératif que possible. Il allait leur faire comprendre qu'il ne leur voulait aucun mal. Qu'il ne constituait pas une menace pour eux.

Les choses finiraient par s'arranger.

C'est à ce moment-là que la lumière se fit.

Dans son affolement, il n'y avait pas prêté attention. L'enfant était une fille, et Jens Haarder l'appelait Liv. Liv Haarder. Le nom de la fille qu'ils avaient déclarée morte.

Maintenant, son père savait qu'il était démasqué.

Jens apparut dans l'encadrement de la porte. Le pouls de Roald se mit à battre plus vite. C'était maintenant qu'il allait leur être utile. Et ensuite ?

– Je vais te détacher, dit Haarder en s'accroupissant devant le lit.

Roald sentit la douleur l'élancer quand la corde se resserra autour de sa cheville blessée. Haarder défit le nœud, et le sang afflua vers son pied. Il le remua doucement pour éviter les crampes. Puis on lui libéra l'autre pied.

Avant de défaire les liens de ses poignets, Haarder lui montra son couteau.

– N'essaie pas de filer, dit-il en posant le couteau sur le lit, hors de la portée de Roald.

Il n'en avait aucune intention.

La voix de Haarder était calme, mais Roald voyait la transpiration perler sur son front. Son regard paraissait froid et distant, mais il avait les yeux rougis… comme s'il venait de pleurer.

La fille apparut à son tour. Roald aperçut l'extrémité de son carquois au-dessus de son épaule. Elle tenait son arc à la main. Jens Haarder lui jeta un bref coup d'œil, puis il se tourna de nouveau vers Roald.

– Ma fille est un archer hors pair. Tu n'as pas intérêt à faire des bêtises. Je lui ai dit de te tirer dessus si jamais tu tentes un coup tordu. Elle ne te ratera pas, tu peux me croire.

Roald n'en doutait pas. On avait défait tous ses liens, mais il était resté couché sur le dos. À cause du bâillon, il ne pouvait rien dire. Il avait maintenant les mains libres ; fallait-il en profiter pour l'enlever ?

Haarder se tenait devant lui avec le couteau.

Roald fit un geste timide en direction du morceau de tissu. C'était quoi – un foulard ? Ça sentait la laine et l'étable, et ça en avait le goût. Haarder semblait hésiter.

Roald essaya de tousser, non sans mal.

– Tu ne veux pas le lui ôter, papa ? demanda la fille.

Roald toussa de façon plus énergique. Il faillit s'étrangler. Involontairement, il porta une main à la bouche et essaya en vain d'enlever le tissu. Il eut les larmes aux yeux.

Haarder avait sans doute compris que c'était sérieux, car il s'empressa de défaire le bâillon et jeta le foulard sur un tas de déchets près du lit.

Roald toussa de nouveau. Au bout d'un moment, il parvint à retrouver une respiration normale.

– Merci, souffla-t-il.

– Tu vas faire exactement ce que je te dis. D'accord ?

Jens Haarder appliqua la lame du couteau sur le poignet de Roald.

– Oui.

– Parfait. J'ai besoin de toi. On va transporter une baignoire jusqu'à l'étage de la maison, tous les deux.

– Une baignoire ?

C'était la dernière chose à laquelle Roald se serait attendu.

– Oui. Ma femme doit prendre un bain. Allez, debout !

Une fois dehors, on le guida vers la baignoire derrière laquelle Liv s'était cachée. C'était un modèle ancien. Avec des pieds.

A priori, on n'aurait pas été tenté de s'y plonger. L'émail était jauni et plein de taches noires. Au fond, une limace gisait dans une flaque d'eau desséchée où traînaient des aiguilles de pin et des colliers de serrage. Jens Haarder ôta sa vieille casquette et s'en servit pour vider la baignoire. Puis il remit la casquette sur sa tête.

La baignoire pesait le poids d'un âne mort. On avait dit à Roald de se mettre devant et il était déjà en nage avant d'avoir atteint le perron. Il comprit pourquoi Jens Haarder avait enlevé son manteau.

L'archer les suivait comme leur ombre. Manifestement, elle savait ce qu'elle avait à faire. Elle ne quittait pas Roald des yeux. Se sentir menacé par une enfant était étrangement troublant, mais le danger était bien réel. Il avait vu ses flèches. Ce n'étaient pas des jouets.

Liv leur ouvrit la porte. Son père lui dit d'attendre dans la cour. Prête à se servir de son arc.

Roald avait pensé qu'ils ne pourraient jamais traverser l'entrée et monter l'escalier avec la baignoire. Certes, c'était un des rares trajets praticables dans la maison, mais il était quand même encombré de toutes sortes d'objets. En retrouvant l'obscurité et la puanteur, il comprit pourquoi Haarder avait tant transpiré. Il avait déblayé le passage. Finalement, ils parviendraient peut-être à transporter la baignoire jusqu'à l'étage.

Jens Haarder était donc capable de mettre de l'ordre quand il le fallait. Du moins pour permettre à sa pauvre femme de prendre un bain.

C'était absurde. Elle était mourante. Elle n'avait pas besoin d'un bain. Elle avait besoin d'aide.

Ce ne fut pas facile. Roald n'avait jamais porté un objet aussi lourd, mais son corps s'était apparemment résigné à l'inévitable. Et la peur avait redoublé ses forces.

Placer la baignoire dans le bon angle pour la faire entrer dans la chambre fut particulièrement ardu, mais Jens Haarder savait exactement comment s'y prendre. Avec tout le bric-à-brac qu'il avait accumulé à l'intérieur, il avait de l'expérience.

Il avait fait de la place à côté du lit. En tout cas, il avait déblayé le plus gros des objets. Dieu merci, le seau avait disparu, mais la puanteur subsistait.

Roald regarda à la dérobée la femme gisant au milieu de ses livres et papiers. Elle paraissait noyée dans sa propre graisse. Il ne parvint pas à capter son regard, car la lueur de la bougie vacillait, mais il remarqua que la couette la recouvrait complètement. On semblait l'avoir délicatement bordée, comme un enfant.

Jens Haarder lui donnait ses instructions sur un ton neutre. La baignoire devait être placée le long du lit. Pour que Maria Haarder puisse s'y laisser glisser ? Roald se dit que la pauvre femme y resterait coincée. Comment pourrait-elle arriver à se relever ? Il comprit toutefois que ce n'était pas le moment de faire des réflexions.

D'autant qu'il venait de jeter discrètement un coup d'œil sur le visage de Maria. Manifestement, elle était morte.

Il ne pouvait pas en être autrement. Seule une morte pouvait avoir ce regard fixe, cette bouche entrouverte.

On aurait dit qu'elle esquissait un sourire.

Il se détourna vivement, mais il eut le temps d'apercevoir un bocal de pilules qui semblait vide. Avait-elle…

– De ton côté, le pied droit est pris dans quelque chose, dit Jens Haarder. Il faut le dégager.

Roald s'accroupit docilement. Il déplaça un livre qui traînait par terre, poussa un petit bloc-notes où quelques lambeaux de papier restaient encore attachés à la reliure à spirale, tira sur une couverture à moitié tombée du lit. Il dut faire un effort pour l'enlever complètement. Ses manœuvres firent apparaître la main droite de Maria. Roald se figea un instant. Un stylo-bille était resté coincé entre deux replis de chair.

Il jeta un bref coup d'œil sur Jens Haarder, qui lui tournait le dos. Puis il posa deux doigts sur le poignet de Maria. Le pouls n'était pas perceptible. Il lui remit doucement la main sous la couette.

C'est alors qu'il la vit. On avait glissé quelque chose entre le matelas et le bois du lit. C'était une chemise à élastiques verte. De nouveau il se tourna vers la porte, mais Haarder était trop occupé à déplacer un carton posé en équilibre instable sur deux autres. Roald avait dû les heurter avec la baignoire.

Roald prit la chemise. « Pour Liv », était-il marqué d'une écriture déliée. En l'ouvrant discrètement il eut le temps de voir qu'elle contenait des lettres écrites à la main, mais aussi plusieurs petits bouts de papier. Une feuille du bloc-notes était tombée à côté et restait coincée entre le matelas et le bois du lit. On y avait maladroitement tracé quelques mots en majuscules, mais il put difficilement les déchiffrer, car les lettres se chevauchaient.

Sans prendre le temps de réfléchir il rangea la feuille avec les autres et dissimula la chemise sous son tee-shirt. Son cœur cognait dans sa poitrine.

Pendant quelques instants il resta accroupi. Quand il eut recouvré son calme, il se redressa et poussa la baignoire contre le lit, comme on lui en avait donné l'ordre. Haarder lui tournait toujours le dos. Son couteau était glissé dans sa ceinture.

Si seulement il pouvait s'échapper. Mais comment ? Il jeta un bref coup d'œil sur la femme dans le lit. Puis il tenta le coup :

– Votre femme essaie de dire quelque chose.

Jens Haarder se retourna vivement et fixa Maria du regard. Puis il se précipita à son chevet.

Roald recula pour le laisser passer.

– Elle essaie de dire quelque chose.

Haarder caressa les cheveux de la morte, posa sa joue contre la sienne.

– Mon amour, chuchota-t-il. Tu es encore réveillée ?

D'un bond, Roald gagna la porte. Un regain de forces lui permit de faire dégringoler le carton avec lequel Haarder s'était escrimé. Le carton heurta vivement le sol et quelque chose se brisa à l'intérieur. Une fois dans le couloir, il poussa tous les objets à sa portée pour barrer le chemin à Jens. Quelques gros châssis se mirent complaisamment en travers du passage. Un lampadaire se renversa et entraîna plusieurs rouleaux de tissu dans sa chute. Un guéridon dégringola jusqu'en bas de l'escalier, suivi de pièces de machines et de boîtes de conserves, de bidons d'essence et de jouets. Un des objets heurta un sac pourri, qui libéra son contenu malodorant sur le palier.

Arrivé au rez-de-chaussée, Roald courut à travers l'entrée sans se retourner et se précipita sur la lourde porte pour l'ouvrir. Il avait la mort aux trousses. La mort, l'obscurité, les bruits et la puanteur. Une fois dehors, il claqua la porte derrière lui.

La lumière lui frappa violemment les yeux, mais sans l'éblouir. Le soleil avait dépassé le zénith ; il avait pris son parti. Éclairé par ses rayons, un archer le visait, un genou à terre.

Roald courut vers l'enfant.

– Ne tire pas, Liv ! J'ai promis à ta mère de t'aider et j'ai quelque chose…

Voyant la fille se relever, il ralentit.

– STOP ! cria-t-elle. Passe de l'autre côté de la cuisinière !

Sans réfléchir, Roald s'arrêta net. Reculant d'un pas, il s'apprêtait à suivre ses instructions lorsqu'il vit la cuisinière basculer et atterrir avec fracas en plein milieu du sentier.

La fille jeta son arc et se prit la tête dans les mains.

La gorge nouée, Roald courut la rejoindre. La pauvre enfant, pensa-t-il. La pauvre enfant.

Elle tomba à genoux devant lui. Soudain il comprit que ce n'était pas lui qu'elle regardait. Elle fixait des yeux quelque chose dans son dos.

Inferno

Roald se retourna. Il craignait de voir Jens Haarder se précipiter dehors, un couteau à la main.

Or il vit la maison de Jens Haarder s'écrouler.

D'abord, le faîte du toit s'affaissa comme si le bâtiment rendait son dernier souffle. Puis la maison tout entière s'effondra dans un vacarme assourdissant, rongée par l'obscurité, la poussière et la maladie. Tout semblait aspiré vers l'intérieur – sauf la porte d'entrée, que le souffle projeta dans la cour.

À l'étage, des flammes s'élevèrent. L'entrée n'était plus qu'une plaie béante. Roald serra fermement la fille dans ses bras.

Tout était rouge. L'obscurité brûlait.

La fille pleurait silencieusement. Roald s'agenouilla derrière elle, étreignit son corps secoué de sanglots, posa sa tête sur son épaule. Les plumes des flèches lui chatouillèrent le cou.

– Ma mère, murmura-t-elle. Et mon père.

– Ta mère était déjà morte quand nous sommes arrivés dans la chambre, dit-il en s'efforçant de parler doucement. Elle s'est endormie paisiblement, elle n'a rien senti. Et ton père était auprès d'elle. Je l'ai vu l'embrasser.

Roald se demanda s'il y avait moyen de sauver Jens Haarder. Mais la maison était déjà un enfer de flammes et de fumée. Personne n'en sortirait vivant.

– Tout s'est passé très vite, dit-il. Ton père non plus n'a rien senti.

– Tant mieux, sanglota-t-elle.

D'un geste ferme mais délicat, Roald la fit se retourner et la remit debout. Il posa ses mains sur ses épaules.

– Il faut qu'on s'en aille. Je veillerai sur toi, mais il faut qu'on s'en aille sans plus attendre. Le feu ne va pas tarder à s'attaquer à tout le reste.

Elle hocha la tête et ramassa son arc. Avec son carquois dans le dos, elle ressemblait à un brave petit soldat.

Elle leva la tête vers lui. Roald ne sut pas quoi lui dire. Les yeux remplis de larmes, elle scrutait son visage. Jamais il n'avait vu un regard aussi intense. Il sentit quelque chose couler sur sa joue. Il ne s'était pas rendu compte qu'il pleurait.

Manifestement elle avait pris sa décision, car elle posa son arc, passa la courroie de son carquois par-dessus sa tête et abandonna ses flèches sans même les regarder. Le soldat avait compris qu'il n'était plus en guerre.

– Bon, on va… commença Roald.

Elle l'interrompit immédiatement :

– Il y a des pièges, il ne faut pas me suivre.

Sa voix était d'une fermeté impressionnante.

– Je reviens dans deux secondes. Ne bouge pas.

Roald n'eut pas le temps de protester. Le pull marron et orange avait déjà disparu en suivant Dieu sait quelle trajectoire. Apparemment en direction de l'étable.

Il regarda de nouveau la maison. Ils avaient encore un peu de temps devant eux, mais pas beaucoup. La chaleur l'accablait et la fumée lui piquait les yeux.

Il aperçut soudain le manteau de Jens Haarder, posé sur un tonneau. Roald le souleva. Il menaçait de tomber en morceaux ; le cuir était patiné et la doublure déchirée. Dans une des poches de devant il découvrit une grosse enveloppe marron. Il la prit et examina plus attentivement le manteau, tout en guettant impatiemment la réapparition de Liv.

Dans la poche intérieure il y avait une lettre pliée en quatre.

Roald hésita un instant. Il avait toujours respecté le secret de la correspondance ; jamais il n'avait lu ne serait-ce qu'une carte postale qui ne lui était pas adressée. Mais la situation était particulière.

Il déplia la lettre.

Cher Jens,

Ça fait vraiment très longtemps, et c'est entièrement ma faute. Écrire cette lettre ne va pas être simple…

Voyant Liv revenir en courant, il replia la lettre et la glissa dans sa poche intérieure. Derrière la fille, le cheval famélique s'éloigna vers la forêt, suivi par d'autres animaux.

– Viens ! cria-t-elle en passant devant lui. Roald laissa tomber le manteau de Haarder et courut derrière elle. De temps à autre, il jetait un coup d'œil sur la maison. Le feu ne s'était pas encore propagé, mais ce n'était plus qu'une question de minutes. Dans peu de temps, les flammes commenceraient à dévorer les murs extérieurs, et les déchets et les autres bâtiments s'embraseraient à leur tour.

L'incendie offrait un spectacle étrange. Ça grondait et ça sifflait, une épaisse fumée noire enveloppait la maison, et un ciel bleu surplombait l'ensemble, indifférent au drame.

– Ne bouge pas ! cria-t-elle.

Roald lui obéit, tel un sans-grade. C'était elle qui avait la situation en mains. Il avait voulu la sauver, mais il était totalement dépendant d'elle. Il jeta un œil sur la moissonneuse. De toutes les machines agricoles, les moissonneuses lui avaient toujours semblé les moins effrayantes. Seules au milieu des champs, elles ressemblaient à de gros animaux herbivores d'une époque antédiluvienne. Désormais, il les regarderait toujours comme des monstres.

Il vit la fille courir vers une des portes du bâtiment en bois. Ce devait être l'atelier dont on lui avait parlé. Il cria dans son dos, sachant qu'elle ne l'entendrait pas. Ils devaient fuir ! Il fallait qu'il la rattrape.

Soudain, elle réapparut.

– Je l'ai ! cria-t-elle. Viens !

Guidé par un fil invisible, il courut. Elle tenait quelque chose à la main. On aurait dit un petit cadre. Et un autre objet qu'il ne put identifier.

Se dirigeant vers le chemin de terre, elle s'approcha dangereusement de la maison en flammes.

– On ne ferait pas mieux de prendre un autre chemin ? demanda-t-il.

Elle ne répondit pas. Et il suivit l'enfant.

Elle lui fit un signe de la main :

– Cours le long de la façade.

Il courut derrière elle, s'appuyant de temps à autre sur le revêtement en bois. Il vit qu'elle était toujours armée : un poignard accroché à sa ceinture frappait doucement sa cuisse.

À leur droite, de l'autre côté du chemin de terre, les grands arbres près de la maison s'embrasaient déjà. Des flammes sortaient de la petite fenêtre sous le pignon, telles des langues orange. Des tuiles s'écrasèrent au sol et une grosse branche d'arbre s'abattit soudain en travers du chemin. Roald poussa un cri quand elle lui frôla la poitrine ; ce devait être un piège dont le dispositif avait été déclenché par le feu ou par une tuile. S'il n'avait pas suivi les instructions de Liv, la branche lui serait tombée sur la tête. Se sentant comme un gibier traqué, il n'avait qu'une hâte : fuir cet endroit.

En voyant la fille s'arrêter près de la benne, il faillit de nouveau pousser un cri. De désespoir.

– Je reviens tout de suite, annonça-t-elle. Tu peux me tenir ça ?

Elle lui tendit un petit dessin dans un vieux cadre. Et un sablier. Puis elle grimpa sur un empilement de caisses surmonté d'un pneu de tracteur.

– Arrête, Liv ! Ça suffit ! Il faut qu'on s'en aille !

Mais elle avait déjà disparu dans la benne. Elle avait ouvert le couvercle avec facilité, comme si elle avait fait ça toute sa vie. Roald l'avait observée avec stupéfaction. Puis il s'était tourné vers les maisons.

Entre la maison en flammes et le bâtiment en bois que le feu n'avait pas encore atteint, il voyait une partie de la cour. Près de la fenêtre de la cuisine, un vieux rouet avait repris vie : sa roue tournait à toute vitesse au milieu des flammes. Le feu s'était aussi emparé de la cuisinière, et à l'étage la chaleur avait fait exploser les vitres.

Roald prit soudain conscience de la situation : dans la maison qu'il fixait du regard, les flammes étaient en train de dévorer les parents d'une petite fille qui n'allait pas tarder à surgir d'une benne à ordures. Il avait totalement perdu le sens du réel. Ainsi que la notion du temps.

Il examina le dessin qu'ellc lui avait tendu. C'était le portrait d'une femme. D'une femme très belle. Était-ce Maria ? La bouche était la sienne. Il ne put s'empêcher de penser à *La Joconde.* Le dessin était discrètement signé « Jens » en bas à droite.

Il glissa le dessin et le sablier dans la poche de son manteau, reprit la lettre et la déplia. Il parcourut distraitement les feuillets. En atteignant les dernières lignes, il parvint enfin à fixer son attention sur les mots :

Dans un premier temps j'aimerais bien vous rendre visite, à toi et à ta famille. Renouer les liens. Ça te plairait ? Pourrais-tu m'écrire ? Ou me passer un coup de fil, si tu en as la possibilité (mon adresse privée et mon numéro de téléphone figurent en bas de ce feuillet).

Affectueusement,
Ton frère Mogens

Il y avait un P.-S., mais il n'eut pas le temps de le lire, car le couvercle de la benne retomba tout à coup. Le bruit du métal le fit sursauter.

Roald replia vivement la lettre et la remit dans sa poche intérieure. La fille courut vers lui, un livre dans une main et un ours en peluche dans l'autre. Un ours en peluche ! C'était encore une enfant, rien qu'une enfant. Une enfant pleine de courage, armée d'un poignard et d'un ours en peluche. Il fallait qu'il veille sur elle.

Quand elle arriva à sa hauteur, Roald voulut lui prendre la main. Elle hésita quelques instants, puis elle glissa l'ours sous son bras gauche et lui tendit timidement la sienne.

– On peut courir maintenant ? demanda-t-il. Jusqu'à la langue de terre ?

Elle hocha la tête.

– Oui. Mais il y a encore deux autres pièges.

– OK. Montre-moi le chemin.

Elle hocha de nouveau la tête, et ils coururent.

Les pas de Roald résonnaient comme des explosions. Liv courait sans faire le moindre bruit ; il dut l'observer pour vérifier si ses pieds touchaient terre. Elle prit par les champs, contourna un grand sapin et revint sur le chemin, puis elle fit passer Roald à droite de la barrière. Pour s'y faufiler, ils durent marcher de profil. La petite main de Liv tenait fermement celle de Roald. Il se sentait étrangement confiant.

Après avoir franchi la barrière, ils s'arrêtèrent. Comme s'ils l'avaient décidé à l'avance. Comme si la barrière les protégeait des flammes, de la mort, du malheur. Comme s'ils étaient en sécurité.

– Il n'y a pas d'autres pièges ? demanda Roald à son guide.

Elle secoua la tête tout en regardant sa maison brûler. Le feu s'était emparé de l'atelier. Devant la façade, la benne ressemblait à une ombre oblongue attendant son sort. Plusieurs arbres étaient la proie des flammes, et de petits foyers s'étaient allumés dans l'herbe.

Roald n'osait pas penser à ce que la fille devait éprouver devant ce spectacle.

– C'est quoi, ton livre ? demanda-t-il.

– *Robin des bois.*

– Tu veux que je te le porte ?

Elle lui tendit le livre, et il le glissa dans la poche de son manteau. Entre son tee-shirt et la ceinture de son pantalon, la chemise à élastiques frottait contre son ventre.

– Tu as tué la chienne parce qu'elle souffrait, n'est-ce pas ?

Elle hocha la tête d'un air triste.

– Tu as bien fait. Et tu as parfaitement visé. Merci.

Son petit visage s'éclaircit légèrement, mais ses larmes continuèrent de couler.

– Je comprends pourquoi tu pleures, murmura Roald.

Il s'aperçut soudain que Liv serrait toujours un objet entre ses doigts.

– Il y a autre chose que je peux t'aider à porter ?

Elle ouvrit doucement la main et lui montra un morceau d'ambre.

– C'était à mon père. Il y a une fourmi à l'intérieur.

– Ça alors. On l'examinera quand on sera chez moi.

Elle glissa le morceau d'ambre dans la poche de Roald.

– Tu préfère garder ton nounours ?

– Oui, répondit-elle dans un souffle en serrant l'ours en peluche contre elle.

Il remarqua le paquet posé sur la souche d'arbre.

– Ce paquet… Tu sais ce que c'est ?

Elle secoua la tête.

– Tu veux qu'on le prenne ?

Roald voyait avec inquiétude le feu s'approcher. Il n'aurait pas dû lui poser cette question. Il ne fallait plus s'attarder.

– Non, je veux m'en aller d'ici, dit-elle en lui serrant la main.

Ils coururent de nouveau. Ils suivirent le chemin vers le sud, traversèrent le bosquet de bouleaux, passèrent devant les jeunes pousses de sapin et une haie d'églantiers défleuris. Et ils arrivèrent enfin sur le Cou. Roald se sentait étrangement léger. Il avançait avec régularité, il avait presque l'impression de danser, et les pas silencieux de Liv l'accompagnaient tel un rythme à deux temps.

En arrivant à l'autre extrémité du Cou, ils se retournèrent. Une épaisse fumée noire s'élevait au-dessus de la Tête. Derrière les arbres les plus proches, on apercevait des lueurs rouges. Dans peu de temps, la petite île tout entière serait la proie des flammes. C'était peut-être aussi bien.

Roald posa ses mains sur les épaules de la fillette. Il les sentait se soulever, il l'entendait respirer. Elle n'était donc pas tout à fait éthérée. Elle volait comme un ange, mais elle respirait comme un être humain.

– Je crois que tu as un oncle gentil. On va essayer de le retrouver. Mais quoi qu'il arrive je veillerai sur toi. Il ne faut pas avoir peur.

– Je n'ai pas peur. Et toi ?

Elle pencha la tête en arrière pour le dévisager. Il lui caressa les cheveux.

– Non. Plus maintenant.

– Comment tu t'appelles ?

– Roald.

– Moi, je m'appelle Liv. Et je ne suis pas morte.

Il sourit.

– Je sais.

– Tu habites où ?

– À l'auberge.

– J'y suis allée.

Les choses et le temps

La dame au badge blanc me dit que ça prendra du temps. Elle a lu tout ce que ma mère m'a écrit. Il y a beaucoup de choses dont nous devrons parler, dit-elle.

D'après elle, je n'ai pas appris ce qu'ont appris les enfants de mon âge. D'un autre côté, je sais des choses qu'ils ignorent, et j'ai vu des gens se faire tuer.

Il paraît aussi que mon existence a été chamboulée. Je ne sais pas exactement ce que ça veut dire. Apparemment, je ne serais ni une enfant ni une adulte ; parfois je pense comme une enfant, parfois comme une adulte, et il m'arrive de faire des choses que personne ne devrait faire. Je crois qu'ils veulent m'apprendre ce que je dois penser et faire.

Je ne dois ni fermer à clé la porte de ma chambre ni poser quelque chose devant. Mais on me laisse casser et secouer mes gâteaux secs. Et quand j'écris ce qui me passe par la tête, ils sont très contents. Si je me répète, ça n'a pas d'importance. La dame dit que j'écris et que je raconte très bien. Et que si je confonds les choses et les époques, ce n'est pas grave.

Quand je lui ai demandé si c'était normal que les gens se confondent aussi, elle m'a regardée d'un drôle d'air. Puis elle a hoché la tête. Elle n'avait pas compris. Je crois que je n'ai pas intérêt à tout lui raconter.

Elle dit aussi que ce n'est pas ma faute.

Mais ça, je le sais.

Parfois je rêve de mon père. Je fais toujours le même rêve : il se tient sur le seuil de notre maison en flammes, et une flèche lui traverse le cœur. Je sais que c'est ma flèche, ma meilleure flèche. Je sais aussi qu'il va mourir.

Mais il ne s'écroule pas tout de suite. Il fait quelques pas vers moi, puis il s'allonge sur le gravier. Ses cheveux et sa barbe sont plus hirsutes que jamais, mais sa casquette tombe par terre et je vois qu'il n'a plus de cheveux sur le sommet du crâne. Il bouge lentement et semble tout à fait calme. Comme le cerf sous la pleine lune. Je suis certaine qu'il me regarde dans les yeux, et qu'il ne m'en veut pas. Ce n'est pas ma faute.

Puis il ferme les yeux.

Et je me réveille.

En un sens, c'est un rêve agréable. Pourtant, il me fait pleurer. Un jour je le raconterai peut-être à la dame. Mais pas tout de suite. Je veux encore le garder pour moi.

Devant les fenêtres il y a un jardin silencieux mais plein d'herbe. Dans l'herbe il n'y a rien – rien du tout – mais au fond du jardin il y a un arbre que je vais saluer tous les jours. Il a perdu ses feuilles, mais elles reviendront.

Derrière le jardin il y a un champ avec un épouvantail à qui je parle aussi de temps en temps. L'épouvantail ne dit rien, mais ça ne l'empêche pas d'écouter. Le paysan a voulu l'enlever, mais il a fini par le laisser parce que j'y tenais. Le paysan fumait la pipe. Ça me plaisait bien. Le lendemain, quand j'y suis allé, l'épouvantail avait une pipe lui aussi.

Peut-être aurons-nous bientôt de la neige.

On a un arbre de Noël, mais il n'est pas comme celui de la Tête. Il est posé sur le sol, et les décorations sont en couleur. Il va falloir que je m'y habitue.

Il va aussi falloir que je m'habitue à avoir tant de place autour de moi.

Quand on a fini de parler et d'écrire, la dame et moi, je regagne ma chambre. J'aime bien m'y installer pour lire, pour coudre ou pour contempler la fourmi prise dans l'ambre.

J'aime aussi retourner mon sablier et le regarder. C'est fou, la quantité de sable qui passe à travers le goulot d'étranglement, si on prend le temps de le laisser couler.

Les choses prendront le temps qu'il faudra, dit la dame.

Parfois je me demande si on ne devrait pas plutôt dire *le temps reprendra les choses qu'on a prises.* J'ai tout mon temps, mais des choses, il ne m'en reste pas beaucoup.

J'aurais bien voulu savoir combien de sabliers il a fallu au temps pour transformer le petit morceau de résine en un petit bout d'ambre contenant une fourmi très ancienne. Elle existe, la fourmi. Puisque je la vois. En somme, on continue d'être là, même quand on est mort ? Ça doit être ça. Moi aussi je continuais d'être là, même si j'étais morte.

Je vois aussi ma mère. Elle est suspendue au-dessus de mon lit.

Je ne leur en veux plus de m'avoir pris mon poignard. Ils m'ont laissé *Robin des bois.* Et l'ours en peluche, heureusement. Pourtant, ils disent tous qu'il sent mauvais. Moi je trouve qu'il sent bon. Il sent la forêt.

Roald est venu m'apporter un portrait de la Joconde. Si j'ai bien compris, c'est un portrait très célèbre qui se trouvait autrefois dans un pays étranger. Mais à présent il est ici. C'est vrai que la Joconde sourit comme ma mère. Elles sont suspendues côte à côte, ma mère et la Joconde. À mon avis, la plus belle, c'est ma mère. J'ai presque oublié à quel point elle était devenue grosse.

Presque.

Elle me manque. Mais quand je sors une lettre de la chemise verte et que je lis ce qu'elle m'a écrit, c'est comme si je parlais avec elle. Alors je lui réponds de mon mieux et je remets la lettre dans la chemise. Quand j'aurai tout lu, je recommencerai, pour qu'on puisse continuer à se parler. J'ai tant de choses à lui raconter.

Parfois je vais chercher un livre dans la salle commune et je fais la lecture à ma mère et à la Joconde. Je ne suis pas certaine que la Joconde m'écoute, mais en tout cas elle me regarde.

On m'a dit que toute la Tête avait brûlé. Ce n'est pas vraiment triste, car bientôt de nouveaux arbres vont pousser – et une nouvelle herbe et de nouvelles fleurs. Tout revient. Même les animaux. Un jour, mon oncle Mogens y fera construire une nouvelle maison. Quand je n'aurai plus besoin de rester ici, j'irai vivre chez lui. Comme ça, je reviendrai aussi.

Mogens est le grand frère de mon père. Il ne lui ressemble pas, mais je l'aime beaucoup, car je me rends compte qu'il aimait beaucoup mon père. Il me paraît gentil, mais un peu étrange. Par exemple, il n'arrête pas de raconter qu'il a inventé un support pliant pour arbre de Noël. D'après lui, c'est un truc absolument génial, et on peut l'acheter partout. Je me suis retenue de lui dire que c'est encore plus génial de suspendre l'arbre au plafond. En plus, ça ne coûte rien.

La dame au badge blanc est gentille, elle aussi. Quand je le lui demande, elle me laisse tranquille. Et je peux garder mon ours en peluche, à condition de ne pas m'asseoir à côté d'elle. *Else*, est-il marqué sur son badge. C'est ce qu'on aurait mis sur le badge de ma grand-mère si elle en avait eu un. J'ai du mal à m'habituer à l'appeler Else, mais ça ne fait rien, dit-elle. *Les choses prendront le temps qu'il faudra.*

Carl n'est pas aussi triste qu'à l'époque où nous sommes arrivés.

La benne a brûlé avec tout le reste. Ça veut dire que le cercueil de ma petite sœur a brûlé avec tous les autres objets. Mais ce n'est pas trop grave, car j'ai pu emporter l'essentiel. Tout est là, près de moi : le dessin et le sablier et *Robin des bois* et l'ours en peluche et la fourmi prise dans l'ambre.

Et Carl.

Et ma petite sœur. Parce que, le jour où c'est arrivé, je venais de la coudre dans l'ours en peluche. C'est pour ça que l'ours sent la résine.

Mais ça, on ne le dira à personne.

RÉALISATION : NORD COMPO À VILLENEUVE-D'ASCQ
ACHEVÉ D'IMPRIMER SUR ROTO-PAGE
PAR L'IMPRIMERIE FLOCH À MAYENNE
DÉPÔT LÉGAL : MARS 2021. N° 142924 (97703)
IMPRIMÉ EN FRANCE